THE QUEEN OF CRIME
繁體中文版
20週年
紀念珍藏

七鐘面

著——阿嘉莎・克莉絲蒂

譯——張國禎

The Seven Dials Mystery

Agatha Christie®

通俗是一種功力

吳念真（導演、作家）

通俗是一種功力。絕對自覺的通俗更是一種絕對的功力。

這樣的話從我這種俗氣的人的嘴巴說出來，大概很多人要笑破褲底了。不過，笑完之後請容我稍稍申訴。這申訴說得或許會比較長一點，以及，通俗一點。

小時候身材很爛，各種遊戲競爭完全任人宰割，唯一隱遁逃避的方法是躲起來看書或聽大人瞎掰。那年頭窮鄉僻壤的小孩能看的書不多，小學二年級時最喜歡的是超大本的《文壇》，老師借的。看著看著，某天老師發現我的造句竟出現：「捧著：朝陽捧著一臉笑顏為群山剪綵」這樣亂七八糟的文字，就拒絕再讓我看那些超齡的東西了。

老師的書不給看，我開始抓大人的書看。一種是厚得跟磚塊一樣的日文書，對我來說那完全是天書，但插圖好看，經常有限制級的素描。另一種書是比較薄的，通常藏得很嚴密，只是裡面有太多專有名詞、重複的單字和毫無限制的標點，比如「啊啊啊」、「……！！！」

老讓我百思不解。有一天，充滿求知欲地詢問大人竟然換來一巴掌後，那種閱讀的機會和樂趣也隨著消失了。

所幸這些閱讀的失落感，很快從大人的龍門陣中重新得到養分。講到這裡，我似乎先得跟一個村中長輩游條春先生致敬，並願他在天之靈安息。

我所成長的礦區，幾乎全是為著黃金而從四面八方擁至的冒險型人物，每人幾乎都有一段異於常人的傳奇故事。這些故事當事人說來未必精采，但一透過游條春先生的嘴巴重現，有時連當事人都聽得忘我，甚至涕泗縱橫，彷彿聽的是別人的故事。

條春伯沒當過日本兵，可是他可以綜合一堆台籍日本兵的遭遇，一如連續劇般從入伍、受訓、逃亡荒島，面對同鄉同袍的死亡，並取下他們的骨骸寄望帶回故鄉，乃至骨骸過多搞不清哪是誰的等等，讓聽的人完全隨他的敘述或悲或笑，彷彿跟他一起打了一場太平洋戰爭。此外他也可以把新聞事件說得讓一個三、四年級的小孩，到現在仍記得當時腦中被觸動的畫面。例如當年瑠公圳分屍案的凶手做案之後帶著小孩到安東街吃麵（這讓我一直以為台北的安東街是條專門賣麵的街道），還有甘迺迪總統被暗殺、賈桂琳抱住她先生、安全人員跳上飛快的車子保護賈桂琳……當然，這記憶全來自條春伯的嘴巴而不是報紙。我的記憶全是畫面，有畫面，是因為條春伯說得精采，說得有如親臨他至死都還搞不清地理位置的達拉斯命案現場。

於是這小孩長大後無條件地相信：通俗是一種功力，絕對自覺的通俗更是一種絕對的功力。透過那樣自覺的通俗傳播，即使連大字都不識一個的人，都能得到和高階閱讀者一樣的感動、快樂、共鳴，和所謂的知識、文化自然順暢的接軌。也許就是因為這些活生生的例子，俗氣的自己始終相信：講理念容易講故事難，講人人皆懂、皆能入迷的故事更難，而能隨時把這樣的故事講個不停的人，絕對值得立碑立傳。

條春伯嚴格地說是有自覺的轉述者，至於創作者，我的心目中有兩個。一個是日本導演山田洋次，一個是推理小說家阿嘉莎．克莉絲蒂。

山田洋次創造了寅次郎這個集合所有男人優點跟缺點的角色，在以《男人真命苦》為名的系列下，總共完成百部左右的電影。它們的敘述風格、開頭、結尾的方法不變，唯一改變的是故事，是時代，是遍歷日本小鄉小鎮的場景。數十年來，看《男人真命苦》幾已成為日本人每年的一種儀式，一如新春的神社參拜。

數十年前訪問過山田導演，他說，當他發現電影已然有它被期待的性格時，電影已經不是導演自己的。他說：當所有人都感動於美人魚的歌聲時，你願意為了讓她擁有跟你一樣的腳，而讓她失去人間少有的嗓音嗎？

人間少有的嗓音與動人的歌聲，都來自山田導演絕對自覺的通俗創造。

再如阿嘉莎．克莉絲蒂，如果我們光拿出她說過的故事和聽過她故事的人口數字，就足以嚇死你。五十多年的寫作生涯，她總共寫出六十六本長篇推理小說，外加一百多篇短篇小說和劇本。其中有二十六本推理小說被改編，拍了四十多部電影和電視劇集。作品被翻譯成一百零三種文字的版本，銷量超過二十億本。

夠了。你還想知道什麼？知道二十億本的意義是什麼嗎？二十億本的意義是全世界平均三個人就有一個人讀過她的書，聽過她說的故事。

說來巧合，她和山田洋次一樣，創造出個性鮮明的固定主角（當然，前前後後她弄出來好幾個），然後由他（或是她）帶引我們走進一個犯罪現場，追尋真正的罪犯。

故事就這樣？沒錯，應該說這是通常的架構。那你要我看什麼？不急，真的不急，克莉絲蒂會慢慢冒出一堆足夠讓你疑惑、驚嚇、意外，甚至滿足你的想像力、考驗你的耐心和智商的事件來。

推理小說不都是這樣嗎？你說得沒錯，大部分是這樣，不一樣的是……對了，她像條春伯，像山田洋次，她真會說，而且她用文字說。

文字的敘述可以讓全世界幾代的人「聽」得過癮、「聽」個不停，除了聖經，也許就是克莉絲蒂。她不是神，但她真的夠神。

數十年前，台灣剛剛出現她的推理系列中譯本，那時是我結婚前，常有同齡的文藝青年來我租住的地方借宿，瞄到我在看克莉絲蒂，表情詭異地說：「啊？你在看三毛促銷的這個喔？」

我只記得他抓了一本進廁所，清晨四點多，他敲開我的房門說：「幹，我實在很討厭那個白羅……再拿一本來看看，我跟你說真的，要不是你的書，我真的很想把那個矮儸壓到馬桶吃屎！」

我知道他毀了，愛吃又假客氣，撐著尊嚴騙自己。克莉絲蒂再度優雅地撕破一個高貴的知識份子的假面具，她的手法簡單，那手法叫通俗，絕對自覺的通俗，無與倫比、無法招架的功力。

昔日的文藝青年如今跟我一樣，已然老去，但不時還會看到他寫一些充滿理念和使命感極重的文章，在報紙和雜誌上出現。我知道他要說什麼，只是常常疑惑他想跟誰說；同樣，我記得他說過什麼，但轉眼間忘記他說了什麼。但請原諒我，幾十年前那個晚上，他在我家看完的那兩本克莉絲蒂的小說內容，我可還記得清清楚楚。

也許有一天再遇到他的時候，我會問他之後是否還看過克莉絲蒂其他的書，如果沒有，我會跟他說，想讀要趁早，因為你會老、會來不及。至於白羅那個矮儸，大概永遠不會消失。哦，對了，還有一個叫瑪波，你說不定會來不及認識……

歡快氣氛下的解謎樂

龍貓大王通信

一九八〇年代，美國電視觀眾最喜歡的作品類型之一，是看俊男美女在電視上「床頭吵床尾和」。一九八二年，浪漫推理劇《龍鳳妙探》（*Remington Steele*）大受歡迎，男主角皮爾斯・布洛斯南（Pierce Brendan Brosnan）高大帥氣，女主角史蒂芬妮・齊姆帕勒（Stephanie Zimbalist）嬌小可愛，他們之間不但有最萌身高差，還有最凶的吵架音量，你一嘴我一嘴地互嘴黜臭，其實偷渡的是勢均力敵的甜蜜情意。一九八六年的《雙面嬌娃》（*Moonlighting*）吵得更凶，布魯斯・威利（Bruce Willis）與西碧兒・雪柏（Cybill Shepherd）這對歡喜冤家從鏡頭前吵到鏡頭外，但觀眾只認識鏡頭前流氓與淑女的美味關係，而這已經足夠讓布魯斯・威利的星運一飛沖天。

情侶神探的公式不只讓八〇年代的觀眾買單，其實早在二〇年代就被證明很有賣點。謀殺天后阿嘉莎・克莉絲蒂的經典中，恰巧就包括一對龍鳳妙探的系列作品，他們是克莉絲蒂創作的蛋頭神探與阿嬤神探之外的唯一一組情侶神探：湯米與陶品絲。

這對情侶在一九二二年出版的《隱身魔鬼》首度登場；一九二九年出版的短篇集《鴛鴦神探》裡已經結為夫妻；一九四一年的《密碼》裡勇破二戰諜網；一九六八年已步入老年的貝里福夫妻，繼續在《顫刺的預兆》裡偵查老人療養院的死亡祕辛；最終在一九七三年的《死亡暗道》裡，老先生、老太太已經決定退休，還買了一棟退休房……聽起來他們似乎沒有繼續關心凶手與謎案的必要了，對吧？怎麼可能，陶品絲搬進新家整理環境時，在前屋主留下的書中，竟然找到一段塵封已久的祕密訊息：「瑪麗喬丹並非自然死亡，凶手是我們其中的一個。」

有誰只是整理書櫃也會突然變身偵探？湯米與陶品絲就會，這多少能證明，克莉絲蒂在這對鴛鴦神探身上放進不少玩心。也許是她為湯米與陶品絲設計的浪漫關係，令克莉絲蒂為他們而寫的故事也格外輕巧俏皮。別誤會，湯米與陶品絲出場的處女秀《隱身魔鬼》有國際陰謀、有失竊的機密文件、有神祕又奸詐的犯罪首腦「布朗先生」（這下你就懂書名《隱身魔鬼》是在說誰了）。這看來是一部暗潮洶湧的諜報小說，而確實湯米與陶品絲也穩穩地踩中大部分的可怕陷阱，但克莉絲蒂將這對男女寫得實在太過可愛……你潛意識裡早就知道，他們絕對要邊吵架邊談情地（順便推理）百年好合，不會在這個險境裡就GG（完結）。

湯米與陶品絲的情誼首先是建立在「好哥兒們」的友情之上，從《隱身魔鬼》的開場就看得出來：

「湯米，你這個老東西！」

「陶品絲，老朋友！」

兩個年輕人熱情地相互問候……那兩個「老」字頗易讓人誤解，其實兩人年齡加起來絕不超過四十五歲。

二〇年代已經不是封建時代，但男女之間還是有別。而湯米與陶品絲之間的情誼，能夠打破這種隔閡，他們首先是鐵打的好友，彼此在軍醫院認識，因此他們之間有太多戰場回憶可以閒聊，也深知對方的個性與偏好，更重要的是，他們都是一窮二白。這對日後的鴛鴦神探久別重逢，既不談情也不破案，而是討論如何賺錢。克莉絲蒂可不會那麼輕易就灑糖，但從湯米與陶品絲彼此互補的性格設定，你很快就會了解這段友情遲早要昇華成戀情。

你可以懷疑，金庸筆下的郭靖、黃蓉這對射鵰俠侶設定，是不是抄襲自湯米與陶品絲。因為郭靖和湯米一樣，是個有點遲鈍的傻大個——湯米的傻可不是我說的，是克莉絲蒂這樣寫：「湯米不太聰明……但他的慧眼絕對能一眼看穿真偽。」不只如此，克莉絲蒂還形容他「有張（看得過去）的醜臉」。到底什麼樣的長相是「醜但看得過去」？克莉絲蒂只說這種長相是「很難歸類」，而且是「綜合紳士與運動員的臉孔」。這種先踹後捧的寫法我是不會買單的，湯米擺明就是個不會被稱為男神的樸拙男性。

而陶品絲與湯米完全相反，下面這段克莉絲蒂的形容，會不會讓你腦中浮現一個二〇年代的黃蓉模樣？

陶品絲稱不上漂亮，可是那張小臉蛋上有著精靈般的線條、堅毅的下巴，還有一雙隔得很開、從平直的黑眉毛下望去迷迷濛濛的灰色大眼，在在表現出個性和魅力……她的外表散發著一股敢作敢為、精明能幹的味道。

「精靈般」、「個性魅力」、「敢作敢為精明能幹」，這是一位充滿行動力又特立獨行的女性，剛好補足了湯米謹慎緩行的保守個性。當久違重逢的湯米與陶品絲一起討論該如何賺錢，他們在排除繼承遺產（沒有任何親戚有遺產）與為錢結婚（兩人的異性緣都少得可憐）兩個途徑後，決定還是親力親為白手起家。但是誰先提出一起合夥開公司的點子呢？當然是即知即行的陶品絲！他們決定開一家「青年冒險家企業」，名稱響噹噹，事實上，他們開的是《銀魂》裡的「萬事屋」生意：有錢，什麼活我們都幹。

這種歡快的氣氛，引領湯米與陶品絲穿梭一個又一個謎團，大到《密碼》裡追捕兩名納粹間諜，小到《顫刺的預兆》裡的養老院祕密。即便他們沒有在解謎，光是看湯米與陶品絲鬥嘴聊天就很有趣，而這是有別於白羅系列或瑪波小姐系列的獨特樂趣。

這種創作上的玩心有時不是那麼容易發現，例如在《鴛鴦神探》這本短篇小說集裡，每個小短篇不但都是貝里福夫妻的探險歷程，同時也是克莉絲蒂的諧仿之作——每一篇內容都隱射推理黃金年代的名作家或名角色。例如〈女士失蹤了〉致敬了福爾摩斯的〈法蘭西斯·卡法克小姐的失蹤〉（*The Disappearance of Lady Frances Carfax*）；〈霧中人〉則諧仿了史上最厲害的「神父偵探」布朗神父……克莉絲蒂甚至諧仿自己，在《鴛鴦神探》的最後一個故事〈代號十六的人〉裡，湯米自稱是「沒長鬍鬚但智力過人」的白羅！

湯米與陶品絲系列的五本小說，自《隱身魔鬼》到最後的《死亡暗道》，克莉絲蒂創作的時間橫跨五十年，我們可以看著貝里福夫妻逐漸變老。福爾摩斯也會老，白羅也會老到糊塗，但是湯米與陶品絲卻老得很愉快。他們始終愉快，不管是年輕或蒼老，這讓閱讀五本湯米與陶品絲系列的體驗，宛如身處春風之中一樣愉快，值得推薦給長期與雨劍風刀相伴的推理粉絲。

當然，除了湯米與陶品絲系列之外，克莉絲蒂還有不少經典：《一個都不留》自然不用多提；《無辜者的試煉》是我個人特別喜愛的一本小說，我在遠流的 App「謀殺天后密室」裡的「密室之聲」Podcast 第十六集裡，談過這本講述家庭內情勒暴力的小說；此外還有曾與白羅合作過的雷斯上校探案《褐衣男子》與《魂縈舊恨》，以及性格沒那麼出彩的穩重蘇格蘭警場刑事主任巴鬥，他的幾本小說包括《煙囪的祕密》、《七鐘面》、《殺人不難》與《本末倒置》也包含在內，特別值得一提的是，《本末倒置》是克莉絲蒂本人最喜歡的十部作品之一。而《謎樣的鬼豔先生》中的哈利·鬼豔，是唯一獲得克莉絲蒂獻詞的偵探。

獻詞

阿嘉莎・克莉絲蒂是世界讀者最眾，也最廣受喜愛的女作家。
身為克莉絲蒂的孫兒，我相信奶奶會非常樂見這次出版，
因為她極以自己作品中的趣味與娛樂為豪。
歡迎所有喜歡本系列的台灣新讀者參與這場饗宴！

——馬修・培察（Mathew Prichard）

01 早起難

年輕隨性的吉米．狄西加，一步兩階地跑下「煙囪屋」的寬大樓梯。由於下樓速度太過急促，因而撞上了正端著一壺熱咖啡穿過門廳的堂堂僕役長崔威爾。多虧崔威爾的鎮定和敏捷，才沒造成任何災難。

「對不起，」吉米道歉說，「對了，崔威爾，我是不是最後一個下來的？」

「不是，先生，衛德先生還沒下來。」

「太好了。」吉米說著走進早餐室。

早餐室裡只有女主人，她那譴責的眼光就像是魚肉攤上的死鱈魚般令人發毛。真是見鬼了，為什麼這個女人要拿這種眼光看他？在鄉下過夜，要人準九點半下樓來，門兒都沒有。當然，現在已經十一點過一刻，這或許是太過分了一點，可是……

「恐怕我是晚了一點，庫特夫人。你說什麼？」

「噢！沒什麼。」庫特夫人以憂鬱的聲音說。

事實上，她非常擔憂有人早餐遲到。在她婚後最初的十個年頭裡，只要歐斯華．庫特爵士（當時還沒有頭銜）的早餐沒在八點鐘上，即使僅僅晚了半分鐘，他就會大發雷霆。庫特夫人已經被訓練成把不準時看作是最不可饒恕的罪過，這個習慣已經牢牢養成。而且，她是個急性子的女人，她不由得自問，這些不知早起的年輕人對這世界能有什麼貢獻。如同歐斯華爵士常常對記者還有其他人所說的：「我的成功完全歸功於早起，以及規律、儉樸的生活習慣。」

庫特夫人是個高大而帶有悲劇性美感的漂亮女人。她有一雙憂傷的黑色大眼和一副深沉的嗓子。若有藝術家想找模特兒畫「為子女慟哭的雅各之妻」，見到了庫特夫人一定會高興得大聲歡呼。她去演歌劇也一定很出色……演一個飽受丈夫虐待的可憐妻子在冰天雪地裡獨自蹣跚走著。

她看起來如同埋藏著某種深沉的憂傷，然而事實上，除了歐斯華爵士一路平步青雲、邁入成功之途外，庫特夫人的生活毫無憂傷可言。她年輕時是個豔麗的女孩，深深愛上歐斯華．庫特。她的父親經營五金店，他是他們家隔壁一家腳踏車店裡的年輕店員，自小胸懷大志。他們非常幸福地生活在一起，先是擠在一兩個房間裡，然後買了一棟小屋子，再來是一棟大一點的房子，房子愈住愈大，不過總是在「工廠」附近。如今歐斯華爵士出人頭地，不再與他的「工廠」相依為命，所以租住於全英格蘭最宏偉、最豪華的大宅第便成了他的樂趣。煙囪屋是個具有歷史性的地方，他向卡特漢爵士租下兩年，此舉令歐斯華爵士感到他已臻至人生理想的巔峰。

庫特夫人卻不怎麼快樂。她是個孤獨的女人。結婚初期，她生活中的主要娛樂便是和「女孩子」聊天，等這些「女孩子」擴充了三倍之後，她的主要消遣還是和她的家僕聊天。如今她擁有一群女僕，一個像大主教般的僕役長、幾個各有專司的僕人、一群忙碌的廚房、洗滌室女傭，一個脾氣嚇人的外籍廚師和一位走起路來颯颯作響的大塊頭女管家……庫特夫人猶如被放逐到荒島上的人。

她深深嘆了一口氣，從敞開的落地窗飄走出去。這讓吉米．狄西加大大鬆了一口氣，馬上動手再多吃一些腰子和培根，充實一下體力。

庫特夫人悲戚地在露台上站了一會兒，然後鼓起勇氣和大園丁麥唐諾講話。他正以專橫的眼神掃視著他所統治的領土。麥唐諾是園丁之中的頭子，他深知他的地位是要統治別人，而他的統治也相當蠻橫霸道。

庫特夫人緊張地向他走過去。

「早安，麥唐諾。」

「早，夫人。」

他的語氣就像個大園丁，悲壯而帶著威嚴，宛如一位參加葬禮的帝王。

「我在想……我們今晚可不可以摘下那些晚生的葡萄當點心？」

「它們還不適合摘下。」麥唐諾說。

他說來語氣溫和但十分堅定。

「噢，」庫特夫人鼓起勇氣說，「噢，可是我昨天在屋尾那裡嘗了一顆，還挺好吃的。」

麥唐諾看著她，她臉紅起來。他令她感到自己那樣做太過放肆。顯然去世的卡特漢爵士夫人絕對不會這麼失禮，自己跑進暖房裡摘葡萄吃。

「您只需吩咐一聲，夫人，我們就會剪下一串送去給你。」麥唐諾尖刻地說。

「噢，謝謝你，」庫特夫人說，「好，我下一次會這樣做。」

「可是它們還不適合採收。」

「是的，」庫特夫人喃喃說道，「是的，我想大概還不適合。那麼我們還是留著吧。」

麥唐諾巧妙地保持沉默。庫特夫人再度鼓起勇氣。

「我想要和你談談玫瑰花園後面的那塊草坪。我不知道那裡是不是可以用來當作滾球場地，歐斯華爵士非常喜歡滾球遊戲。」

有什麼不可以？庫特夫人心裡想著。她上過英國歷史課，書上不是說法蘭西斯．狄瑞克爵士就是在和同伴一起玩滾球的時候，看到西班牙無敵艦隊來犯？這當然是麥唐諾無法反對的一項紳士傳統。然而她忘了那些優秀園丁的顯著特性，那就是反對任何人向他提出的建議或意見。

「不能做那個用途。」麥唐諾不表同意。

他拋入反對的口吻，不過真正的用意是在致使庫特夫人全面放棄。

「可以清理一下，還有……呃，把……呃，把那種東西全部砍掉。」她滿懷希望地繼續說著。

「好，」麥唐諾慢吞吞地說，「那行得通。不過這樣一來，就得把威廉從下花壇那裡調上來。」

「噢！」庫特夫人懷疑地說。

他所謂的「下花壇」對她來說毫無意義，那只是令她模糊地想起一首蘇格蘭歌曲，但這句話對麥唐諾來說，顯然是個無法克服的反對理由。

「那是很可惜的。」麥唐諾說。

「噢！當然。」庫特夫人說，「是的。」

她很納悶自己為什麼這麼熱切地同意。

麥唐諾緊盯著她看。

「當然，」他說，「如果這是你的吩咐，夫人……」

他的話吊個尾巴。不過那懷有惡意的語氣令庫特夫人無法抵抗，她立即投降。

「噢！不，」她說，「我懂你的意思，麥唐諾。不，不，威廉還是留在下花壇工作的好。」

「我正是這樣認為，夫人。」

「是的，」庫特夫人說，「是的，確實是。」

「我想你會同意的，夫人。」麥唐諾說。

「噢！當然。」庫特夫人再度說道。

麥唐諾碰碰帽子，轉身離去。

庫特夫人悶悶不樂地嘆了一口氣，望著他的背影。吉米．狄西加飽食了腰子和培根，跨出露台，站在她身旁也嘆了一口氣，只是態度迥然不同。

「好棒的早晨，呃？」他說道。

「是嗎？」庫特夫人心不在焉地說，「噢！是的，大概是吧，我沒注意到。」

「其他人呢？在湖上划船？」

「我想是吧。我是說，我猜他們是在那裡。」

庫特夫人轉身，唐突地衝回屋子裡。崔威爾正在檢視咖啡壺。

「噢，天啊，」庫特夫人說。「那個什麼先生還沒……」

「衛德先生嗎，夫人？」

「是的，衛德先生。他還沒下來嗎？」

「還沒，夫人。」

「很晚了。」

「是很晚了，夫人。」

「噢，天啊，我想他總會下來吧，崔威爾？」

「噢，這是當然，夫人。昨天衛德先生下來時是十一點半，夫人。」

庫特夫人瞄了一眼時鐘。現在已經是十一點四十分。她的心中掠過一陣同情。

「你的運氣不佳，崔威爾，把餐桌清理好後，一點鐘之前還得把午餐擺上。」

「我習慣了年輕人的生活方式，夫人。」

話中的譴責意味表達得很含蓄，但是卻錯不了。一個樞機主教在譴責一個無心失禮的土耳其人或是異教徒時，也可能是用這種方式。

庫特夫人這天早上第二度臉紅起來。一項干擾適時發生，解除了她的難堪。門打開，一個一臉嚴肅、戴著眼鏡的年輕人探頭進來。

「噢！你在這裡，庫特夫人。歐斯華爵士要見你。」

「噢，我馬上去，貝特門先生。」

庫特夫人匆匆走出去。

歐斯華爵士的私人祕書魯波．貝特門從另一條路徑出去，他跨出落地窗門外，只見吉米．狄西加仍在那裡悠閒地漫步。

「早啊，」吉米說，「我想我大概得去和那些死丫頭陪陪笑臉。你也一起去吧？」

貝特門搖搖頭，匆匆沿著露台走過去，跨進書房的窗門。吉米愉快地對著那個消失的身影咧嘴一笑。他和貝特門曾經上過同一所學校，當時貝特門是個一臉嚴肅、戴副眼鏡的小男孩，毫無來由地被封了個「阿兵哥」的綽號。

吉米心想，阿兵哥如今還是和當年一樣討人厭。「生活是真實的，生活需要認真看待」，這句話可能是特別為他而寫的。

吉米打了個呵欠，慢慢逛到湖邊。女孩子們都在那裡，一共三位……都是普普通通的那種女孩，兩個黑色短髮，一個金色短髮。最愛吃吃笑的那個（他想）是叫作海倫；另外一個叫南西；第三個，不知什麼原因，被人叫作「襪子」。和她們在一起的是他的兩個朋友，比爾．奧維里和龍尼．狄佛魯，他們都在外交部任閒職，功能只是點綴門面而已。

「嗨，」南西說（或是海倫），「是吉米。另一個叫什麼來著的人呢？」

「你不會是說，」比爾．奧維里說，「傑瑞．衛德還沒起床吧？應該想個辦法對付他這一點。」

「要是他不當心點，」龍尼．狄佛魯說，「總有一天他會吃不到早餐……當他滾下來時，只撈得到一頓午餐或是一杯午茶。」

「丟臉，」那個叫作「襪子」的女孩說，「因為這令庫特夫人十分擔憂。她愈來愈像個想生雞蛋卻生不下來的母雞。這太糟糕了。」

「我們去把他拉下床來，」比爾提議說，「走吧，吉米。」

「噢！我們用細膩一點的方法處理吧。」叫作襪子的那個女孩說。

「細膩」是她滿喜歡的一個字眼，用得很多。

「我不是個細膩的人，」吉米說，「我不知道怎麼個細膩法。」

「我們明天早上一起行動，」龍尼含糊地提議說，「你們知道，七點就把他弄醒，讓全屋子的人都吃一驚。到時崔威爾的假落腮鬍和茶壺會掉到地上，庫特夫人會陷入歇斯底里，昏倒在比爾的臂膀裡……比爾則感到如同泰山壓頂；歐斯華爵士『哈！』了一聲，他的鋼鐵股票馬上漲了一又八分之五點；阿兵哥的反應是把眼鏡丟到地上猛踩。」

「你不了解傑瑞，」吉米說，「或許足夠的冷水是可以把他澆醒……也就是說，應用得當的話。不過他八成會翻個身又睡著了。」

「哦，我們必須想個比澆冷水更細膩的方法。」襪子說。

「好吧，什麼方法？」龍尼直率地問道。

沒人有現成的答案。

「我們應該能想出方法來，」比爾說，「誰最有頭腦？」

「阿兵哥，」吉米說，「他正好過來了，像往常一樣匆匆忙忙。阿兵哥一向頭腦最好，這是他自小以來的不幸所在。我們交給他來想吧。」

貝特門先生耐心聽著他們不太連貫的敘述。他的態度有如準備起飛的人一樣，毫不浪費時間地說出他的解答。

「我建議用鬧鐘，」他敏捷地說，「我自己就在用，以防睡過了頭。不聲不響的將早茶端進房去是無法把人吵醒的。」

他匆匆離去。

「鬧鐘。」龍尼搖搖頭。「一個鬧鐘。要想吵醒傑瑞．衛德，得用上大約一打的鬧鐘。」

「這有何不可？」比爾臉色緋紅，神情熱切。「我想到了，我們一起到貝辛市場鎮去，每個人買個鬧鐘。」

然後是一番嘻鬧的討論。最後比爾和龍尼一起去開車子；吉米負責到飯廳去探視，他很快就回來。

「他在那裡沒錯，正狼吞虎嚥地吃吐司和果醬。我們要怎麼防止他和我們一道去？」

最後決定利用庫特夫人把他纏住。吉米、南西和海倫去達成這項任務。庫特夫人一臉惶惑不解。

「開個玩笑？你們會很小心吧，親愛的？我是說，你們不會把家具刮傷或是弄壞其他東西，或是用太多水吧？我們下星期得把屋子交還給屋主，你們知道。我可不想讓卡特漢爵士以為……」

從車庫回來的比爾插嘴保證說：「那無所謂，庫特夫人。疾如風布蘭特——卡特漢爵士的女兒——是我的好友，她一向不拘小節……完全不拘！這你可以信任我。無論如何，我們不會造成任何損害。這是件再靜態不過的事。」

「十分細膩。」那個叫作襪子的女孩說。

庫特夫人憂傷地沿著露台走著，傑瑞．衛德正好從飯廳裡出來。吉米．狄西加稱得上是個白淨無邪的年輕人，但相形之下，傑瑞・衛德更形白淨與無邪，而他那迷迷糊糊的表情相對使得吉米的臉顯得十分聰慧。

「早，庫特夫人，」傑瑞・衛德說，「其他人都到哪裡去了？」

「他們都到貝辛市場鎮去了。」庫特夫人說。

「去幹什麼？」

「說要開個玩笑。」庫特夫人以她低沉、憂傷的聲音說。

「一早起來就開玩笑有點太早了吧。」衛德先生說。

「現在已經不早了。」

「我恐怕是起得太晚了一點，」衛德先生坦誠動人地說，「實在怪透了，不管我到什麼地方過夜，我總是最後一個起床。」

「是很怪。」庫特夫人說。

「我不知道為什麼會這樣，」衛德先生思索著說，「我想不通，真的。」

「為什麼你不乾脆就起床？」庫特夫人說。

「噢！」衛德先生說。

這個簡單的解決方法令他有點吃驚。

庫特夫人熱切地繼續說下去。

「我聽歐斯華爵士說過太多次了，他說世界上再沒有什麼比守時對年輕人更重要的了。」

「噢！我知道，」衛德先生說，「我在城裡就得守時。我是說，我得在十一點之前趕到我們快樂的外交部去。你可別以為我天生就是條懶惰蟲，庫特夫人。啊，看你下花壇裡的那些花，開得正茂盛，我記不得那些花名，不過我們家也有一些……那些淡紫色的什麼花。我妹妹非常熱中園藝。」

庫特夫人的注意力馬上轉移。她內心的委屈陣陣刺痛著她。

「你們家的園丁都是什麼樣子？」

「噢！我們只有一個園丁。他有點老糊塗，懂得不多，不過你叫他做什麼他就做什麼。這是個優點，不是嗎？」

庫特夫人感慨良深地同意。她演內心戲一定很出色。他們開始談論園丁的種種不是。

與此同時，另一批人的探勘之旅也進行得十分順利。他們一群人衝進貝辛市場鎮的一家大百貨公司，而且一下要買那麼多鬧鐘，頗令老闆感到困惑。

「我真希望疾如風也在這裡，」比爾喃喃說道，「你認識她吧，吉米？噢，你會喜歡她的。她是個很棒的女孩，很會運動，而且告訴你，她也很有頭腦，你認識她吧，龍尼？」

龍尼搖搖頭。

「不認識疾如風？你是怎麼混的？她實在是了不得。」

「細膩一點，比爾，」襪子說，「不要在那裡喋喋不休地談論你的女朋友，辦正事要緊。」

莫加洛先生——莫加洛百貨店的老闆——開始推銷起來：「如果你容許我建議的話，小姐，我會說……不要買那個。那是個好鐘，我並不是說它不好，不過我極力推薦這個牌子。它是貴一點，但是很值得，很耐用，你知道。我可不希望你以後來說……」

顯然每個人都覺得有必要塞住莫加洛的嘴。

「我們並不想買耐用的鐘。」南西說。

「只要能走一天就行了。」海倫說。

「我們不想要細膩的，」襪子說，「我們要聲音很大的。」

「我們想要……」

比爾沒再繼續說下去，因為頗有機械頭腦的吉米，已經設定了幾個鬧鐘。接下來的五分鐘，整個店裡接連響起了不忍卒聞的鬧鈴聲。

最後，他們選了六個聲音最大的。

「告訴你們，」龍尼瀟灑地笑了笑說，「我要幫阿兵哥買一個。這是他出的主意，他沒加入實在不夠意思。我要代他買一個。」

「沒錯，」比爾說，「我也幫庫特夫人買一個，愈多愈有趣，而且她正在執行一項吃力的任務。說不定現在正在跟傑瑞那個老小子胡扯哩。」

這個時候，庫特夫人的確正在津津樂道地與傑瑞細述一個麥唐諾和一棵得獎桃樹的冗長故事。

鬧鐘都包裝好，而且付了錢。莫加洛先生莫名其妙地望著那輛離去的車子。時下這些上流社會的年輕人真活潑，真的很活潑，不過一點也不容易了解。他鬆了一口氣，轉身接待要來買一把不滴水新式茶壺的牧師太太。

02／鬧鐘

「我們要把它們放在哪裡？」

晚餐已過，庫特夫人再度受擔重任。歐斯華爵士適時而不期然地提議打橋牌……說「提議」是不正確的，歐斯華爵士位居「工業領袖」中的一員（第一級的七號），只要他提出意願，周圍的人就得急忙照辦。

魯波．貝特門和歐斯華搭檔對抗庫特夫人和傑瑞．衛德，這是個皆大歡喜的安排。歐斯華爵士的橋牌打得非常好，就像他做任何其他事情一樣，而且喜歡找一個配合得上的搭檔。貝特門打起橋牌來就像當祕書一樣效率十足。他們兩個都神情專注地看著手中的牌，僅偶以簡潔明快的聲音叫牌：「八墩無王」、「賭倍」、「九墩黑桃」。庫特夫人和傑瑞．衛德則打得從容、不得要領，傑瑞在每一手牌結束之後都不忘說：「啊，搭檔，你打得實在是好極了。」欽佩的語氣令庫特夫人感到極為新奇受用。他們手中握著很好的牌。

其他人本來都該到大舞廳裡去聽收音機跳舞，但實際上他們全都聚在傑瑞．衛德的臥房門口，空氣中充滿了壓低的吃吃笑聲和鬧鐘走動的聲響。

「在床底下排成一列。」吉米回答比爾的問題說。

「那麼我們該把它們設在幾點鐘？我的意思是，幾點讓它們響？一起響個夠，或是隔開來響？」

這一點引起熱烈爭論。一方說對傑瑞．衛德這種睡覺大王來說，八個鬧鐘一起響是必要的；另一方偏好平均、持續的效果。

最後後者得勝。鬧鐘被設定成一個接一個響，從早上六點半開始。

「我希望，」比爾聖潔地說，「這可以給他一個教訓。」

「好，好。」襪子說。

藏鬧鐘的事正開始進行時，突然出現了警示。

「噓，」吉米叫道，「有人上樓來了。」

一陣恐慌。

「沒事，」吉米說，「只是阿兵哥。」

貝特門先生利用他作夢家的空檔到房間去找手帕。他中途暫停下來，瞄了他們一眼，然後做了個簡單、實際的評論。

「他上床時會聽到鬧鐘滴答響的聲音。」

這群陰謀者面面相覷。

「我告訴過你們沒有？」吉米肅然起敬地說，「阿兵哥真的很有頭腦！」

很有頭腦的那個人繼續走過去。

「沒錯，」龍尼・狄佛魯頭偏向一邊承認道，「八個鬧鐘一起走的聲音的確是很吵。即使是傑瑞那種蠢驢也不可能聽不見。他會猜出有人在搞鬼。」

「我懷疑他是不是……」吉米・狄西加說。

「是不是什麼？」

「我們以為的那種蠢驢。」

龍尼瞪大眼睛注視著他。

「我們都很了解傑瑞的。」

「是嗎？」吉米說，「我有時候認為……哦，不可能有人會像老傑瑞表現得那樣笨。」

他們全都瞪大眼睛注視著他。龍尼一臉嚴肅。

「吉米，」他說，「你很有頭腦。」

「阿兵哥第二。」比爾添油加醋地說。

「哦，我只是偶然想到，如此而已。」吉米為自己辯護說。

「噢！我們不要這麼細膩好不好，」襪子大叫說，「這些鐘該怎麼處理？」

「阿兵哥又回來了，我們問問他。」吉米提議說。

阿兵哥在眾人的催促下啟動最大的腦力思考，最後做了決定。

「等他上床睡著後，再悄悄進他的房裡，把鬧鐘放在地上。」

「小阿兵哥又說對了，」吉米說，「時候一到，一聲令下，大家都把鬧鐘放下，然後一起下樓去，避開嫌疑。」

那邊橋牌仍然繼續進行著，只是局面有點不同。歐斯華爵士現在和他太太搭檔，他好心好意的指點她每一次所犯下的錯誤，庫特夫人雖然好脾氣地接受他的指責，卻打得興致索然。她不只一次地反覆說著：「我懂，親愛的，謝謝你告訴我。」

然後繼續犯下同樣的錯誤。

傑瑞．衛德則不時的對阿兵哥說：「打得好，搭檔，打得漂亮。」

與此同時，比爾．奧維里正在和龍尼．狄佛魯計算時間。

「就說他大約十二點上床……你認為我們應該先給他多少時間？一個小時？」他打起呵欠。「奇怪，通常我半夜三點才會想睡，可是知道今晚我們得熬夜，反而就想做個乖孩子，現在馬上上床去。」

每個人都說有同感。

「我親愛的瑪莉亞，」歐斯華爵士有點憤慨地揚聲說，「我一再地告訴你，不知道是否該偷牌的時候不要猶豫。你這樣一來，全桌人都知道了。」

庫特夫人對此有個非常好的回答……那就是，既然歐斯華爵士是夢家，他便沒有權利下評論。不過她沒把這個回答說出來，只是和藹地微微一笑，頂個大胸脯傾過桌面，直盯著右手邊衛德手上的牌。

她的焦慮在知道他有張Q之後安定了下來，她打出J，偷牌成功，同時放下牌來。

「三戰兩勝贏四墩，」她宣稱。「我想我能吃到四墩實在非常幸運。」

「是幸運。」

傑瑞．衛德喃喃說道，把椅子往後一推，走到壁爐那邊加入其他人。

「幸運，她說是幸運。那個女人需要好好盯住。」

庫特夫人收著紙幣和銀幣。

「我知道我打得不好，」她以掩不住喜悅的惋惜聲說，「不過，我玩起牌來真的非常幸運。」

「你永遠不會變成橋牌好手，瑪莉亞。」歐斯華爵士說。

「是的，親愛的，」庫特夫人說，「我知道我不會，你一向這麼說。可是我真的很努力了。」

「她的確很賣力，」傑瑞嘟囔道，「這是騙不了人的。如果她沒有其他方法看到你的牌，就乾脆直接把頭探到你的肩膀上看。」

「我知道你很賣力，」歐斯華爵士說，「只是你毫無打牌的細胞。」

「我知道，親愛的，」庫特夫人說，「你總是這麼說。你欠我十先令，歐斯華。」

「是嗎？」歐斯華爵士顯得很驚訝。

「是的。一千七百分……八鎊十先令。你只給了我八鎊。」

「啊呀，」歐斯華爵士說，「是我的錯。」

庫特夫人慘然地對他微微一笑，接過一張十先令紙幣。她非常喜歡她丈夫，但也不容他侵吞她十先令。

歐斯華爵士走到一張邊桌前面，開始熱心地調起威士忌加蘇打。

到了十二點半，大家才互道晚安。

住在傑瑞．衛德鄰房的龍尼．狄佛魯被指定匯報情況。兩點過一刻時，他終於悄悄溜出去敲每個人的門。一群人穿著睡衣睡袍聚集在一起，發出各種摩擦聲、咯咯笑聲和竊語聲。

「他房裡的燈光大約二十分鐘前熄掉，」龍尼以粗嘎的低語報告。「我還以為他永遠不會熄燈哩。我剛剛打開門探頭進去看，他好像睡得很熟。現在怎麼樣？」

所有的鬧鐘再度出列。這時另一個難題產生。

「我們不能一起擠進去，站都站不下去。得由一個人進去，其他人在門口把那些玩意兒遞給他。」

接著他們開始熱烈討論該選哪個人比較恰當。

三個女孩以她們會笑出來被否決掉了。比爾．奧維里也因他的身高、體重、腳步重，還有笨手笨腳（這一點他強烈否認）被否決掉。只有吉米．狄西加和龍尼．狄佛魯被列入考慮，不過最後大家以壓倒性的多數通過由魯波．貝特門來擔任這項工作。

「阿兵哥那小子，」吉米同意說，「走起路來就像貓一樣，他一向如此。再說，如果傑瑞醒過來了，阿兵哥也能想出一些話來搪塞他，你們知道，就是一些合理、讓他安靜下來不會起疑的話。」

「一些細膩的話。」叫作襪子的女孩若有所思地說。

「正是。」吉米說。

阿兵哥手腳俐落地執行他的任務。他小心翼翼地打開傑瑞臥房的門，帶著兩個最大的鬧鐘消失在黑暗中。一兩分鐘之後他又出現在門檻上，拿了另外兩個鬧鐘，然後再往返兩次。最後他又出來了。每個人都屏住氣息，仔細聽著。傑瑞．衛德有節奏的呼吸聲清晰可聞，不過聽來昏沉、窒悶，而且在莫加洛先生八個鬧鐘囂張、放肆的滴答聲下被淹沒殆盡。

03 失敗的玩笑

「十二點了。」襪子絕望地說。

這個玩笑——以一個玩笑來看——並不算成功。但那些鬧鐘已盡了職。它們一個個都按時響得震徹雲霄，氣勢沖天，硬生生地把龍尼·狄佛魯給震下床，迷迷糊糊中，他還以為審判之日已來到。如果對鄰房都造成這樣的效果，那核心所在會是什麼景況？龍尼連忙出去到走道上，把耳朵貼近門上的縫隙。

他期待聽到裡頭發出咒罵聲，他自信滿滿地等待著，然而什麼都沒聽到。也就是說，他沒聽到他所期待的反應。所有的鐘都好好地在走動著，傲慢、憤怒地大聲滴答不停。接著一個又一個的鬧鐘陸續響了，響聲粗嘎，震耳欲聾，即使是聾子也會聽得怒不可遏。

毫無疑問，每個鬧鐘都忠實地完成了它們的任務，而且效果還遠超過莫加洛先生所宣稱的。但顯然它們碰到了強敵傑瑞·衛德。

整個流氓集團的人都顯得垂頭喪氣。

「那小子不是人。」吉米．狄西加低吼著。

「或許他以為自己聽見的是遠方的電話聲，翻個身又睡著了。」海倫說（或是南西）。

「實在令人驚嘆，」魯波．貝特門一本正經地說，「我想他應該去看醫生。」

「他一定有某種鼓膜病。」比爾自信地揣測道。

「哦，如果你問我，」襪子說，「我想他只不過是在反耍我們。當然鬧鐘把他吵醒了，但他裝作什麼都沒聽見，好讓我們失望。」

每個人都尊敬、欽佩地看著襪子。

「這不失為一種看法。」比爾說。

「很細膩，就是這麼回事，」襪子說，「你們看著好了，今天他一定會特別晚才起來吃早餐，就為了給我們顏色瞧瞧。」

時鐘指針已經指向十二點過幾分，大家一致認為襪子的想法是正確的。只有龍尼．狄佛魯提出異議。

「你們忘了，第一個鬧鐘動起來時，我就在門外。不管傑瑞後來怎麼想，第一次鬧鐘響起時，也必然會讓他大吃一驚，他應該會叫一聲或什麼的。你把第一個鬧鐘放在什麼地方，阿兵哥？」

「靠近他耳朵的一張小桌子上。」貝特門先生說。

「你想得真周到，阿兵哥，」龍尼說，「告訴我，」他轉向比爾說：「如果一大清早六點半，一個驚天動地的大鈴聲在你耳邊幾吋響起，你會說什麼？」

「『噢，上帝！』」比爾說，「我會這麼說……」他停了下來。

「當然你會那樣，」龍尼說，「我也會，每個人都會，任何正常人都會跳起來。然而，他卻沒有。所以我說，阿兵哥說得對（如同往常一般），傑瑞的鼓膜是有不明的毛病。」

「現在已經十二點二十分了。」一個女孩悲傷地說。

「我看，」吉米緩緩說道，「這有點太過分了，不是嗎？我是說，玩笑歸玩笑，可是這做得太過火了。對庫特夫婦交代不過去。」

比爾睜大眼睛注視著他。

「你在想什麼？」

「哦，」吉米說，「不曉得為什麼……這不像是傑瑞。」

他覺得難以用言語表達他的真意。他不想多說，但他看見龍尼在看著他。龍尼突然警覺起來。

就在這個時候，崔威爾走進房間來，猶豫地向四周看著。

「我以為貝特門先生在這裡。」他歉然解釋說。

「他剛剛走窗門出去了，」龍尼說，「我能幫上忙嗎？」

崔威爾的眼光從他身上飄往吉米．狄西加那裡，然後再飄回來他身上。彷彿被挑選出來一般，這兩個年輕人隨即跟他一起離開房間。崔威爾小心地關上飯廳的門。

「哦，」龍尼說，「什麼事？」

「衛德先生還沒下來，先生，我自作主張派威廉上去他房裡。」

「怎麼樣？」

「威廉剛剛非常激動地跑下來，先生。」崔威爾停頓一下，那是個預做準備的停頓。「先生，恐怕那可憐的年輕人是在睡夢中死掉了。」

吉米和龍尼睜大眼睛看著他。

「胡說！」龍尼終於大聲叫道，「這……這不可能。傑瑞……」他的臉色突然一變。「我……我上去看看，那個笨威廉可能弄錯了。」

崔威爾伸手擋住他。帶著一種怪異、不自然的超然，吉米知道僕役長已了解一切情況。

「不，先生，威廉沒弄錯。我已經派人去請卡瑞特醫生了，而且我自作主張把房門鎖上，準備去通知歐斯華爵士這件事。現在我得去找貝特門先生了。」

崔威爾匆匆離去。龍尼像個木頭人似的站立不動。

「傑瑞……」他喃喃自語。

吉米挽起他朋友的手臂，帶他穿過一扇邊門，來到露台上一個偏僻的地方。他把他推坐在一張椅子上。

「放輕鬆一點，老弟，」他溫柔地說，「過一會兒你就沒事了。」

他以有點詫異的眼光看著他。他沒想到龍尼和傑瑞．衛德交情這麼深。

「可憐的傑瑞，」他若有所思地說，「那麼一個健壯的人。」

龍尼點點頭。

「現在想起來，鬧鐘這件事實在是挺卑劣的，」吉米繼續說，「很奇怪，為什麼鬧劇好像總跟悲劇扯在一起？」

他有點散漫地說著，以便給龍尼時間恢復過來。龍尼不安地移動著。

「我真希望醫生快來。我想知道……」

「知道什麼？」

「他……是怎麼死的。」

吉米抿抿雙唇。

「心臟病？」他冒險一問。

龍尼發出短促的訕笑。

「我說，龍尼……」吉米說。

「怎麼樣？」

吉米發現他難以說出口。

「你不會是說，你不會是在想……我是說，你不是認為……呃，我是說，他不會是頭上挨了重擊或什麼的吧？因為崔威爾把門鎖上了等等。」

在吉米想來，他的這些話應該能得到回應，然而龍尼只是盯著前方，沒有反應。

吉米搖搖頭，陷入沉默。他知道除了靜靜等待別無他法。因此，他等著。是崔威爾打破這個局面。

「醫生想在書房見你們兩位，請吧，先生們。」

龍尼從椅子上彈了起來。吉米跟在他身後。

卡瑞特醫生是個瘦瘦高高、精力充沛的年輕人，一張臉透著聰明。他微一點頭向他們打招呼。阿兵哥顯得比往常更為嚴肅，為他們進行介紹。

「據我的了解，你是衛德先生的好朋友。」醫生對龍尼說。

「最好的朋友。」

「嗯。呃，這件事好像夠清楚的，雖然是很悲慘。他看起來是個健康的小夥子。你知不知道他是否有吃藥幫助入眠的習慣？」

「幫助入眠？」龍尼睜大眼睛。「他一向都睡得很熟。」

「你從沒聽他抱怨說睡不著覺？」

「沒有。」

「哦，那事情就簡單了。恐怕要開驗屍審訊。」

「他是怎麼死的？」

「很明確，我認為是三氯乙二醇服用過量。藥物就在他床邊，還有一個瓶子和一個杯子。非常悲哀，這些事情。」
吉米代他朋友問出他在唇間顫動卻始終說不出口的問題。
「不會是有什麼……蹊蹺吧？」
醫生猛然以銳利的眼光看著他。
「為什麼你這樣說？你在懷疑什麼？」
吉米看著龍尼。如果龍尼知道什麼，現在也該是說出來的時候了。但是令他感到驚愕的是，龍尼搖了搖頭。
「沒有。」他清晰地說道。
「那麼他是自殺的，啊？」
「當然不是。」
龍尼說來斬釘截鐵。醫生看來不怎麼相信。
「就你所知他沒有任何煩惱？金錢的煩惱？女人？」
龍尼再度搖頭。
「必須通知他的親戚。」
「他有個妹妹，是同父異母，住在小修道院區，離這裡大約二十哩路。傑瑞不在城裡時都和她住在一起。」
「嗯，」醫生說，「呃，應該去告訴她。」

「我去，」龍尼說，「這不是個好差事，不過總得有人去。」他看著吉米。「你認識她吧？」

「有點認識，我和她跳過一兩次舞。」

「那麼我們坐你的車去。你不介意吧，我無法一個人面對那種場合。」

「沒問題，」吉米向他保證說，「我正有此意。我去把我那部老爺車發動一下。」

他很高興有事可做。龍尼的態度令他困惑不解。他知道或懷疑些什麼？如果他有任何懷疑，為什麼不和醫生說？

隨後，兩人坐進吉米的車子，掠風而去，樂得不去管什麼速率限制。

「吉米，」龍尼終於說，「我想就現在而言……你大概是我最好的兄弟了。」

「哦，」吉米說，「怎麼說？」

他粗聲粗氣地說：「有件事我想告訴你。你該知道的。」

「關於傑瑞．衛德的事？」

「是的，關於傑瑞．衛德的事。」

吉米等待著。

「怎麼樣？」他終於問道。

「我不知道我該不該說。」龍尼說。

「為什麼？」

「我答應過不說的。」

「噢！那麼，也許你還是不說的好。」

一陣沉默。

「可是，我想……你知道，吉米，你的頭腦比我好。」

「這還用說。」吉米毫不客氣地答道。

「不，我不能說……」龍尼又唐突地說道。

「好吧，」吉米說，「隨你。」

又一陣長長的沉默之後，龍尼說：「她是什麼樣子？」

「誰？」

「這個女孩，傑瑞的妹妹。」

吉米沉默了好幾分鐘，然後不知何故改變了語氣說：「她還不錯。事實上……呃，她是個極好的人。」

「傑瑞非常愛她，我知道，他經常談起她。」

「她也非常愛傑瑞。這……這對她打擊一定很深。」

「是的，這是個頭痛的差事。」

之後他們一直保持沉默直到抵達小修道院區。

女傭告訴他們，羅琳小姐在花園裡。如果他們想要見寇克太太……

吉米機伶地說他們不想見寇克太太。

「誰是寇克太太？」當他們繞道走進略顯荒蕪的花園時，龍尼問道。

「跟羅琳住在一起的那個老鱒魚。」

他們踏上一條鋪設石磚的小路。小路的盡頭有個女孩和兩隻黑色長耳狗。那是一個嬌小的女孩，雪白皮膚，穿著鬆散的舊軟呢斜紋服。一點也不是龍尼料想中的女孩；事實上，也不是吉米中意的類型。

她拉住一條狗的項圈，走過來跟他們碰面。

「你們好，」她說，「你們不要在意伊莉莎白，她才剛生下一些小狗，疑心病非常重。」

她的態度極為自然，當她抬起頭來微微一笑時，雙頰上的淡玫瑰紅暈也隨之加深。她的眼睛是非常深的藍色，就像矢車菊一般。

然後，她的眼睛突然大張。是不是帶著驚慌？彷彿她已經猜中了他們的來意。

吉米連忙開口。

「衛德小姐，這位是龍尼・狄佛魯，你一定經常聽傑瑞談起他。」

「噢！是的。」她轉過頭，對他熱情、甜美地致上歡迎的笑容。「你們也都在煙囪屋過夜，不是嗎？為什麼你們沒帶傑瑞一起來？」

「我們……呃，沒辦法。」龍尼說到這裡，停了下來。

吉米再度看到她眼中閃現驚恐的神色。

「衛德小姐，」他說，「恐怕……我是說，我們有壞消息要告訴你。」

她一時緊張起來。

「跟傑瑞有關？」

「是的……傑瑞，他……」

她突然激動地跺起腳來。

「噢！告訴我，快告訴我……」她突然轉向龍尼。「你告訴我。」

吉米感到一陣妒意，也突然知道了自己一直以來不願承認的事實。他終於知道為什麼海倫、南西和襪子對他來說只不過是「那些女孩子」而已。

他恍惚聽到龍尼勇敢地說道：「好，衛德小姐，我告訴你。傑瑞死了。」

她很有勇氣面對這個消息。她張大嘴巴噓氣，退了一步。但是一兩分鐘之後，她開始急切地問著各種問題。怎麼死的？什麼時候？

龍尼盡可能溫和地告訴她。

「安眠藥？傑瑞？」

她的語氣明顯透著不相信。吉米看了她一眼，幾近於警告的一眼。他突然感到天真無邪的羅琳可能會說出太多話來。

接著換他極盡溫柔地說明有需要開驗屍審訊。她一陣顫抖，謝絕了與他們一起回煙囪屋的建議，不過她說她會晚點再過去，她自己有輛雙座跑車。

「不過我想……先一個人靜一靜。」她誠懇地說。

「我了解。」龍尼說。

「沒關係。」吉米說。

他們看著她，感到為難、無助。

「很感謝你們過來一趟。」

他們默默開車回去，在他們之間有某種侷促存在。

「天啊！那個女孩真堅強。」龍尼說了這麼一句。

吉米表示同感。

「傑瑞是我的朋友，」龍尼說，「現在只能靠我關照她了。」

「噢！是啊，當然。」

他們不再說話。

一回到煙囪屋，吉米就被淚水盈眶的庫特夫人攔住。

「可憐的孩子，」她一再重複說，「那個可憐的孩子。」

吉米說盡了適宜的場面話。

庫特夫人贅語滔滔地細述一些朋友死去的故事給他聽。吉米表示同情地傾聽著，最後終於不算太失禮地擺脫了她。

他動作輕快地跑上樓。龍尼正好從傑瑞·衛德的房裡衝出來。他見到吉米的時候似乎吃了一驚。

「我剛進去看他，」他說，「你要進去嗎？」

「我想還是不要。」吉米說。

他是個健健康康的年輕人，自然不喜見到與死亡有關的東西。

「我認為是他的朋友都應該進去看看他。」

「噢！你這樣認為嗎？」吉米說著，心想龍尼．狄佛魯對這件事的態度真他媽的怪極了。

「是的，表示敬意。」

吉米嘆了一口氣，屈服了。

「噢！好吧。」他說，同時微微咬緊牙關，走了進去。

被單上擺著白色花朵，房間整潔而有條不紊。

吉米快速而緊張地瞄了那張僵死的白臉一眼。這竟是一向雙頰粉紅、純真無邪的傑瑞．衛德？他的軀體一動也不動。他顫抖起來。

當他轉身要離開房間時，眼光順勢掃過壁爐架，卻不禁驚愕地停住腳步。

那些鬧鐘整整齊齊地排成一列。

他急步走出去。龍尼在等著他。

「他看來非常安詳。他命運太差了，」吉米喃喃說道，「對了，龍尼，是誰把那些鬧鐘排成一列的？」

「我怎麼知道？大概是傭人吧，我想。」

「奇怪，」吉米說，「上面只有七個，不是八個。有一個不見了，你有沒有注意到？」

龍尼含糊應了一聲。

「八個變成七個，」吉米皺起眉頭說，「這是怎麼回事？」

04 一封信

「不知體恤，我說就是這樣。」卡特漢爵士說。

他的聲音溫和、哀怨，好像為自己找到這麼個形容詞感到高興。

「是的，確實是不知體恤。我經常發現這些白手起家的人都很不知體恤。很可能這就是他們能聚積財富的原因。」

他哀傷地眺望著他今日重歸懷抱的祖厝。

他女兒，艾玲．布蘭特小姐——她的朋友和來往人士口中的「疾如風」——笑出聲來。

「你確實聚集不了什麼大財富，」她冷淡地說，「雖然你還不賴，用這個地方榨了老庫特不少錢。他是個什麼樣的人？一表人材？」

「一個大塊頭，」卡特漢爵士微微戰慄地說，「有一張紅通通的四方臉，鐵灰色頭髮，精力充沛，你知道，是他們所謂個性強烈的人。把他想像成壓路機變成人的模樣就對了。」

「他這人滿無聊的吧？」疾如風同情地問道。

「無聊死了，滿腦子節制啦、守時啦這種煩人的觀念。我不知道哪一種人最糟，個性強勢的人或是認真的政客。我比較喜歡無能的樂觀人士。」

「無能的樂觀人士付不了你這棟老墓塚的租金。」疾如風提醒他說。

卡特漢爵士畏縮了一下。

「希望你不要用那個字眼，疾如風。我們才剛結束那個話題。」

「我不明白你為什麼對它這麼敏感，」疾如風說，「人總要死在某個地方吧。」

「可是沒有必要死在我的房子裡。」卡特漢爵士說。

「為什麼不可以？很多人都在這裡死掉。我們那些曾祖父、曾祖母的，一大堆。」

「那不同，」卡特漢爵士說，「布蘭特家的人當然會死在這裡，但他們不算。我不喜歡有陌生人死在這地方，尤其反對開驗屍審訊。這種事很快就會成了習慣，這是第二次了。你記得四年前那件風風雨雨的事吧？告訴你，那件事全該怪到喬治·洛馬士頭上。」

「而現在你則怪罪那位可憐的壓路機庫特。我相信他和任何人一樣感到困擾。」

「很不知體恤，」卡特漢爵士固執地說，「可能發生那種事的人就不該請他來這裡度假。隨你高興怎麼說，疾如風，反正我不喜歡驗屍審訊。我從沒參加過，也永遠不會參加。」

「呃，這次和上一次不同，」疾如風安慰他說，「我的意思是，這次不是謀殺案。」

「很可能是呢，從那個笨警察那副小題大做的樣子就可以看出。四年前那件事他到現在還沒平復。他以為這裡發生的每件死亡事件，背後一定具有政治陰謀。你不知道他有多小題大做，我聽崔威爾說每樣東西他都要採指紋。當然，他們只找到死者自己的。這是件再明白不過的案子了，儘管究竟是自殺或是意外還無定論。」

「我見過傑瑞·衛德一次，」疾如風說，「他是比爾的朋友。你會喜歡他的，爸爸，我從沒見過比他更無能而樂觀的人。」

「我不喜歡有人跑來死在我的房子裡故意氣我。」卡特漢爵士固執地說。

「可是我實在想不出有誰會謀害他，」疾如風繼續說，「這個想法實在荒唐。」

「當然荒唐，」卡特漢爵士說，「除了雷隆警官那種笨蛋，任何人都會認為很荒唐。」

「也許找指紋會令他感到自己了不起，」疾如風安慰他說，「無論如何，他們認為是『過失死亡』，不是嗎？」

卡特漢爵士勉強同意。

「他們得考慮到做妹妹的感受。」

「他有個妹妹嗎？我不知道。」

「同父異母的妹妹，我想。她年紀小多了。老衛德和她母親私奔……他老是幹那種事，除了那種已經屬於其他男人的女人之外，沒有女人會中他的意。」

「我真慶幸你還有這個習慣沒染上。」疾如風說。

「我一向過著受人崇敬的虔誠生活，」卡特漢爵士說，「想想，我對別人造成的傷害已經少到不能再少了，奇怪我怎麼就是不得清靜，要是……」

他停了下來，看到疾如風突然從窗門跨出去。

「麥唐諾。」疾如風以清晰、專橫的聲音喊道。

帝王駕到。他的臉上可能本想露出歡迎的微笑，然而園丁天生的陰沉打消了這個念頭。

「小姐？」麥唐諾說。

「你好嗎？」疾如風說。

「我很好。」麥唐諾說。

「我想和你談談滾球草坪的事。那裡草長得太長太亂了，找個人去處理一下，好嗎？」

麥唐諾猶豫不決地搖搖頭。

「那表示得把威廉從下花壇調上來，小姐。」

「什麼事，小姐？」

「去他的下花壇，」疾如風說，「叫他馬上動手。還有，麥唐諾……」

「把那頭那些葡萄摘一些來。我知道時候不對，但因為時候總是不對，所以我還是要摘。明白吧？」

疾如風回到書房裡。

「對不起，爸爸，」她說，「我想修理一下麥唐諾。你剛剛在說什麼嗎？」

「我是說了什麼，」卡特漢爵士說，「不過無所謂。你剛剛跟麥唐諾說什麼？」

「想醫好他自以為是萬能上帝的病。但這是件不可能的事。我料想他可能對庫特夫婦沒什麼好感。麥唐諾不會喜歡壓路機的汽笛聲。庫特夫人是什麼樣的人？」

卡特漢爵士考慮著這個問題。

「很像我觀念中的席登斯太太，」他終於說，「我想她很沉迷於業餘戲劇。我猜想這件鬧鐘的事令她非常不安。」

「什麼鬧鐘的事？」

「崔威爾剛才告訴我的。好像來這裡度假的一群人開了個玩笑。他們買了很多鬧鐘，把它們藏在這位年輕人衛德的房間裡。然後，當然，這可憐的傢伙死了。這使得整個事情顯得有點惡劣。」

疾如風點點頭。

「崔威爾還告訴我有關那些鐘的其他怪事，」卡特漢爵士相當自得其樂地說下去。「好像有人把它們聚集起來，在壁爐架上排成一列……在那可憐的傢伙死掉之後。」

「哦，這有何不可？」疾如風說。

「我自己是看不出有何不可，」卡特漢爵士說，「不過顯然這引起了一些騷動。沒有人承認做過那件事，你知道。所有的傭人都被問過，他們都發誓說沒碰過那些鬼東西。事實上，這成了一個謎。後來驗屍官又在調查庭上問話，你知道，要對那種階層的人解釋有多麼困難。」

「有夠缺德的。」疾如風說。

「當然，」卡特漢爵士說，「事後很難知道當時的情況。崔威爾告訴我的時候，我大半都聽不太懂。對了，疾如風，那傢伙是死在你的房間裡。」

疾如風做了個鬼臉。

「為什麼偏偏死在我的房裡？」她有點憤慨地問道。

「這正是我一直在說的，」卡特漢爵士得意洋洋地說，「不知體恤。現代人都他媽的不知體恤別人。」

「我並不在意，」疾如風勇敢地說，「我何必在意？」

「我在意，」她父親說，「我就非常在意。我會作夢，你知道，夢見鬼爪和叮叮噹噹的鎖鍊。」

「哦，」疾如風說，「路易莎嬸婆就死在你的床上，你怎麼沒看過她的幽靈在你床前徘徊呢？」

「我有時候會看到，」卡特漢爵士毛骨悚然地說，「尤其是在吃了龍蝦之後。」

「哦，感謝上天我並不迷信。」疾如風說。

然而那天晚上，當她穿著睡衣坐在臥房的爐火前時，發現自己的思緒老回到那位愉快而迷糊的年輕人傑瑞．衛德身上。難以相信這麼一個生活充滿歡樂的年輕人會蓄意自殺。不，另一個解釋一定才是正確的：他吞下了安眠藥，結果弄錯了，服用過量。這有可能。她並不覺得傑瑞・衛德會是因為精神壓力太重。

她的目光轉向壁爐架，開始想著鬧鐘的事。

她的貼身女僕在聽足了其他女傭的敘述之後，把全部過程告訴了她。她添加了一些顯然崔威爾認為不值得告訴卡特漢爵士的細節，但它們卻引起了疾如風的好奇心。

七個鬧鐘整整齊齊的排在壁爐架上，最後剩下來的一個被發現丟在外面的草坪上，而且顯然是從窗口丟出去的。

疾如風現在正困惑地想著這一點。這是多麼奇怪而且毫無必要的事。她可以想像或許是一個女僕把那些鬧鐘整理好的，但因為怕被質問而加以否認。然而，不會有任何一個女僕會把鬧鐘丟進花園裡去。

是不是傑瑞在第一個鬧鐘吵醒他時丟出去的？可是，不，這又是不可能，疾如風聽說他是一大早死的，而且死前一定有段時間是在昏睡狀況中。

疾如風皺起眉頭。這鬧鐘的事真是古怪。她必須去找比爾・奧維里。她知道，當時他人在這裡。

疾如風一想到就立即採取行動。她站起來，走向寫字桌。這是張鑲嵌的書桌，有個可以推回去的桌面。疾如風坐下來，拉過一張紙來，開始寫著：「親愛的比爾……」

她暫停下來，拉出書桌的下部。半途卡住了，如同她記憶中經常發生的那般。疾如風不耐煩地拉著，但它就是不動。她想到，有一次一枚信封和它一起被推進去，當時就卡住了。

於是拿起一把薄薄的割紙刀，插入細縫裡。她的處置成功，一張白紙的一角露了出來。疾如風抓住紙角，把它拉出來。是一封信的首頁，有點發皺。

信上的日期吸引住疾如風的眼光。大大的日期從紙上跳了出來——九月二十一日。

「九月二十一日，」疾如風緩緩說道，「啊，當然那正是……」

她中斷下來。是的，她確信二十二日正是傑瑞．衛德死亡的那天。那麼，這一定是悲劇發生的那天晚上他正在寫的一封信。

疾如風把信攤平，開始看著。信並沒有完成。

親愛的羅琳……我星期三會過來。感到身體健壯極了，而且心情滿愉快的。見到你將是一大喜悅。聽著，務必把我所告訴你的有關「七鐘面」的事忘掉。我原以為這件事或多或少只是個玩笑，可是事實並非如此……絕非如此。我很抱歉我曾經提過它，這不是像你這種孩子該牽扯進去的事。因此，把它忘掉，知道嗎？

我還有其他的事想要告訴你，可是我好睏，眼睛都快睜不開了。

噢，關於獵狗，我想……

信至此中斷。

疾如風坐著皺起眉頭。「七鐘面」。她想，那是什麼地方？倫敦某個低下階層的地區。

「七鐘面」這幾個字令她想起了什麼，但是她一時想不出來。她的注意力轉而集中在兩句話上。「感到身體健壯極了」和「我好睏，眼睛都快睜不開了」。

這說不過去。這一點也說不過去。因為就在那天晚上傑瑞服下了那麼大量的三氯乙二醇，因而一覺不醒。如果他信上寫的是實話，那麼為什麼他要服安眠藥？

疾如風搖搖頭。她環顧四周，微微顫抖起來。會不會傑瑞現在正望著她，就在他死去的這個房間裡……

她坐著一動也不動。除了她的金質小鐘的走動聲之外，一片寂靜。鐘聲聽來大得令人感到不自然。

疾如風目光掃向壁爐架，一幅鮮明的景象浮現在她的腦海裡。那死去的男人躺在床上，七個鬧鐘在壁爐架上滴滴答答響著，噩兆一般地大聲響著，滴滴……答答……

05
馬路上的男人

「爸爸，」疾如風打開門探入卡特漢爵士的私人聖地，說道：「我要開我的 Hispano 進城去。我實在受不了這裡的單調沉悶。」

「我們昨天才剛回來。」卡特漢爵士抱怨說。

「我知道。但我覺得好像已經回來一百年。我竟然忘了鄉間生活是多麼沉悶乏味。」

「我不同意你的看法，」卡特漢爵士說，「這是種祥和；正是如此，祥和，而且這裡舒適極了。我無法告訴你我多高興回來讓崔威爾侍候，他對我的需求瞭若指掌。今天早上才有人過來問說，能不能在這裡舉行少女成長團……」

「成長營。」

「管他是營還是團，反正都一樣，全是沒有意義的蠢字。但這令我非常為難，不得不拒絕……事實上，我或許不該拒絕。不過崔威爾替我解決了難題。我忘了他是怎麼說的，總之是一些巧妙極了的話，不可能傷到任何人的感情，又讓對方完全打消了念頭。」

「對我來說，光是舒適還不夠，」疾如風說，「我需要刺激。」

卡特漢爵士聽了毛骨悚然。

「難道四年前那場刺激還不夠嗎？」他哀愁地問道。

「我準備再找些刺激，」疾如風說，「我沒說在城裡一定可以找到，但不管怎樣，我可不想在這裡整天打呵欠打到下巴脫臼。」

「根據我的經驗，」卡特漢爵士說，「想惹麻煩的人通常都會惹上麻煩。」他打起呵欠。

「不過，」他加上一句說，「我自己倒不在意上城裡去一趟。」

「好，走吧，」疾如風說，「不過要快點，因為我趕時間。」

正開始站起身的卡特漢爵士停頓下來。

「你說你趕時間？」他懷疑地問道。

「趕死了。」疾如風說。

「那好，」卡特漢爵士說，「我不去了。在你趕時間時坐你開的那輛 Hispano……不，這對上了年紀的人可不行。我還是留在這裡好。」

「那你好自為之啦。」疾如風說著轉身而去。

崔威爾來到。

「爵士，牧師急著要見您，少年隊的問題不幸引起了紛爭。」

卡特漢爵士低吼了一聲。

「爵士，我好像聽到您在早餐時說，您今天上午會散步過去跟牧師談這個問題。」

「你這樣告訴他了？」卡特漢爵士急切地問道。

「我告訴他了，爵士。然後他就離去了，好像火燒屁股一樣……恕我這樣說。希望我沒做錯，爵士？」

「當然了，崔威爾，你總是對的，只要你盡了力，不可能會出錯。」

崔威爾溫和地微微一笑，告退下去。

在此同時，疾如風正在門口的大鐵門前不耐煩地猛按汽車喇叭，一個小女孩從門房裡全速衝出來，跟在她身後的母親直喊著叫她小心車子。

「快點，卡蒂！那是最急性子的大小姐。」

疾如風的個性的確是急，尤其是在開車的時候。她技術好，有膽量，是個駕車好手；要不是如此，以她那種囂張的速度，不知道要出多少事。

這是個清爽的十月天，有著藍藍的天空和耀眼的太陽，空氣中強烈的氣味令疾如風雙頰泛紅，充滿了活力。

她已經把傑瑞．衛德那封未完成的信寄去給小修道院區的羅琳．衛德，同時附上幾筆說明。那封信留給她的怪異印象在白日裡顯得朦朧了起來，然而她還是覺得那封信需要解釋。她打算找個時間問問比爾．奧維里，要他把那次悲劇收場的聚會更詳細地說一說。這是個可愛的早晨，她感到相當舒服，Hispano 如夢境般飛馳著。

疾如風踏緊油門不放，Hispano 也不吝配合。車子一哩接一哩飛快地過去，一路上交通號誌很少而且相隔遙遠，疾如風開起車來順心極了。

然後，毫無預警地，一個男人從樹籬裡搖搖擺擺地走到馬路上來，正好擋在車前。及時煞住車子已不可能，於是疾如風用盡全部力氣，扭轉方向盤，車子拐出右邊路面，差點掉進水溝裡……差一點點。這是個危險的動作，不過成功了。疾如風可以確信她閃過了那個人。

她轉回頭看，胃中一陣翻騰欲嘔。車子雖未輾過那個男人，但也結結實實地撞了他一下。他俯臥在路中一動也不動，感覺相當不妙。

疾如風跳出車子，往回跑。她除了輾過一隻失散的母雞外，還從未壓過任何更嚴重的東西。此時她已管不了這次車禍根本不是她的錯，那個男人似乎是喝醉了，但無論醉不醉，她反正是把他撞死了。她相當確定她把他給撞死了。她的心混亂地猛跳著，耳中嗡嗡作響。

她蹲在那人身旁，小心翼翼地把他翻轉過來。他既未呻吟也未出聲。她看出他是年輕人，一個面目十分清秀的年輕人，穿著高雅，留著牙刷般的小鬍子。

她看不出他有明顯的外傷，但她相當確定他不是已經死了就是快要死了。他的眼睛半張，眼皮跳動。那是一雙淒慘的眼睛，褐色、受了苦，像狗的眼睛一樣。他好像掙扎著想說話。疾如風把耳朵貼近。

「什麼，」她說，「什麼？」

他想要說什麼，她看得出來他很想要說，然而她無法幫他，她無能為力。

終於，話聲傳了過來，有如吹氣一般。

「七鐘面……告訴……」

「是，」疾如風答道。他想要說出來的是一個人名……盡他剩餘的所有力氣想要說出。

「是的，要告訴誰？」

「告訴……吉米．狄西加……」

他終於說了出來，然後，突然頭往後一倒，身體軟癱下來。

疾如風一屁股坐在地上，全身從頭到腳都在發抖。她從未想過這麼可怕的事會發生在她身上。他死了……她把他撞死了！

她盡力提起精神。現在她該怎麼辦？醫生！這是她第一個想到的念頭。可能——僅僅是可能——這個人只是昏過去，還沒死。她的直覺告訴她這不可能，但是她強迫自己採取行動。反正她必須把他弄上車，帶他去最近的醫生診所。這是條偏僻的鄉間道路，沒有人可以幫她。

疾如風儘管看來苗條，卻相當強壯有力，具有鞭繩一般結實的肌肉。她把 Hispano 盡可能開近過來，然後使盡所有力氣，把那具沒有生氣的軀體拖進車裡。這是件恐怖的工作，可是她咬緊牙關終於完成了。

然後她跳進駕駛座，發車駛去。幾哩路後，她駛進了一個小鎮，詢問之下，很快地便找到一個醫生家裡。

卡西爾醫生，一個和藹的中年人，進入他的診療室後看到一個瀕臨崩潰的女孩，不禁嚇了一跳。

疾如風唐突地說：「我……我想我害死了一個人，我撞到了他。我把他帶過來了，他現在在外面的車子裡。我……我車子大概開得太快了，我總是開車開太快了。」

醫生老練地瞄了她一眼。他走向一個架子，倒了一杯什麼東西，端過來給她。

「把這喝下去，」他說，「會覺得好一點。你受了驚嚇。」

疾如風順從地喝下去，死白的臉上微微泛起紅暈。醫生滿意地點點頭。

「這才對。現在我要你在這裡靜靜坐下來。我出去處理。在我確定那可憐的傢伙已沒有希望之後，我會回來，然後我們再談。」

他離開了一段時間。疾如風望著壁爐架上的時鐘。五分鐘，十分鐘，十五分鐘，二十分鐘……他怎麼還不來？

然後門一開，卡西爾醫生再度出現。他變了個樣子——疾如風立即就注意到了——顯得更為沉重，更加警覺。她有點不太明白他的態度，那帶有一種壓抑住的激動。

「小姐，」他說，「我們來談談。你說你撞到了這個人？告訴我車禍是怎麼發生的？」

疾如風盡她所能地解說。醫生聚精會神地聽著。

「就這樣，車子並沒有輾過他的身體？」

「沒有。事實上，我以為我閃過了他。」
「你說他走路搖搖晃晃的？」
「是的，我以為他喝醉酒了。」
「而且他從樹籬裡出來？」
「那裡正好有道鐵門，我想，他一定是從鐵門裡出來的。」
醫生點點頭，然後身子靠回椅背上，拿下眼鏡。
「我看得出來，」他說，「你是個非常魯莽的駕駛，而且總有一天你會輾死某個可憐的人……但這次你並沒有。」
「可是……」
「車子碰都沒碰到他。這個人是挨了子彈。」

06 又是七鐘面

疾如風睜大眼睛凝視著他。四十五分鐘前整個翻轉過來的世界，緩緩慢慢地恢復了原狀。過了將近兩分鐘，疾如風才開了口，這時，她不再是那個嚇掉了魂的女孩，而是回到真正的疾如風，冷靜、能幹、理智。

「他是怎麼挨子彈的？」她說。

「我不知道他是怎麼挨上的，」醫生冷淡地說，「不過他是挨了子彈沒錯。一顆來福槍發射的子彈在他體內。他是內出血，所以你不知道。」

疾如風點點頭。

「問題是，」醫生繼續說，「是誰開槍打他的？你沒看到附近有人吧？」

疾如風搖頭。

「奇怪，」醫生說，「如果是意外，造成意外的那個人應該會跑過去救他……除非是他不知道闖了禍。」

「那附近沒有任何人，」疾如風說，「我是說，沒有人在路上。」

「依我看，」醫生說，「這可憐的孩子當時一定是在奔跑。子彈在他剛穿過鐵門時射中他，但他仍搖搖晃晃地跑到路上。你沒聽見槍聲？」

疾如風搖頭。

「但我有可能聽不見，」她說，「車子的聲音那麼大。」

「沒錯。他臨死前沒說什麼？」

「他結結巴巴地說了幾個字。」

「沒有點出關於這場悲劇的話？」

「沒有。他要我告訴他朋友什麼事，不過我不知道是什麼。噢！對了，他有提到『七鐘面』。」

「嗯，」卡西爾醫生說，「他不像是那一帶的人。不過或許那個殺手是那裡的人。好了，這我們現在先別操心。這件事你可以交給我來處理。我會通知警方。當然，你必須留下姓名和住址，警方會要問你的話。事實上，你最好現在就跟我到警察局去一趟。他們會說我應該把你留下來才對。」

他們一起坐上疾如風的車子前去。接待的警官是個講話慢吞吞的人。當他聽到疾如風告訴他她的姓名、住址時有點嚇了一跳，並且非常小心地記下她的陳述。

「青少年！」他說，「沒錯。青少年在練習射擊！他們都是些年少無知、殘忍的笨蛋。總是粗心大意地亂射小鳥，沒有考慮到樹籬的另一邊可能有人。」

醫生認為這是最最不可能的解答，不過他了解這個案子不久便會轉到厲害一點的人手裡，所以不值得提出異議。

「死者姓名？」警官舔舔鉛筆問道。

「他身上有個名片夾。好像是龍尼．狄佛魯先生，住址是在倫敦市。」

疾如風皺起眉頭。龍尼．狄佛魯這個名字喚起了她某個記憶。她確信以前聽過這個名字。

直到她開車回煙囪屋的半途中，她才想起來。沒錯！龍尼．狄佛魯，比爾在外交部的朋友。他和比爾還有……對了，傑瑞．衛德。

想到這裡，疾如風差點又撞進樹籬裡去。先是傑瑞．衛德，然後是龍尼．狄佛魯。傑瑞．衛德的死可能不是他殺，是不小心的結果；但是龍尼．狄佛魯之死就有個比較邪惡的解釋了。

然後，疾如風又想起了什麼來。七鐘面！當那垂死的人說出這些字眼時，她模糊地有種熟悉感，現在她知道為什麼了。傑瑞．衛德在他臨死那晚寫給他妹妹的最後一封信上提過這些字眼，而且這事再度跟她沒想到的其他什麼事連貫起來。

重新想著這一切事情，令疾如風的車速慢下來，慢到沒有人會認出開車的人是她。她把車開進車庫，進屋子裡去找父親。

卡特漢爵士正愉快地看著一份即將上市的珍藏本目錄，見到疾如風時深感驚愕。

「即使是你，」他說，「也無法在這麼快的時間內去了倫敦又回來。」

「我沒去倫敦，」疾如風說，「我輾了一個人。」

「什麼？」

「只是我不是真輾了他……他挨了子彈。」

「怎麼挨上的？」

「不知道，不過他是挨了一槍沒錯。」

「但為什麼你要開槍射他？」

「我並沒有射他。」

「你不該開槍打人，」卡特漢爵士溫和地規勸著。「真的不可以。也許他們有些人是活該，但這還是會惹上麻煩。」

「我告訴你我並未開槍打他。」

「哦，那麼是誰？」

「沒人知道。」疾如風說。

「胡說，」卡特漢爵士說，「一個人不可能挨了子彈又被車子輾過，卻沒有人開槍打他和開車子輾他。」

「他並沒有被車子輾到。」疾如風說。
「我以為你說他被車子輾到了。」
「我說的是，我以為我輾到他了。」
「我想，大概是爆胎吧，」卡特漢爵士說，「那聽起來就像是槍聲。偵探小說上都是這樣說的。」
「我真是拿你沒辦法，爸爸，你的頭腦連隻兔子都不如。」
「才不是，」卡特漢爵士說，「是你自己一進門就說有人被汽車輾到又挨了子彈什麼的，讓人一頭霧水，怎麼你現在還反過頭來指望我是神仙一切都懂。」
疾如風疲憊地嘆了一口氣。
「你只要專心一點就好了，」她說，「我簡單明瞭的把一切告訴你吧。」
她把經過情形說完之後下結論說：「就這樣，現在你懂了吧？」
「當然，我現在完全懂了。我能想像到你的不安，親愛的。你出發之前我對你說的話沒錯吧？想惹麻煩的人通常都會惹上麻煩。我很慶幸，」卡特漢爵士有點顫抖地說，「我安安靜靜地留在這裡沒和你一起去。」
他再度拿起目錄。
「爸爸，『七鐘面』是在什麼地方？」
「我想，是在倫敦東區的某個地方吧。我經常看到公車開往那裡……我指的會不會是

『七姐妹』？我自己從未去過那裡。幸好，因為我不認為我會喜歡那種地方。不過也夠邪門的，我最近好像在哪裡聽過和它有關的話。」

「你不認識一個叫吉米．狄西加的吧？」

卡特漢爵士再度全神貫注在他的目錄上。他剛才在「七鐘面」的話題上已盡力表現過他的聰明才智，所以這次全然不用心。

「狄西加，」他含糊地喃喃說道，「狄西加。來自約克郡的狄西加家族？」

「這正是我在問你的。專心一點，爸爸，這很重要。」

卡特漢爵士極盡所能地表現出一副靈通的樣子，其實對這件事並不關心。

「約克郡是有一些姓狄西加的人，」他熱切地說，「德文郡也有一些，除非我搞錯了。你曾姑婆西莉娜就嫁給一個姓狄西加的人。」

「這個消息對我有什麼好處？」疾如風大叫。

卡特漢爵士咯咯發笑。

「如果我記得沒錯，對她的好處也非常少。」

「真拿你沒辦法，」疾如風站起來。「我得去找比爾。」

「去吧，親愛的，」她父親翻過一頁目錄，心不在焉地說，「沒錯，當然，正是。」

疾如風不耐煩地嘆了一口氣，站起來。

「真希望我記得那封信的內容，」她喃喃自語地說，「我沒仔細看。好像是關於一個玩笑，說七鐘面的事不是玩笑。」

卡特漢爵士猛然抬起頭來。

「七鐘面？」他說，「是的，我現在想起來了。」

「想起來什麼？」

「我知道為什麼它聽起來這麼耳熟了。喬治．洛馬士來過……崔威爾失誤了一次，沒擋住，讓他進來了。他正要進城去，順路過來。好像他下星期要在『艾碧莊』舉辦一個政治聚會，而他收到了一封警告信。」

「你說的警告信是什麼意思？」

「哦，我不怎麼清楚。他沒細說。我猜上面大概寫著『當心』、『麻煩來了』之類的話。但不管寫什麼，信是從七鐘面寄出的，我清楚記得他這樣說過。他正要進城去跟蘇格蘭警場商討這件事。你認識喬治吧？」

疾如風點點頭。她非常熟悉這位愛國的外交部常務次長喬治．洛馬士，很多人對他都避之唯恐不及，因為他有個根深柢固的老習慣，常在私人談話場合引述他的演講。大家都叫他——包括比爾．奧維里——「老鱈魚」，以影射他圓鼓鼓的眼球。

「告訴我，」她說，「老鱈魚對傑瑞．衛德之死有沒有任何好奇？」

「我沒聽說過。當然，他也可能有吧。」

疾如風停頓了幾分鐘，一語不發。她正在回憶她寄給羅琳．衛德的那封信確切寫些什麼，同時試著想像收信人的長相。這個傑瑞．衛德深愛著的女孩是什麼樣子？她愈想就愈覺得那不像是一般哥哥寫給妹妹的信。

「你說那個姓衛德的女孩是傑瑞的同父異母妹妹？」她突然問道。

「哦，是的，嚴格來說，我想她大概不是他妹妹。」

「可是她姓衛德？」

「她不是衛德生的孩子。如同我所說的，他跟他的第二任太太是私奔的，她原先嫁給一個大惡棍，我想法庭大概把孩子的監護權判給她前夫，但是她前夫顯然沒有履行這項權利。老衛德非常喜歡那個孩子，堅持要她冠他的姓。」

「原來如此，」疾如風說，「這就難怪了。」

「難怪什麼？」

「那封信裡有些令我不解的東西。」

「我相信她長得滿漂亮的，」卡特漢爵士說，「聽說是如此。」

疾如風滿腹心思地上樓去。她有幾個目標。首先她必須找到這位吉米．狄西加。這或許比爾幫得上忙。龍尼．狄佛魯是比爾的朋友。如果吉米．狄西加是龍尼的朋友，那麼比爾很可能也認識他。再來，是那個女孩羅琳．衛德。她或許能幫忙說明七鐘面的問題。顯然傑瑞．衛德跟她說過七鐘面的什麼事。他那麼迫不及待要她忘掉這件事，有點不祥的意味。

07 疾如風造訪

要找到比爾並不難。疾如風第二天早上驅車進城——這一次一路平安——然後打電話給他。比爾馬上接起電話，提議一起吃午餐、喝午茶、吃晚餐、跳舞等等。這一切提議，疾如風一概予以拒絕。

「不過一兩天之後，我會來和你鬼混一下，比爾，可是目前我有事在身。」

「噢，」比爾說，「真無聊。」

「不是那種事，」疾如風說，「它一點也不無聊。比爾，你認不認識一個叫吉米·狄西加的人？」

「當然，你自己也認識。」

「不，我不認識。」疾如風說。

「你認識，你一定認識，每個人都認識吉米。」

「抱歉，」疾如風說，「就這一次我不在你所說的『每個人』之中。」

「噢！可是你一定認識吉米，那個臉色粉紅的傢伙，看起來有點笨。不過他其實和我一樣有頭腦。」

「你不是說真的吧，」疾如風說，「他走起路來一定頭重腳輕。」

「你這是在挖苦我？」

「這還算不上挖苦。吉米．狄西加在做什麼？」

「你這話是什麼意思，『他在做什麼』？」

「就因為你在外交部工作，就聽不懂自己國家的語言了嗎？」

「噢！我明白了，你是說，他有沒有工作？沒有，他只是一天到晚悠哉悠哉的。為什麼他一定要做什麼？」

「這麼說，他是錢比頭腦多囉？」

「哦，我可不會這麼說。我剛剛告訴過你，他比你所想的還要有頭腦。」

疾如風沉默下來。她感到愈來愈納悶。那位富家大少爺似乎不可能是個優秀的盟友。然而那垂死的人首先講出的話卻是他的名字。比爾的話聲突然適時地傳過來。

「龍尼一向很仰賴他的頭腦。你知道，龍尼．狄佛魯。狄西加是他最好的朋友。」

「龍尼……」

疾如風停了下來，猶豫不決。顯然比爾對他的死亡毫不知情。疾如風第一次覺得奇怪，怎麼早報上沒有那件慘劇的消息？那當然是報紙不會錯過的熱門新聞。這可能有一個解釋，而且就只是這個解釋：警方為了他們自己知道的理由而保守祕密。

比爾的話繼續傳過來。

「我很久沒見到龍尼了……從上次到你家去度週末以來。你知道，可憐的傑瑞・衛德就是那時候死去的。」

他頓了頓，然後繼續下去。

「那件事真是令人不快，我想你聽說了吧……疾如風，你還在聽嗎？」

「當然我在聽。」

「哦，你這麼久都沒吭聲，我以為你掛電話了。」

「不，我只是在想一些事情。」

她該不該告訴比爾龍尼死去的事？她決定不說，那不是適合在電話中說的事。但再過不久，很快的，她必須和比爾見一次面。而目前……

「比爾……」

「喂。」

「我明天晚上可以和你一起吃飯。」

「好，然後我們去跳舞。我有很多話要和你談談。老實說，我受到不少打擊，運氣壞透了……」

「哦，明天再告訴我吧，」疾如風不客氣地打斷他的話。「現在，先告訴我吉米．狄西加的住址吧？」

「吉米．狄西加？」

「我是這樣說的沒錯。」

「他住在澤明街……是澤明街或是另外一條街？」

「發揮一下你的甲級頭腦吧。」

「是澤明街。等一下，我把門牌號碼告訴你。」

一陣停頓。

「你還在嗎？」

「我一直都在。」

「哦，這些鬼電話線路靠不住。號碼是一〇三。記住了吧？」

「一〇三。謝謝你，比爾。」

「沒什麼。可是，我說，你要這個幹什麼？你說你並不認識他。」

「我是不認識他，不過半小時之後我就認識了。」

「你要去他那裡？」

「沒錯，福爾摩斯。」

「好。可是……呃，他可能還沒起床。」

「還沒起床？」

「我想八成還沒有。我是說，如果不是逼不得已，誰願意起床？你想看看有沒有道理。你不知道每天早上十一點到這裡來要花費我多大的力氣；還有如果我遲到了，那條老鱈魚的臉色有多嚇人。你一點也不知道，疾如風，這種生活有多難受……」

「你明天晚上再告訴我吧。」疾如風匆匆說道。

她掛上話筒，斟酌一下情況。首先她望了一眼時鐘。十一點三十五分。儘管比爾熟知這位朋友的起居習慣，她倒認為狄西加先生現在應該已經下床，適合接見訪客。她坐上計程車前往澤明街一〇三號。

一位標準退休人士的侍僕替她開了門。他面無表情，彬彬有禮，一張倫敦那一地區常見的臉孔。

「這邊請，小姐。」

他引導她上樓，進入一間擺著一些皮面大扶手椅的舒適客廳。一個女孩沉坐在一張奇形怪狀的扶手椅裡，她比疾如風年輕幾分，一身黑衣，個子嬌小，金髮白膚。

「我該通報什麼名字，小姐？」

「我不報上姓名，」疾如風說，「我有重要的事情要見狄西加先生。」

一臉嚴肅的紳士一鞠躬，退了下去，無聲無息的把門帶上。

一陣停頓。

「今天上午天氣不錯。」金髮女孩怯生生地說。

「很不錯的天氣。」疾如風同意說。

又一陣停頓。

「我今天早上才從鄉下開車過來，」疾如風找個話題說，「我以為又會有討厭的濃霧，結果沒有。」

「是的，」那女孩說，「是沒有起霧。」她加上一句說：「我也是從鄉下過來的。」

疾如風更仔細一點看她。有她在場，疾如風感到有點困擾。疾如風是個不喜歡談話時有旁人在場干擾的人。她知道在她能談起自己的事情之前，必須先把這位訪客擺脫掉。她想跟狄西加談的事不方便在陌生人面前提出。

她更加仔細地看著那個女孩，一個特別的想法在腦子裡興起。可能是嗎？沒錯，這個女孩正在守喪；從她穿著黑色絲襪的足踝可以看出來。這是個猜測，不過疾如風深信她的想法正確。她深吸一口氣。

「嗯，」她說，「你不會是羅琳．衛德吧？」

羅琳的雙眼大張。

「是的，我是。你真聰明。我們從沒見過面吧？」

疾如風搖頭。

「我昨天寫信給你。我是疾如風．布蘭特。」

「謝謝你把傑瑞的信寄給我，」羅琳說，「我已經回信謝謝你。我沒料到會在這裡見到你。」

「我告訴你為什麼我來這裡，」疾如風說，「你認識龍尼．狄佛魯嗎？」

羅琳點頭。

「他那天去找我，因為傑瑞……你知道。他後來又去見了我兩三次，他也是傑瑞的好朋友。」

「我知道。呃……他死了。」

羅琳驚訝得張開嘴巴。

「死了！可是他一向都很健康。」

疾如風盡可能簡明地向她敘述前一天的事件。羅琳臉上浮現驚恐的表情。

「那麼那是真的了，是真的了……」

「什麼是真的？」

「我心中在想的事……這幾個星期來，我一直在想……傑瑞應該不是自然死亡，他是被人殺害的。」

「你這樣想？」

「是的。傑瑞從來不吃藥物幫助睡眠。」她發出一聲嗤笑。「他太容易入睡了，根本不需要。我一直認為這事很古怪。他也認為，我知道他也這麼認為。」

「誰？」

「龍尼。而現在竟發生了這件事……他也被殺害了。」她頓了頓，然後繼續說：「我今天來的目的就在於此。你寄給我的那封信……我一看過之後，就試圖找到龍尼，可是他們說他離開了。所以我想到來見見吉米，他是龍尼另一個要好的朋友。我想或許他可以告訴我該怎麼辦。」

羅琳點點頭。

「你的意思是說，」疾如風停頓下來。「關於……七鐘面。」

「你知道……」她話一出口，又停了下來。

吉米．狄西加走了進來。

08 吉米的訪客

寫到這裡，我們必須回到二十分鐘之前。那時吉米．狄西加剛從睡夢中醒了過來，迷迷糊糊感覺有個熟悉的聲音在對他說些不熟悉的話。

他睡意甚濃的腦子試著了解當前的情況，但是失敗了。他打了個呵欠，翻身又睡。

「一個年輕的女士來見你，先生。」

這個聲音執拗不去，準備永無休止地重複下去，吉米．狄西加不得不屈服，起身面對這不可逃避的情況。他張開眼睛，眨了眨。

「啊，史蒂文斯？」他說，「再說一遍。」

「一個年輕的女士來見你，先生。」

「噢！」吉米盡力想了解情況。「為了什麼？」

「我不清楚，先生。」

「是的，我想大概是吧。是的，」他想了想。「我想你大概是不清楚。」

史蒂文斯猛然迅速抓起床邊的一個托盤。

「我去給你換杯茶，先生，這杯涼了。」

「你認為我應該起床，而且……呃，去見那位女士？」

史蒂文斯沒有回答，不過他的背脊挺得非常僵直，吉米充分了解他的意思。

「噢！好吧，」他說，「我想我還是起來見她的好。她沒報出她的姓名？」

「沒有，先生。」

「嗯。不會是我的姑媽珍美瑪吧？如果是她，那起了床我可就完蛋了。」

「那位女士不可能是任何人的姑媽，先生，除非是大家庭裡最小的一個。」

「啊哈，」吉米說，「年輕而且可愛。她是不是……她是什麼樣子？」

「那位年輕女士無疑十分 comme il faut[1]，如果我可以這麼形容的話。」史蒂文斯說。

「可以可以，」吉米親切地說，「你的法文發音非常好，史蒂文斯，可以說，比我的發音好多了。」

「很感激你這麼說，先生，我最近在學法文。」

1 法語，意思是「具有她該有的樣子」。

「真的？你是個了不起的傢伙，史蒂文斯。」

史蒂文斯優越地微微一笑，離開房間。吉米躺著，企圖回想有哪一個年輕、可愛而又舉止端莊的女孩會來找他。

史蒂文斯端著重新泡過的茶，再度走進來，吉米啜飲著，感到愉快、好奇。

「我希望，你有給她報紙等等的吧，史蒂文斯。」他說。

「我給了她《晨報》和《謗趣》，先生。」

一聲鈴響把他引了出去。幾分鐘後，他回到房裡。

「又一位年輕女士，先生。」

「什麼？」

吉米雙手抱頭。

「又一位年輕女士，她不報上她的名字，先生，只說有重要的事。」

吉米睜大眼睛凝視著他。

「這太古怪了，史蒂文斯，非常古怪。對了，我昨晚幾點回來？」

「大概清晨快五點時，先生。」

「而我……呃，我看起來怎麼樣？」

「只是有點興奮，先生，再沒什麼了。還唱著愛國歌曲。」

「多麼奇怪的事，」吉米說，「愛國歌曲，啊？真無法想像我在清醒時會唱愛國歌曲。

一定是，呃，多喝兩杯刺激出愛國心來了。我記得我是在『芥末和芥菜』酒館慶祝。這地方不像它的名字聽來那麼清純，史蒂文斯。」他停頓下來。「我很懷疑……」

「什麼，先生？」

「我很懷疑我是不是在上述的興奮狀態下，在報紙上登了廣告找女管家什麼的。」

史蒂文斯咳了一聲。

「兩個女孩同時出現，是挺古怪。我以後不到那家酒館去了。」

他邊說邊迅速穿好衣服。十分鐘後，他已準備好面對那兩位未知的客人。當他打開客廳的門時，第一個看到的是一個皮膚微黑、身材苗條、完全不認識的女孩。她站著，身子倚在壁爐邊上。然後他的目光移向一張皮面扶手椅，他的心跳了一下。羅琳！

首先站起來同時緊張地開了口的是她。

「你見到我一定感到非常驚訝。可是我不得不來，我稍後會說明。這位是艾玲・布蘭特小姐。」

「疾如風，人家都這樣叫我。你或許聽比爾・奧維里提過我。」

「噢！的確，當然我聽過，」吉米盡快進入情況。「坐，坐，我們喝點雞尾酒或是什麼的吧。」

然而兩個女孩都不想喝。

「老實說，」吉米繼續說下去。「我才剛起床。」

「比爾說得沒錯，」疾如風說，「我告訴他我要來見你，他說你應該還沒起床。」

「哦，我現在起床了。」吉米高興地說。

「是關於傑瑞的事，」羅琳說，「而現在又與龍尼有關……」

「你說『現在又與龍尼有關』是什麼意思？」

「他昨天被槍殺了。」

「什麼！」吉米大叫。

疾如風二度敘述她的故事。吉米聽得有如進入幻夢一般。

「龍尼……被槍殺，」他喃喃說道，「這是怎麼回事？」

他在一張椅子的扶手上坐了下來，想了一兩分鐘，然後以平靜、沉著的聲音說：「有件事我想我該告訴你。」

「什麼事？」疾如風鼓舞地說。

「傑瑞．衛德死去的那天，在去你家把消息告訴你的路上，」他向羅琳點一下頭。「龍尼在車上和我說了些話……我是說，他想要告訴我什麼。他有事想要告訴我，他起了個頭，然後他說他答應了人家不能說。」

「答應了人家……」羅琳若有所思地說。

「他是這樣說的。當然我沒逼他再說下去。不過他一直怪怪的，怪得要命。我有個印象，他是在懷疑……嗯，事有蹊蹺。我聽他這樣告訴醫生。但事實並不然，一點奇怪的跡象都沒有。所以我想我大概弄錯了。後來，一切證據顯示……呃，這是個非常明朗的案子，我想我的疑心全都是胡思亂想。」

「可是你認為龍尼仍然在懷疑？」疾如風問道。

吉米點點頭。

「我現在這麼認為了。從那次事件之後沒有人再見過他。我相信他是獨自採取行動，企圖查出傑瑞死亡的真相，甚至，我相信他查出來了，所以那些惡魔才槍殺他。然後他企圖傳話給我，可是只說得出那兩句話。」

「七鐘面。」疾如風有點顫抖地說。

「七鐘面，」吉米沉重地說，「無論如何，我們有這個線索可以著手。」

疾如風轉向羅琳。

「你剛才是要告訴我……」

「哦，是的。首先，是關於那封信。」她對吉米說。

「傑瑞留下了一封信，被艾玲小姐……」

「疾如風。」

「被疾如風發現了。」

她用幾句話說明了發現那封信的經過。

吉米仔細聽著，表情非常感興趣。這是他第一次聽說有那封信。羅琳從她的皮包中把信拿出來，遞給他。他看著，然後望著她。

「這你可以為我們說明一下。傑瑞要你忘掉什麼？」

羅琳的眉頭困惑地微皺起來。

「現在要我再重新回想實在有點困難。我有一次拆錯了信，把傑瑞的信打開了。我記得裡面的信紙只是廉價的紙張，而且字跡很像是未受過教育的人寫的。信頭上有個『七鐘面』的地址。我知道那不是寫給我的信，所以我就沒看，把它再裝回信封裡去。」

「你確信？」吉米非常溫和地問道。

羅琳第一次笑出聲來。

「我知道你在想什麼，我承認女人的好奇心重。但是你知道，那看起來並不是什麼有趣的信，只是一張人名和日期表。」

「人名和日期。」吉米若有所思地說。

「傑瑞好像不怎麼在意，」羅琳繼續說，「他只是笑了幾聲。他問我是否聽說過黑手黨，然後說，要是有個像黑手黨的組織在英格蘭出現那可就奇了……因為英國人不大接受這種祕密組織形式。『我們的罪犯，』他說，『缺乏整體的想像力。』」

吉米雙唇噓出一聲口哨。

「我開始明白了，」他說，「七鐘面一定是某個祕密組織的總部。如同他在給你的信上所說的，他一開始以為那只是個玩笑，但顯然那並不是……他只說了這些。然而事實一定另有蹊蹺。他那麼急切地要你忘掉他告訴你的話，只可能是這個原因……如果那個組織懷疑你知悉它的活動，你也會有生命危險。傑瑞預見這項危險，他非常擔憂，替你感到擔憂。」他停了一下，然後平靜地繼續說：「如果我們再追究下去，我猜我們都會有生命危險。」

「如果？」疾如風憤怒地叫了起來。

「這是針對你們兩位而言。我就不同了，我是龍尼的哥兒們。」他看著疾如風。「你已經盡力了，你已經把他的話帶到。看在上帝的份上，你和羅琳不要牽扯進來。」

疾如風以詢問的眼光看著羅琳。她自己已經下了確切的決心，不過她沒有表露出來。她不希望把羅琳．衛德推入危險的境地。但羅琳嬌小的臉上立刻顯出憤慨的神情。

「你竟然那樣說！難道你認為我可以甘心置身事外……他們殺害了傑瑞，我親愛的傑瑞，這世界上最好、最仁慈、最親密的哥哥，他是這世上唯一屬於我的人！」

吉米不自在地清清喉嚨。他想，羅琳真了不起，實在了不起。

「聽著，」他為難地說，「你不該這麼說，說自己孤單一個人在世界上什麼的。你有很多朋友能夠幫你，他們是再樂意不過了。你懂我的意思嗎？」

可能羅琳是聽懂了，因為她突然臉上一片緋紅，而且為了掩飾她的慌亂，開始緊張地說道：「我已經決定了，我要幫忙，沒有人能阻止我。」

「當然我也是一樣。」疾如風說。

她們兩人都看著吉米。

「是的，」他緩緩說道，「是的，是如此。」

她們狐疑地看著他。

「我只是在想，」吉米說，「我們該怎麼開始。」

09 計畫

吉米的話語一出，立即把討論提升到比較實際的範圍。

「依照現有的一切看來，」他說，「我們沒有多少線索可供追查。事實上，只有『七鐘面』這幾個字。老實說，我甚至不知道七鐘面是什麼地方。不過，無論如何，我們總不能到那個地區挨家挨戶的問吧。」

「我們可以啊。」疾如風說。

「哦，或許是可以——我並不像你那麼確信，我想那是個人口密集的區域——但是，這不太細膩。」

「細膩」兩個字令他想起了那個叫「襪子」的女孩，他微微一笑。

「再來，是龍尼被射殺的地方。我們可以到那一帶查看看。但我們能做的，警方也都在做，而且一定做得比我們好。」

「我真欣賞你的隨和與樂觀。」疾如風諷刺地說。
「不要理她，吉米，」羅琳柔聲說，「繼續下去。」
「別這麼沒耐心，」吉米對疾如風說，「優秀的偵探辦起案子都是這樣，先剔除不必要、沒有用處的調查。我現在來說第三個選擇：傑瑞之死。我們現在都知道那是謀殺……對了，你們都相信那是謀殺吧？」
「是的。」羅琳說。
「是的。」疾如風說。
「好，我也是。呃，依我看，我們還有點機會。如果傑瑞自己並沒有服下三氯乙二醇，那麼一定是有人進到他的房裡，把它溶化在杯子的水裡，當他醒過來時，便一口把它喝下去了。而且凶手當然會把空藥盒或藥瓶留在那裡。這你們同意吧？」
「是……的，」疾如風緩緩說道，「可是……」
「等等，而且那個人當時一定是住在那棟屋子裡，不可能有外面的人進入。」
「是的。」疾如風同意，這次說得比較乾脆。
「很好。現在，範圍相當縮小了。首先，我想僕人大概都是做很久的吧……我的意思是說，他們是你們家請的吧？」
「是的，」疾如風說，「我們把房子租出去時，僕人也都順便留下來。主要的僕人如今都還在，當然，不重要的僕人是會有些變動。」

「正是，這正是我在想的。」他向疾如風說，「你必須詳細查一下，查出新僕人是什麼時候雇用的，比如說，男僕？」

「有個男僕是新來的，他的名字叫約翰。」

「哦，調查這個叫約翰的人。同時調查其他新進的僕傭。」

「我想，」疾如風緩緩說道，「一定是僕人。不可能是客人吧？」

「我看不出有這種可能性。」

「當時有誰在那裡？」

「哦，有三個女孩，南西、海倫和襪子……」

「襪子，德文瑞嗎？我認識她。」

「可能。是個老是喜歡說『細膩』的女孩。」

「那是襪子沒錯。『細膩』是她的口頭禪。」

「再來有傑瑞．衛德、我、比爾．奧維里和龍尼。當然，還有歐斯華爵士和庫特夫人。噢！還有阿兵哥。」

「阿兵哥是誰？」

「一個姓貝特門的傢伙，庫特先生的祕書。嚴肅的傢伙，不過非常誠實。我和他上過同一所學校。」

「看來沒有非常可疑的人。」羅琳說。

「沒錯，看來好像是沒有，」疾如風說，「如同你所說的，我們得從僕人裡頭去找。對了，你不認為那個被拋出窗外的鬧鐘和這事有任何關聯吧？」

「一個被拋出窗外的鬧鐘？」吉米睜大眼睛說。

這是他首次聽到。

「我看不出有什麼關聯，」疾如風說，「不過這多少有點古怪，似乎沒有道理。」

「我想起來了。」吉米緩緩說道，「我進去……去看可憐的傑瑞時，那些鬧鐘都排在壁爐架上。我記得只有七個，不是八個。」他突然打了個寒慄，同時歉疚地說明。「抱歉。不知道為什麼，那些鬧鐘總是令我不寒而慄。我有時候會夢見它們，夢見我在黑暗中走進那個房間，看見它們在那裡排成一列，很令人不舒服。」

「如果房間裡暗暗的，你應該是看不見它們，」疾如風合乎實際地說，「除非它們有夜間發亮的鐘面刻度……噢！」她突然倒抽了一口氣，雙頰泛紅。「你們明白了嗎？七鐘面！」

其他兩人狐疑地看著她，但是她激烈地堅持說：「一定是，不可能是巧合。」

一陣停頓。

「你可能說得對，」吉米．狄西加終於說，「是……詭異透了。」

疾如風開始熱切地對他發問：「那些鬧鐘是誰買的？」

「我們所有的人。」

「誰想到要買的？」

「我們所有的人。」

「胡說，一定是有某個人先想到。」

「不是。我們當時在討論怎樣讓傑瑞起床。阿兵哥說用個鬧鐘，有人說一個不夠，另外有人——我想是比爾．奧維里——說為什麼不買上一打。我們全都說是個好主意，便立刻出發去買。我們每個人各買一個，另外多買一個給阿兵哥，同時也幫庫特夫人買一個……那只是出自一番好意，事先什麼都沒想，就這樣做了。」

疾如風沉默下來，但未被說服。

吉米繼續條理分明地說下去。

「我想有些事實我們可以確定：是有個像黑手黨一樣的祕密組織存在，而傑瑞．衛德知道了。起先他把它當個玩笑看，覺得很荒謬——我們姑且這麼說——他不相信它真的具有危險性。可是後來發生了什麼事，讓他相信了，然後他緊張起來。我認為他一定對龍尼．狄佛魯說了些關於它的事。不管怎樣，當他被解決掉時，龍尼起了疑心，而他自己一定也知道了很多，才會走上相同的命運。不幸的是，我們得一無所有地從外圍著手調查。我們沒有他們兩個人所知道的資料。」

「或許這反而有利，」羅琳冷靜地說，「他們不會懷疑我們，因此不會企圖解決我們。」

「真希望我也能這麼放心，」吉米語氣擔憂地說，「你知道，傑瑞要你置身事外，難道你不認為你可能……」

門。

「不，不可能，」羅琳說，「我們不要再討論這個了，這只是白費時間。」

提到「時間」，吉米的眼睛抬了起來，望向時鐘，驚愕地叫了一聲。他站起來，打開房

「史蒂文斯。」

「什麼事，先生？」

「做點午餐怎麼樣，可以嗎？」

「我預料到會有需要，先生。史蒂文斯太太已經準備了。」

「了不起的人，」吉米回來，鬆了一大口氣說，「聰明，你們知道，絕頂聰明。他在上語文課程，我真懷疑那種東西對我管不管用。」

「別傻了。」羅琳說。

史蒂文斯打開房門，端進來美味精緻的午餐。一個煎蛋捲，再來是鵪鶉和一些非常酥脆的東西。

「為什麼單身男人都這麼快樂，」羅琳感傷地說，「為什麼他們由別人照顧會比由我們女人照顧來得好？」

「噢！胡說，」吉米說，「我的意思是，事實並非如此。怎麼可能？我經常想……」

他支支吾吾，停了下來。羅琳再度臉紅起來。

突然，疾如風喘了一聲，其他兩人都嚇了一跳。

「白癡，」疾如風說，「笨蛋！我是說我。我就知道我忘了。」
「忘了什麼？」
「你認識老鱈魚吧？我是指，喬治．洛馬士？」
「我常聽到此人，你知道，」吉米說，「常聽比爾和龍尼說起。」
「呃，老鱈魚下星期要舉辦某項嚴肅的聚會，而他收到一封來自七鐘面的警告信。」
「什麼？」吉米激動地叫了起來，身子前傾。「你不是說真的吧？」
「我是說真的，他告訴過我爸爸。你認為這有什麼意義？」
吉米靠回椅背上。他快速、仔細地想著。終於，他開口了，他說得簡明而且切合要點。
「那個聚會可能會出事。」他說。
「我正是這樣想的。」疾如風說。
「一切都符合，」吉米如同作夢般地說，他轉身面向羅琳。「一次大戰發生的時候你年紀多大？」他出人意料地問道。
「九歲……不，八歲。」
「而傑瑞，我想大概二十歲左右。當時二十歲的青年大都上了戰場，但傑瑞並沒有。」
「是的，」羅琳想了一兩分鐘之後說，「沒錯，傑瑞沒去當兵。我不知道是為什麼。」
「我可以告訴你為什麼，」吉米說，「或者說，我可以做個非常接近的猜測。他在一九一五年至一九一八年間曾離開英格蘭，我費事去查了出來。似乎沒人知道他那段時間在什麼地方。我想他是在德國。」

羅琳雙頰泛紅，她欽佩地看著吉米。

「你真聰明。」

「他德文講得很好，不是嗎？」

「噢！是的，就像土生土長的德國人。」

「我確信我想得對。你們兩位聽著。傑瑞．衛德在外交部服務，他表面看來是個和善的白癡——抱歉我這麼說，但你知道我的意思——就和比爾．奧維里和龍尼．狄佛魯一樣，純粹是裝飾點綴、可有可無的角色。但實際上不然。我想傑瑞．衛德是貨真價實的重要人物。我們的情報組織據說是世界上第一流的。我想傑瑞．衛德在組織中的地位相當高。這說明了一切！我想起在煙囪屋最後那個晚上，我還漫不經心地脫口說過，傑瑞不可能像表面看來那樣笨。」

「假設你說對了呢？」疾如風如同往常一般切合實際。

「那麼這件事就比我們所想的還要嚴重。『七鐘面』的事並不只是普通案件，而是國際性的犯罪。有一點可以確定，那就是我們非得混進洛馬士的聚會不可。」

疾如風有點愁眉苦臉。

「我和喬治很熟，可是他不喜歡我，從沒邀請我參加嚴肅的聚會。但我應該可以……」

她有一陣子陷入了沉思。

「你想我可以從比爾那裡著手嗎？」吉米問道，「他勢必要在場，他是老鱈魚的左右手。他可以帶我一起去。」

「我看不出有何不可，」疾如風說，「不過你得先幫比爾想個好藉口，他自己是想不出來的。」

「你有什麼建議？」吉米謙虛地問道。

「噢！這相當容易。比爾可以說你是個有錢的大少爺，對政治感興趣，迫不及待想脫穎而出進入國會。喬治一聽馬上就會上鉤。你知道那些政黨都是什麼心態，一直在籠絡新進的富家子弟。比爾把你說得愈有錢，就愈容易成功。」

「除了把我說成是汽車鉅子羅斯的孩子，其他的我一概不介意。」吉米說。

「那就這麼說定了，我明天晚上要和比爾一起吃晚飯，我會弄到一份客人名單，那會用得上。」

「真遺憾你無法到場，」吉米說，「不過大致上來說，這已經是最好的情況了。」

「我未必不會到場，」疾如風說，「雖然老鱈魚視我如毒蛇猛獸，但還有其他方法。」

她開始陷入沉思。

「那我呢？」羅琳溫馴、小聲地問道。

「你不在這次的行動，」吉米立即說，「明白吧？畢竟我們得有人在外頭，呃……」

「在外頭幹什麼？」羅琳說。

吉米決定不再繼續這個話題。他轉向疾如風。

「嗯，」他說，「羅琳最好置身事外，對吧？」

「當然最好是這樣。」

「下一次再讓你參加。」吉米仁慈地說。

「假如沒有下一次了呢？」羅琳說。

「噢！一定會有，這是無可置疑的。」

「我明白了。我只好回家去……等待。」

「就是這樣，」吉米鬆了一口氣說，「我就知道你能了解。」

「你知道，」疾如風說，「我們三個人一起混進去會顯得很可疑，你要進去又特別困難。你真的了解吧？」

「噢！是的。」羅琳說。

「那就這麼決定了，你什麼都不用做。」吉米說。

「我什麼都不用做。」羅琳溫順地說。

疾如風突然懷疑地看著她。羅琳這麼溫順地接受下來似乎很不自然。羅琳看著她，她的兩眼湛藍、誠實，一動也不動地和疾如風直直對視。疾如風不太放心，她發現羅琳・衛德的溫順非常可疑。

10 走訪蘇格蘭警場

可以這麼說，上述的那場談話中，三個人其實都有所保留。「沒有人和盤托出」是句非常真實的格言。

比如說，羅琳．衛德說她去找吉米．狄西加的動機就有問題。

同樣的，吉米．狄西加對參加喬治．洛馬士家的聚會有各種想法和計畫，但他無意透露給……比如說，疾如風。

而疾如風自己已有個準備立即付諸實行的完熟計畫，而她提都不提。

一離開吉米．狄西加的住處，她立即驅車前往蘇格蘭警場，求見巴鬥主任。

巴鬥主任是個塊頭滿大的人。他一向承辦與政治有關的敏感案件。幾年前他曾到煙囪屋去辦個案子，疾如風就是要利用他記起這件事。

稍等一下之後，她被帶著走過一些走廊，進入主任的私人辦公室。巴鬥是個外表壯實的人，有著一張木頭似的臉。他看起來極為駑鈍，簡直像是個門警而不是警探。

她進門時他正站在窗邊，面無表情地望著一些麻雀。

「午安，艾玲小姐，」他說，「請坐，好嗎？」

「謝謝，」疾如風說，「我還擔心你可能不記得我了。」

「我總是記得人，」巴鬥說。他又加上一句說：「幹我這一行的不得不這樣。」

「噢！」疾如風有點洩氣地說。

「有什麼要我效勞的嗎？」主任問道。

疾如風開門見山地說：「我聽說，你們蘇格蘭警場有倫敦所有祕密團體的名單。」

「我們盡力跟上時代。」巴鬥主任小心翼翼地說。

「我想他們大都沒有什麼危險性吧。」

「我們有很好的法則可循，」巴鬥說，「也就是他們說得愈多，就做得愈少。這個法則管用得叫人驚訝。」

「我聽說你都讓他們繼續維持下去？」

巴鬥點點頭。

「沒錯。憑什麼一個人不可以自稱是『自由兄弟會』的會員，一個星期在地下室聚會個兩次，談些血流成河的事？這既傷不到他們也害不到我們。如果出了事，我們也知道如何對付他們。」

「但是有時候，」疾如風緩緩說著，「這種團體也具有超乎想像的危險性吧？」

「有可能。」巴鬥說。

「是有可能發生事端吧。」疾如風堅持說。

「噢！是有可能。」主任承認。

一陣沉默。然後疾如風平靜地說：「巴鬥主任，你能不能給我一張總部設在『七鐘面』的祕密團體名單？」

巴鬥主任一向號稱真人不露相，然而疾如風發誓此時他眼皮跳動了一下，而且顯然吃了一驚。不過那只是短暫的一瞬間，很快地他又回復了往常的木訥表情說：「嚴格說來，艾玲小姐，七鐘面這個地方現在已不存在了。」

「不存在了？」

「不存在了，那個地區大都拆掉重建了。它曾經是個低下階層居住的地區，但現在非常高級風雅，全然不是個找得到神祕團體的地方。」

「噢！」疾如風有點進退維谷。

「不過我還是很想知道，是什麼讓你對那個地區產生興趣的，艾玲小姐？」

「我必須告訴你嗎？」

「哦，這可以省掉很多麻煩，對吧?我們都知道彼此的企圖，不是嗎？」

疾如風猶豫了一下。

「昨天有個人被槍殺了，」她緩緩說道，「我以為我開車壓死了他……」

「龍尼．狄佛魯先生？」

「所以你已經知道了。為什麼報紙上提都沒提？」

「你真想知道，艾玲小姐？」

「是的，請說。」

「哦，我們只是想擁有二十四小時不受干擾的時間，明白了吧？明天就會上報了。」

「噢！」疾如風困惑地審視著他。

那張無動於衷的臉後到底藏了什麼？他把龍尼．狄佛魯遇害看成是一般罪案或是特殊案件？

「他臨死前提到七鐘面。」疾如風緩緩說道。

「謝謝你，」巴鬥說，「我會記下來。」

他在他面前的吸墨紙上記下幾個字。疾如風採取另一個策略。

「據我所知，洛馬士先生昨天來跟你談了他收到一封恐嚇信的事。」

「他是來過。」

「而那封信是發自七鐘面？」

「信頭上是寫著七鐘面沒錯。」

疾如風覺得自己像是在徒然地叩著一道上鎖的門。

「如果你願意聽聽我的忠告，艾玲小姐……」

「我知道你要說什麼。」

「如果我是你，我會回家去，同時……嗯，不再去想這些事。」

「把它全部交給你，對吧？」

「哦，」巴門主任說，「畢竟，我們是專業的。」

「而我只不過是個業餘的？是的。但你忘了一件事。我也許沒有你們的專業知識和技巧，可我有一點比你們占優勢……我可以暗地進行工作。」

她覺得主任像是有點吃驚，彷彿她這句話的力道穿透了他。

「當然，」疾如風說，「如果你不給我那些祕密團體的名單……」

「噢！我可沒這麼說，我會給你一張全部團體的名單。」

他走向門口，探頭喊了聲什麼，然後回到座椅上。疾如風莫名其妙地感到受挫。他這麼輕易地同意她的要求，在她看來相當可疑。現在他正凝神看著她。

「你還記得傑瑞．衛德先生死亡的事嗎？」她猛然問道。

「在你家，不是嗎？服下過量的安眠藥。」

「他妹妹說他從來不用藥物幫助入睡。」

「啊！」主任說，「你會很驚訝，做妹妹的人所不知道的事有多麼多。」

疾如風再度感到挫敗。她默默坐著。不久一個人進來，把一張打好字的紙遞給主任。

「這就是了，」那人離開之後主任說，「『聖西巴西安血盟兄弟』、『狼群』、『和平鬥士』、『同志俱樂部』、『苦悶之友』、『莫斯科子女』、『紅標』、『鮭魚』、『墮落同袍』……還有其他半打多。」

他眼睛明顯地一眨，把名單交給她。

「你之所以願意給我，」疾如風說，「是因為這對我毫無用處。你要我撒手不管嗎？」

「你最好這樣，」巴鬥說，「你知道，如果你到這些地方去牽扯不清……呃，這會給我們惹來很多麻煩。」

「你的意思是，因為必須照顧我？」

「因為必須照顧你，艾玲小姐。」

疾如風起身，猶豫不決地站著。到目前為止，巴鬥主任一直處於上風。這時她想起一個小事件，於是藉此發出最後的請求。

「我剛剛說，一個業餘者可以做一些專業人士做不到的事，你並沒有反駁我。因為你是個誠實的人，巴鬥主任，你知道我說得對。」

「繼續。」巴鬥平靜地說。

「幾年前在煙囪屋時，你讓我幫忙過。現在你不再讓我幫忙了嗎？」

巴鬥好像在腦子裡考慮著。疾如風在他的沉默之下，鼓起勇氣繼續說下去。

「你很清楚我是什麼樣的人，巴鬥主任，我很雞婆，是個好管閒事的人。我不想干擾你們，或是做一些你們正在進行而且可以做得比我好的事。不過如果有適合業餘者的機會，請把它讓給我。」

又是一陣沉默，然後巴鬥主任平靜地說：「你這麼說，是再公允不過的了，艾玲小姐。但我跟你說，你的提議相當危險，我說的危險，是指真正的危險。」

「我聽得出來，」疾如風說，「我不是傻瓜。」

「是的，」巴鬥主任說，「我沒碰過比你更聰明的女孩。我可以為你做的是這個，艾玲小姐……給你一點點暗示。我這樣做是因為我自己不怎麼重視『安全第一』這句話。在我的觀念裡，一輩子躲避公車以防被壓死的人，最好乾脆被壓死以一勞永逸。他們對世人無益。」

這句驚人之語竟出自保守的巴鬥主任嘴裡，令疾如風相當吃驚。

「你要給我的暗示是什麼。」她終於問道。

「你認識奧維里先生吧？」

「比爾？當然。可是……」

「我想比爾．奧維里能夠告訴你七鐘面的一切。」

「比爾知道？比爾？」

「我並沒這樣說，完全沒有。不過我想，依你靈敏的頭腦，你可以從他那裡獲悉你想知道的事。現在，」巴鬥主任堅決地說，「我不會再告訴你一個字了。」

11 與比爾共餐

第二天晚上，疾如風充滿期望地出發赴比爾的約會。

比爾興高采烈地迎接她。

疾如風心想，比爾真是個好人，就像一條大笨狗，高興見到你時就搖起尾巴。

這隻大狗雜七雜八連珠炮似地說個不停。

「你看起來氣色好極了，疾如風。我無法形容我有多高興見到你。我點了牡蠣……你喜歡吃牡蠣，不是嗎？一切都好吧？你出國那麼久都幹什麼去了？玩得開心嗎？」

「不開心，」疾如風說，「無聊死了。就一些生病的老上校在陽光下蠕動，而那些乾乾瘦瘦、愛活蹦亂跳的老處女不是跑圖書館就是逛教堂。」

「我有英格蘭就夠了，」比爾說，「我討厭出國……瑞士除外。瑞士還好。我想今年聖誕節時去瑞士。你何不一道去？」

「我會考慮，」疾如風說，「你最近都在做些什麼，比爾？」

這是個有欠考慮的問題。疾如風這樣問只不過是出自禮貌，同時也為她此行的目的起個頭。然而，這正是比爾一直等著她問的開頭語。

「我一直盼著要告訴你。你頭腦好，疾如風，我需要你的建議。你知道那齣音樂劇《你該死的眼睛》吧？」

「知道。」

「哦，我正要告訴你，這齣戲是你所能想像最齷齪的作品。我的天啊，那些演員！有個女孩……一個美國女孩，十足的尤物……」

疾如風的一顆心直直往下沉。比爾一談起交女朋友的事總是沒完沒了，一說起來就停不了，令人招架不住。

「這個女孩，她的名字叫寶貝．聖毛兒……」

「她怎麼會取這種名字？」疾如風嘲諷地說。

比爾認真地回答：「她取自名人錄，書打開來就用手隨便一指，看都不先看一下。很調皮吧，嗯？她的真名是金舒蜜或是亞布拉梅兒……反正是那種莫名其妙的名字。」

「噢！的確是。」疾如風同意。

「哦，寶貝．聖毛兒非常伶俐，而且她肌肉強健。她是演《人橋》的八個女孩……」

「比爾，」疾如風語氣猛烈地說，「我昨天上午去見了吉米．狄西加。」

「好吉米。」比爾說，「哦，如同我剛剛告訴你的，寶貝非常伶俐。要在這個社會上立足，不得不這樣。她讓戲劇圈的人士都留下深刻的印象。如果你想生存下去，就得刁蠻一點，這是寶貝說的。而且你記住我的話，她真的有實力。她能演，演得真是好極了。她在《你該死的眼睛》裡沒什麼機會表現，只是夾在一大堆漂亮的女孩子當中。我問她為什麼不試試正統的舞台演出……你知道，像譚貴瑞夫人那種戲，但寶貝只是發笑……」

「你最近有沒有見過吉米？」

「今天早上見過他。我想想看，我講到哪裡？噢，對了，我還沒說到吵架的事。你要知道，這是嫉妒，純然惡意的嫉妒。有個女孩容貌比不上寶貝，所以她就跑到她背後……」

疾如風知道事已無可避免，只好聽完了整段寶貝．聖毛兒之所以從《你該死的眼睛》的排名上消失的不幸故事。這花了很長一段時間。當比爾終於暫停下來喘一口氣並且表示同情時，疾如風說：「你說得相當對，比爾，這真是可恥。一定有很多嫉恨的事在……」

「整個演藝圈都被嫉恨之心敗壞了。」

「一定是。吉米有沒有跟你說過下星期要到艾碧莊去的事？」

比爾首度注意到疾如風所說的話。

「他說了一大堆話，要我塞進老鱈魚的耳朵裡。說什麼要為保守黨效力。可是你知道，疾如風，這太冒險了。」

「你就去塞吧，」疾如風說，「就算喬治發現了，他也不會怪你。你只不過是受他人欺騙，如此而已。」

「才沒這麼簡單，」比爾說，「我是說，對吉米而言太冒險了。在還搞不清楚是怎麼回事之前，他就會被送去西杜丁那類的地方發表演說、親吻嬰孩什麼的。你不知道，老鱈魚想得可周密咧，而且他精力實在太旺盛。」

「哦，我們得冒這個險，」疾如風說，「吉米可以照顧自己。」

「你不了解老鱈魚。」比爾重複說。

「有誰會去參加，比爾？有沒有非常特殊的人？」

「只有那些常見的討厭鬼，瑪卡達夫人就是一個。」

「那個國會議員？」

「是的，你知道，老是為了福利、純鮮奶和挽救兒童太過激動的那個。想想可憐的吉米被她拉去談話的慘狀。」

「不用管吉米。繼續說。」

「再來是個匈牙利人，所謂匈牙利青年。還有一個名字詰屈聱牙的女爵，她還好。」

他尷尬地嚥了一口東西，疾如風注意到他緊張地把麵包弄碎了。

「年輕而且漂亮？」她故意問道。

「噢，的確。」

「我不知道喬治還這麼沉迷於美女。」

「噢！他不會。她在布達佩斯經營嬰兒食品業，自然會和瑪卡達夫人在一起。」

「還有誰？」

「史坦利．狄格比……」

「航空署長？」

「是的。還有他的祕書，德倫西．阿路克。對了，他是個滿不錯的小夥子……在他飛行的那段日子。再來是個顧人怨的德國佬，叫艾伯哈德先生。我不知道他是何方神聖，不過我們都被他搞得人仰馬翻。我兩度負責帶他出去吃午飯，我可以告訴你，疾如風，這可不是開玩笑的。他不像使館人員那麼高格調，這個人喝湯是用吸的，而且用刀子戳豆子吃。不只這樣，最叫人受不了的是這個怪物老是咬指甲，真的咬下來耶。」

「相當討厭。」

「可不是嗎？我猜他發明了一些東西。哦，就是這些了。噢！對了，還有歐斯華．庫特爵士。」

「還有庫特夫人？」

「是的，我相信她也會去。」

疾如風坐著沉思了幾分鐘。比爾說出的客人名單具有啟示性，不過她現在沒有時間去思考各種可能性。她必須繼續下一個重點。

「比爾，」她說，「七鐘面到底是怎麼回事？」

比爾立即顯得非常尷尬。他眨眨眼皮，避開她的眼光。

「我不懂你這話是什麼意思。」他說。

「少來，」疾如風說，「有人告訴我你了解得很。」

「了解什麼？」

這倒是個難題。疾如風話鋒一轉。

「我不明白你這麼神祕幹什麼。」她抱怨說。

「沒什麼好神祕的。現在已經沒人去那裡，那只不過是一時的風尚。」

這話聽起來令人不解。

「一個人出國一段時間，就跟一切脫了節……」疾如風以傷心的口吻說。

「噢！你並沒有錯過多少事，」比爾說，「大家去那裡，只是為了告訴人家他們去過。其實那個地方很無聊，而且，天啊，你吃炸魚片會吃到煩。」

「你說大家都去哪裡？」

「當然是去『七鐘面俱樂部』，」比爾睜大眼睛說，「你問的不是這個嗎？」

「我不知道是七鐘面俱樂部。」疾如風說。

「那裡以前是陶騰漢路附近的貧民住宅區，現在全都拆除乾淨了。不過七鐘面俱樂部還保持舊有的氣氛……炸魚片和薯條，環境髒亂，有像倫敦東區那裡的特技表演，看完表演吃點東西倒是十分方便。」

「我想大概是夜總會之類的吧，」疾如風說，「可以跳舞之類的？」

「沒錯。龍蛇雜處，不是什麼高雅的地方。有藝術家和各種奇奇怪怪的女人，還有少許像我們這類的人。他們喜歡高談闊論，不過我認為那些都是空談，只是為了維持氣氛。」

「好，」疾如風說，「我們今晚就去那裡。」

「噢！我不要，」比爾說，他又尷尬了起來。「我告訴過你，它已經過時了，現在沒人再去那裡了。」

「哦，我們去啊。」

「你不會喜歡那裡的，疾如風，你真的不會喜歡。」

「你就帶我去七鐘面俱樂部，其他地方我都不去，比爾。我很想知道你為什麼這麼不情願？」

「我？不情願？」

「非常不情願。你有什麼見不得人的祕密？」

「見不得人的祕密？」

「不要一直重複我的話，你這是在拖延時間。」

「我沒有，」比爾憤慨地說，「只是……」

「只是什麼？我就知道有什麼。你根本藏不了任何祕密。」

「我沒什麼好隱藏的。只是……」

「怎麼樣？」

「說來話長……你知道，我有天晚上帶寶貝．聖毛兒去那裡……」

「噢，又是寶貝．聖毛兒！」

「有何不可？」

「我不知道是跟她有關……」疾如風說著僵硬地打了個呵欠。

「如同我所說的，我帶寶貝去那裡。她滿喜歡龍蝦的，所以我買了隻龍蝦……」故事繼續下去。當比爾說到那隻龍蝦最後被他和一個討厭的傢伙搶到支離破碎後，疾如風才把注意力轉回到他的故事上。

「原來如此，」她說，「吵架了？」

「是的，但那是我的龍蝦，我花錢買的，我有充分的權利……」

「噢！你有，你有，」疾如風連忙說道，「不過我相信那件事已經完全被遺忘了，而且我也不喜歡龍蝦。所以，我們去吧。」

「我們可能會遭到警方突擊，受到騷擾。那裡的樓上有個房間，他們在那裡賭牌。」

「大不了叫爸爸出面把我保出來，如此而已。走吧，比爾。」

比爾仍然有點不情願，但是疾如風意志堅決，所以不久他們便搭上計程車，朝目的地疾駛而去。

他們抵達的那個地方，正如她所想像，是在一條窄街上的高聳房屋。「漢士坦頓街十四號」，她看到門牌號碼。

一個面孔看來出奇熟悉的男人替他們開了門。他見到她時好像有點吃驚，不過他認識比爾，恭敬地跟他打了招呼。他是個高大的男人，金色頭髮，臉孔有點貧血、病態，眼睛不很老實。疾如風困惑地想著她以前在什麼地方見過他。

比爾現在已經恢復了平靜，也相當自得其樂地當起嚮導。他們在地下室跳舞，那裡煙霧瀰漫，滿室的煙霧濃得讓你看人都隔著一層藍藍的光暈。炸魚片的味道也重到化不開。

牆上是一些炭筆素描，其中有些倒真有點繪畫才能。舞池裡的成員極為混雜，有魁梧的外國人、猶太富婆、追趕時髦的人，以及一些從事世界上最古老行業的女人。

不久，比爾帶疾如風上樓。那個一臉病態的男人把關，用山貓一般的眼睛嚴密監視進入賭房的人。突然之間，疾如風認出他來了。

「對嘛，」她說，「我怎麼這麼笨，是阿夫瑞，煙囪屋從前的僕役。你好嗎，阿夫瑞？」

「很好，謝謝你，小姐。」

「阿夫瑞，你什麼時候離開煙囪屋的？在我們回來之前很久嗎？」

「之前一個月，小姐。有個更好的機會，不接受可惜。」

「我想他們這裡的待遇大概很好。」疾如風說。

「非常合理，小姐。」

疾如風走進去。在她看來，俱樂部的真正命脈所在就是這個房間。她立刻觀察到，賭注下得很高，而圍在兩張桌子旁的人都是真正的賭徒典型——鷹眼、憔悴、血液中帶著賭博的狂熱。

她和比爾在那裡停留了大約半小時，之後比爾變得煩躁起來。

「我們離開這個地方吧，疾如風，再跳舞去。」

疾如風表示同意，這裡沒什麼好看的。他們下樓去，又跳了半小時的舞，吃了魚片和薯條後，疾如風說她要回家去了。

「可是還這麼早。」比爾抗議道。

「不，不早了，不很早了。再說，我明天還有事要忙呢。」

「你要幹什麼？」

「還不確定，」疾如風神祕兮兮地說，「不過我可以告訴你，比爾，我不會讓自己閒到腳底長出青草來。」

「那不可能。」奧維里先生說。

12 深入虎穴

疾如風的性情絕非遺傳自父親，她父親的個性全然缺乏活力，與世無爭。比爾．奧維里說得非常正確，疾如風絕不可能閒到腳底下長出青草來。

在跟比爾約會後的第二天早上，疾如風充滿活力地醒過來。她當天有三個明確的計畫要付諸實行，而且她知道她會稍微受到時空的限制和阻礙。

幸好她沒有傑瑞．衛德、龍尼．狄佛魯和吉米．狄西加那般的苦惱……早上起不了床。歐斯華．庫特爵士在「早起」這件事上挑不到她的毛病。八點三十分，疾如風就已吃過早餐，駕著她的 Hispano 上路回煙囪屋。她父親見到她挺高興的。

「我從不知道你什麼時候會出現，」他說，「不過這樣一來我就省得打電話，我討厭打電話。梅羅上校昨天來這裡談驗屍審訊的事。」

梅羅上校是郡警察署長，卡特漢爵士的老朋友。

「你是說龍尼・狄佛魯的驗屍審訊？什麼時候舉行？」

「明天，中午十二點。梅羅會來找你，屍體是你發現的，你得出庭作證，不過他說你一點都不用緊張。」

「為什麼我該緊張？」

「哦，你知道，」卡特漢爵士歉然說，「梅羅有點古板。」

「十二點，」疾如風說，「好。如果我還活著，我會在這裡等他。」

「你有任何理由預見自己活不了嗎？」

「誰知道，」疾如風說，「現代生活充滿緊張……報章上都這麼說。」

「這倒令我想起了喬治・洛馬士要我下星期到艾碧莊去。當然，我謝絕了。」

「謝絕得好，」疾如風說，「我可不要你牽扯進任何怪事裡頭。」

「有怪事嗎？」卡特漢爵士突然提起興趣問道。

「哦，那封警告信等等的，你知道嘛。」疾如風說。

「或許喬治會被暗殺掉，」卡特漢爵士滿懷希望地說，「你認為呢，疾如風？或許我還是去的好。」

「請你抑制一下你嗜血的本能，安安靜靜地留在家裡，」疾如風說，「我去和荷伍太太談談。」

荷伍太太是他們的女管家，威嚴十足，走起路來沙沙作響，令庫特夫人打從心坎裡感到害怕。但她可嚇不到疾如風。打從疾如風還是個頑皮的長腿小女孩，而她父親還沒承襲爵士頭銜之時，她就叫她疾如風小姐。

「荷伍，」疾如風說，「我們一起喝杯濃濃的可可，同時聊聊家裡的最新動態吧。」

她沒費多少工夫就蒐集到她想得到的情報，並在心中記下如下的重點：「兩個新來的洗滌室女傭，都是鄉村女孩，頭腦不太靈光。新來第三個家事女傭，是女傭領班的侄女。這看來沒什麼問題。荷伍好像欺侮了可憐的庫特夫人不少，她是會這樣。」

「從沒想到我會看著煙囪屋被陌生人占住，疾如風小姐。」

「噢！人必須跟上時代，」疾如風說，「沒看到它被改建成供享樂用的熱門公寓，你就算幸運了，荷伍。」

荷伍背脊一涼，全身顫抖。

「我從沒見過歐斯華・庫特爵士。」疾如風說。

「歐斯華爵士是個非常聰明的紳士。」荷伍冷淡地說。

疾如風判斷歐斯華爵士不受家僕歡迎。

「當然，處理一切事務的是貝特門先生，」女管家繼續說，「他是一位非常能幹的紳士，的確非常能幹，而且凡事都知道該怎麼處理。」

疾如風把談話的主題帶到傑瑞・衛德之死。荷伍太太求之不得地談起這件事，對那位可憐的年輕紳士充滿了憐惜之意，然而疾如風並沒得到任何新消息，隨後她離開了荷伍太太，下樓去，立即按鈴召來崔威爾。

「崔威爾，阿夫瑞什麼時候離職的？」

「大概一個月以前，小姐。」

「他為什麼離職？」

「是他自己的意願，小姐。我猜他是上倫敦去了。我對他沒有任何不滿。不過你會發現新來的僕役約翰非常令人滿意。他相當稱職，而且急於表現，值得讚賞。」

「他來自什麼地方？」

「他的資歷極好，小姐，他的前任雇主是孟凡能爵士。」

「原來如此。」疾如風若有所思地說。

她想起了孟凡能爵士目前正在東非遊獵。

「他姓什麼，崔威爾？」

「包爾，小姐。」

崔威爾等了一會兒，然後知道疾如風已經問完話便悄悄離開。疾如風仍陷入沉思中。

約翰在她回來的那天替她開過門，她曾暗地裡注意過他。他顯然是個完美的僕人，訓練精良，面無表情，或許，比大多數的僕役更具軍人氣勢，而且他的後腦形狀有點古怪。

不過疾如風知道，這些小細節與本案無關。她坐在那裡，皺起眉頭望著面前的吸墨紙，手裡拿著一枝鉛筆，懶洋洋地一再寫著 BOWER 這個姓氏。

突然，一個念頭湧現，她停住筆，凝視著她所寫的字，然後再度召來崔威爾。

「崔威爾，包爾的姓怎麼拼？」

「B—A—U—E—R，小姐。」

「那不是英國姓氏。」

「我想他有瑞士血統，小姐。」

「噢！沒事了，崔威爾，謝謝你。」

瑞士血統？不，是德國血統！那軍人的架式，那平板的後腦袋；而且他在傑瑞．衛德死前兩週來到煙囪屋……

疾如風站了起來。這裡她能問的都問到了。現在繼續其他的事！她去找她父親。

「我又要走了，」她說，「我得去見瑪西雅伯母。」

「去見瑪西雅？」卡特漢爵士語氣充滿了驚愕。「可憐的孩子，為什麼你非得去見她不可？」

「僅此一次，」疾如風說，「我想去見見她，這完全出於我的自由意志。」

卡特漢爵士驚奇地看著她。任何人類出自真心去見他那位可怕的嫂嫂，在他來說都是難以理解的事。他哥哥亨利的遺孀瑪西雅．卡特漢爵士夫人，是個非常卓越的人物。卡特漢爵士承認她是個令人羨慕的妻子，要不是她，亨利絕不可能當上外交部長。但就另一方面來說，他認為亨利早逝無疑是一大解脫。

在他看來，疾如風這念頭不啻是把頭伸進獅口的愚行。

「噢！啊呀，」他說，「你知道，如果是我，就不會做這種事。你不知道這會有什麼後果。」

「我知道會有我所希望的後果，」疾如風說，「我沒事，爸爸，你不必替我擔心。」

卡特漢爵士嘆了一口氣，換個較舒適的坐姿，回到他正在研讀的書籍上。然而一兩分鐘之後，疾如風突然再度探頭進來。

「對不起，」她說，「還有一件事我想要問你。歐斯華．庫特爵士是什麼人？」

「我不是告訴過你？一台壓路機嘛。」

「我不是問你個人對他的印象。他是怎麼賺到錢的……做鈕釦、銅床或什麼的？」

「噢！我懂了。他做鋼鐵那行，鋼和鐵，他有全英格蘭最大的鋼鐵事業還是什麼的隨便你叫。當然，他現在沒有親自主持業務。有一家公司或幾家關係企業。他把我弄去當董事什麼的，對我來說這倒是非常適合的工作……什麼事都不用做，只要每年進城一兩次，到那些大飯店——在卡儂街或利物浦街——圍坐在一張擺有精美新穎吸墨紙的桌子旁。然後庫特或某個一臉精明的傢伙會發表全是一大堆數字的說明，但幸好不用聽……而且我可以告訴你，會後經常有頓令人垂涎的午餐……」

疾如風對卡特漢所說的午餐沒興趣，所以在他說完之前就又離開了。在回倫敦的路上，她試著把一切線索串聯起來。

據她了解，鋼鐵和兒童福利似乎扯不到一塊兒。所以，這兩者有一個是幌子……想必是後者。瑪卡達夫人和那個匈牙利女爵不值一顧，她們只是用來偽裝。不，整個事情的核心似乎是那位平凡的艾伯哈德先生。他似乎不像是喬治．洛馬士平常會邀請的類型。比爾含糊地說他從事發明。再來有航空署長和鋼鐵業的歐斯華．庫特爵士。這些人不知道為什麼會湊在一起。

進一步思索下去根本毫無用處，因此疾如風放棄了這條思路，專心想著接下來她和卡特漢爵士夫人的會晤。

爵士夫人住在倫敦高級住宅區一棟幽暗的大房子裡。房裡有股封蠟、鳥食和腐敗的花味。卡特漢夫人是個大女人……各方面都大。她的身材比例與其說是大，不如說是「堂皇」。她有個鉤形大鼻，戴著金邊夾鼻眼鏡，她的上唇令人有點懷疑是不是長著鬍子。

見到這位侄女她很感訝異，不過還是把她冰冷的臉頰湊過去，讓疾如風適禮地親一下。

「這真是相當意外，艾玲。」她冷冷地說。

「我們才剛回來不久，瑪西雅伯母。」

「我知道。你父親好嗎？和往常一樣？」

她的語氣帶著輕蔑。她對亞拉斯泰．愛德華．布蘭特，卡特漢的第九任爵士觀感惡劣。她會稱他為「可憐蟲」，要是她知道這個用法的話。

「爸爸很好。他在煙囪屋。」

「哦。你知道，艾玲，我一向不贊成把煙囪屋租給外人。那個地方，就很多方面來說，是個歷史性的紀念建築物，不該貶低了它的價值。」

「它在亨利伯父的時代一定很風光。」疾如風微嘆一口氣說。

「亨利了解他的責任。」亨利的遺孀說。

「想想到那裡作客的人，」疾如風如醉如癡地繼續說，「全都是歐洲的政要顯貴。」

卡特漢夫人嘆了一口氣。

「說真的，那裡不只一次締造了歷史，」她說，「要是你父親……」

她傷心地搖搖頭。

「爸爸對政治感到厭惡，」疾如風說，「不過我倒認為它是最令人陶醉的一門學問，尤其是對深得箇中三昧的人來說。」

她毫不臉紅地說出這番誇大不實的道理。伯母有點訝異地看著她。

「我很高興聽你這麼說，」她說，「艾玲，我總以為你和現代人一樣，除了追求享樂之外，其他的事都不關心。」

「我以前是這樣。」疾如風說。

「你是還很年輕沒錯，」卡特漢夫人若有所思地說，「不過以你有利的條件，如果你嫁對了人，那麼你可能成為當今的政壇女強人。」

疾如風不禁感到心驚膽戰。有一下子，她心裡挺害怕伯母會馬上給她介紹一個門當戶對的丈夫。

「可是我覺得自己很笨，」疾如風說，「我是說我懂的太少。」

「這不難彌補，」卡特漢夫人敏捷地說，「你需要任何文獻，我都可以借給你。」

「謝謝你，瑪西雅伯母，」疾如風說，接著採取第二道攻勢。「我不知道你認不認識瑪卡達夫人，瑪西雅伯母？」

「我當然認識她，她是一個頭腦聰明而且最值得尊敬的婦女。一般來說，我不支持女人進國會，她們應該用比較女性的方式來發揮影響力。」她停頓下來，無疑是在回想她所採用過的女性方式，及強迫她不情願的丈夫踏入政壇，以及他和她共同努力所達成的偉大成就。「但時代變了，而且瑪卡達夫人是在為全國性的事務努力，這對所有婦女都極具價值。我想我可以說，這是真正的婦女工作。你一定要見見瑪卡達夫人。」

疾如風有點沮喪地嘆口氣。

「她下星期會參加喬治・洛馬士的聚會。他要爸爸去，當然他是不會去的。他從未想過要邀請我，我想大概是認為我太無知了吧。」

卡特漢夫人突然覺得她的侄女的確有長足的進步。或許她遭遇了不順遂的戀情？在卡特漢夫人的觀念裡，一場不順利的戀愛對年輕女孩是大有益處的，那可以令她們認真地生活。

「我想喬治・洛馬士大概沒想到你已經——我們姑且說是——長大了？艾玲，親愛的，」她說，「我必須和他談談。」

「他不喜歡我，」疾如風說，「我知道他不會邀請我。」

「胡說，」卡特漢夫人說，「我會說服他。我認識喬治．洛馬士時他才這麼一點高。」她指出一個相當不可能的高度。「他會很樂意幫我這個忙。而且他當然明白像我們這種階層的年輕女孩，正應該為國家的福利貢獻自己的才能。」

疾如風幾乎脫口說出「好，好」，不過她抑制住了。

「我現在去幫你找些文獻來，」卡特漢夫人說著站了起來，尖聲叫道：「康諾小姐。」一個表情驚恐、打扮清爽的祕書小姐跑了過來。卡特漢夫人給了她一些指示。不久之後，疾如風便抱著一大堆最最乏味的文獻驅車回到布魯克街。

她的下一個行動是打電話給吉米．狄西加。他得意洋洋地開口。

「我辦到了，」他說，「雖然比爾讓我費了不少工夫。他固執的一再說我會成為狼群裡的一隻小羔羊。但我終於讓他明白過來。我現在拿了一大堆不知叫什麼來著的東西，正在用心研讀，你知道，一堆藍皮書和白皮書，乏味極了……不過總得裝個樣子。你有沒有聽說過聖大非邊界之爭？」

「從沒聽過。」疾如風說。

「哦，我正在埋頭研讀。這件事歷時好幾年而且非常複雜，我要拿它來當話題。現代人都得學有專長。」

「我也拿到一堆同樣的東西，」疾如風說，「瑪西雅伯母給我的。」

「什麼伯母？」

「瑪西雅伯母……我爸爸的嫂嫂。她非常熱中政治。事實上，她會想辦法讓我參加喬治的聚會。」

「不會吧？噢，啊呀，這太好了。」一陣停頓，然後吉米說：「喂，我想我們最好不要告訴羅琳，啊？」

「或許不要比較好。」

「你知道，她可能不喜歡置身事外，但她真的必須置身事外。」

「是的。」

「我的意思是說，不能讓她那樣的女孩去冒險！」

疾如風心想，吉米實在不夠圓滑，她去冒險怎麼就一點也不會令他感到不安。

「你沒在聽嗎？」吉米問道。

「不，我在聽，我只是在想事情。」

「原來如此。喂，你明天要去參加驗屍審訊嗎？」

「要。你呢？」

「我也去。對了，晚報上登出來了，不過是塞在報屁股上。奇怪，我原以為他們會大做文章呢。」

「是啊，我也這麼以為。」

「哦，」吉米說，「我得繼續研究了。我剛剛看到玻利維亞發出一張通知給我國的那一段。」

「我想我大概也得繼續看我的了。」疾如風說，「你準備整個晚上都耗在那上面嗎？」

「我想是的。你呢？」

「噢，或許。晚安。」

他們兩個都是臉皮最厚的說謊者。吉米．狄西加十分清楚他準備帶羅琳．衛德出去吃晚飯。

至於疾如風，她一掛上電話便立即換上各種難以形容的裝束，事實上，那是她向女侍借的。一換好衣服，她便徒步出擊，雖然搭巴士或地下鐵才是前往七鐘面俱樂部的最佳途徑。

13 七鐘面俱樂部

疾如風大約六點抵達漢士坦頓街十四號。在這段時間，如同她所判斷的，七鐘面俱樂部是一片死寂。疾如風的目標很單純，她打算找到從她家離職的僕役阿夫瑞。她深信一旦找到了他，其餘的就好辦了。疾如風有一套對付家僕的方法，簡單而專橫。這套方法很少失敗，這次也沒理由會失敗。

她唯一不確定的是，有多少人住在俱樂部裡。自然她希望愈少人看到她愈好。

當她正在考慮採用哪種攻擊方法時，這個問題自己便已輕易地化解了。十四號的門打開，阿夫瑞本人走了出來。

「午安，阿夫瑞。」疾如風愉快地說。

阿夫瑞跳了起來。

「噢！午安，小姐。我……我一時沒認出是你。」

疾如風暗自讚賞她那身女侍服裝，繼續進行計畫。

「我想跟你談點事，阿夫瑞。我們到哪裡去方便？」

「呃，說真的，小姐，我不知道……這不是個所謂的好地方，我不知道，我想……」

疾如風打斷他的話。

「誰在俱樂部裡？」

「目前沒人，小姐。」

「那麼我們進去裡面。」

阿夫瑞取出鑰匙打開門，疾如風走進去。阿夫瑞為難、羞怯地跟進。疾如風坐下來，兩眼直視不自在的阿夫瑞。

「我想你大概知道，」她劈頭就說，「你目前所做的事是嚴重違法吧？」

阿夫瑞不自在地兩腳移來移去。

「我們是遭受兩次臨檢沒錯，」他承認說，「可是由於莫葛夫斯基先生設想周到，因此並沒出什麼差錯。」

「我說的不只是賭博，」疾如風說，「還有比這更嚴重的……或許比你所知道的嚴重許多。我直率的問你一個問題，我希望你老老實實回答我，阿夫瑞。他們給了你多少錢叫你離開煙囪屋？」

阿夫瑞兩度看向飛簷，彷彿是在尋找靈感，還吞了三、四次口水，最後做了弱者遇上強者時的必然選擇。

「是這樣的，小姐。莫葛夫斯基先生在那次煙囪屋開放參觀時帶了一群人去看。崔威爾先生當天身體不舒服——事實上是腳指甲長進肉裡去了——所以便由我帶領那一群人去參觀。參觀完了之後，莫葛夫斯基先生留下來，給了我一筆大方的小費，和我談了談。」

「是嗎？」疾如風鼓勵他說下去。

「總之，」阿夫瑞突然加速說，「他給了我一百英鎊，要我馬上離職，到這裡來看管這個俱樂部。他想要找個上流人家用過的人，好給這個地方增添一點格調，這是他說的。而……呃，要拒絕他好像有點不給面子，更不用說我在這裡的薪水比當僕役足足多了三倍。」

「一百英鎊，」疾如風說，「這是個很大的數目，阿夫瑞。他們有沒有告訴你，誰要去頂你在煙囪屋的缺？」

「我當時反對立即離職，小姐。我說，那不符合習慣而且會造成大家的不便。可是莫葛夫斯基先生說他認識一個年輕人，服務態度很好，隨時可以來取代我。所以我就向崔威爾先生提起他，最後也安排得皆大歡喜。」

疾如風點點頭。她自己的推測果真正確無誤，這段過程就和她所設想的一樣。她進一步詢問。

「莫葛夫斯基先生是誰？」

「經營這家俱樂部的老闆。一位俄國紳士，非常聰明的紳士。」

疾如風暫時放棄套取消息，繼續進行其他事。

「一百鎊是個很大的數目，阿夫瑞。」

「我所賺過最大的一筆，小姐。」阿夫瑞坦率地說。

「你有沒有懷疑過，這可能有些不對勁？」

「不對勁，小姐？」

「是的，我指的不是賭博，而是更嚴重的事。你不想被判刑吧，阿夫瑞？」

「噢，上帝，你不是說真的吧，小姐？」

「我前天到蘇格蘭警場去，」疾如風刻意強調說，「我聽到一些非常古怪的事。我要你幫我，阿夫瑞，如果你幫了我，呃……要是出了事，我會替你說情。」

「只要我能做到，我都非常樂意，小姐。我是說，無論如何，我都會幫忙。」

「呃，首先，」疾如風說，「我要徹底看看這個地方，上上下下都看一遍。」

恐慌而且不知所以的阿夫瑞帶她做了非常徹底的巡視。沒有什麼特別引起她的注意，直到進入賭房。她注意到賭房的角落有一道不顯眼的門，而且這道門上了鎖。

阿夫瑞立即說明。

「那是用來逃生的，小姐。有個房間和一道門通往下一條街的樓梯。那是給紳士們在警方突擊檢查時開溜用的。」

「可是，難道警方不知道嗎？」

「這是道精心設計的門，小姐，表面上看起來不過是個櫥子。」

疾如風感到一股興奮之情湧起。

「我要進去看看。」她說。

阿夫瑞搖搖頭。

「沒辦法，小姐，鑰匙在莫葛夫斯基先生那裡。」

「哦，」疾如風說，「總還有其他鑰匙吧。」

她覺得那道鎖十分普通，或許可以用其他房門的鑰匙打開。有點困擾的阿夫瑞被遣去拿些可能符合的鑰匙過來。疾如風嘗試的第四把鑰匙符合了。她扭轉把手，把門打開，走了進去。

那是一個骯髒的小房間。一張長桌占據在房間中央，四周擺著椅子。除此之外，房裡沒有其他家具。兩座嵌入的壁櫥分占壁爐兩旁。阿夫瑞對靠近他們的那座壁櫥點點頭。

「就是那座。」他說。

疾如風試試櫥門，可是鎖上了，她立即發現這把鎖特別不同，是那種只有原配鑰匙才能打開的專利鎖。

「非常精巧的鎖，」阿夫瑞說，「裡面沒什麼，一些架子而已，你知道，上面擺些帳冊。沒有人懷疑過，不過只要碰對了地方，整個櫥子就會旋轉開來。」

疾如風轉身，若有所思地掃視房間。她首先注意到的是他們進來的那道門，它的四周都用粗呢布仔細框緊。那一定是為了完全隔音。然後她的眼光移向那些椅子。一共有七把，兩邊各三把，一把設計比較華麗的擺在主位上。

疾如風眼睛一亮。她已經找到她想要的。她確信，這就是祕密組織開會的地方。這個地方經過周詳設計，表面上看起來相當普通，從賭房就可以跨進來，或從那個逃生入口也可以……隔壁的賭房輕易地掩飾了一切祕密。

她邊想邊懶洋洋地用手指劃過壁爐的大理石。阿夫瑞看見了，打斷了她的動作。

「你找不到灰塵的，這不用說，」他說，「莫葛夫斯基先生今天早上才下令清掃這個地方，他親眼看著我整理的。」

「噢！」疾如風說，腦子非常用力地轉著。「今天早上，嗯？」

「有時候得清掃一下，」阿夫瑞說，「儘管這個房間從未正式使用過。」

接下來，他吃了一大驚。

「阿夫瑞，」疾如風說，「你得幫我在這房間找個藏身的地方。」

阿夫瑞一臉沮喪地看著她。

「可是，這是不可能的，小姐，你會讓我惹上麻煩、丟掉差事的。」

「反正你進了監牢也會丟掉差事，」疾如風不客氣地說，「不過老實說，你用不著擔心，沒有人會知道。」

「這裡根本沒有藏身之處，」阿夫瑞哀號著。「如果你不信，你自己看好了。」

疾如風不得不承認他的話有道理，不過她深具冒險犯難的精神。

「胡說，」她意志堅決地說，「一定有個地方。」

「可是真的沒有。」阿夫瑞哭喪著臉叫著。

的確，再沒有其他房間比這裡更不適合躲藏了。骯髒的百葉窗拉下來蓋過髒兮兮的窗玻璃，而且沒有窗簾。窗台外頭，疾如風檢視過，只有大約四吋寬！房間裡面則只有桌子、椅子和壁櫥。

第二座壁櫥的鎖頭上插著鑰匙。疾如風走過去，把櫥門拉開。裡面是一些架子，上頭擺滿了各種玻璃杯和陶器。

「那是我們用不上的器具，」阿夫瑞說明。「你可以自己看看，小姐，連躲隻貓的地方都沒有。」

疾如風查看那些櫥架。

「做工很差，」她說，「阿夫瑞，樓下有沒有裝得下這些玻璃器皿的櫥子？有？好，那麼去拿個托盤來，馬上把這些東西換下去。快，沒有時間浪費了。」

「不能這樣做，小姐。而且天色也晚了，廚師隨時都會進來。」

「我想那個叫莫葛什麼的先生大概很晚才會來吧？」

「他沒在午夜之前進來過。可是，噢，小姐……」

「不要多說了，阿夫瑞，」疾如風說，「去把托盤拿過來。你若要繼續在那裡爭辯，那你就麻煩大了。」

阿夫瑞扭絞著雙手離去，隨後端著托盤回來，事已至此，他知道抗辯也沒用，因此反倒出人意料地快速工作著。

如同疾如風所預料的，那些架子很輕易就可以取下來。她把它們取下，靠牆豎著，然後跨進櫥子裡。

「嗯，」她說，「空間相當窄，只剛好容得下，一分也不多。小心把門關上，阿夫瑞……這就對了。好，沒問題。現在我要一把錐子。」

「錐子，小姐？」

「我是這樣說的。」

「我不知道……」

「胡說，你們一定有錐子，說不定還有把大鑽子。要是你找不到，那你就出去買，所以你還是好好用心去找吧。」

阿夫瑞離去，不久帶著各種工具回來。疾如風挑了她想要的，並且快速而有效率地在櫥門和她右眼同一高度的地方鑽了一個小孔。她從外面鑽進去以免引人注意，而且不敢鑽得太大。

「好了，這就可以了。」她終於說。

「噢！可是，小姐，小姐……」

「什麼事？」

「他們會發現你的……如果他們打開櫥門的話。」

「他們不會開這個櫥門，」疾如風說，「因為我要你把它鎖上，同時把鑰匙帶走。」

「萬一莫葛夫斯基先生向我要鑰匙呢？」

「告訴他弄丟了，」疾如風敏捷地說，「不過沒有人會操心這座櫥子……它只不過是為了和另一座湊一雙，以便引開別人的注意而已。來吧，阿夫瑞，隨時都可能有人進來。把我鎖在裡面，把鑰匙帶走，等大家都走了以後，你再來打開讓我出去。」

「你在裡面會很難受的，小姐，你會昏過去……」

「我絕不會昏過去，」疾如風說，「不過你可以弄杯雞尾酒給我，那一定用得上。然後把房間的門鎖上……不要忘了，再把所有房間的鑰匙放回原位去。還有，阿夫瑞，不要太膽小，露出了馬腳。記住，如果這事出了差錯，我一定找你算帳。」

「就這樣了。」疾如風在接過了阿夫瑞給她的雞尾酒並離去之後，自言自語說。

她並不擔心阿夫瑞會怯弱到出賣她。她知道他自保的本能太強了，不至於這樣做。他所受過的訓練，足以讓他把私人的感情藏在一張訓練精良的僕人面具之下。

只有一件事令疾如風擔心。她可能誤判了這個房間今早之所以必須清理的理由。如果真是這樣，疾如風在狹窄的壁櫥裡嘆了一口氣，在裡頭待上長長幾個小時卻一無所得可不是什麼好玩的事。

14 七鐘面會議

希望再下去那受苦受難的四個小時愈快過去愈好。疾如風發現她的藏身之地極為狹促。她判斷會議——如果有會議的話，那一定是在俱樂部最忙的時候舉行——或許在午夜到兩點之間的某個時刻。

她才剛想著現在應該已經清晨六點了，一個期盼的聲響便傳入她的耳裡。那是開鎖的聲音。

過了一分鐘，電燈打開。一波如遠處海浪咆哮的聲音傳過來，過了一兩分鐘又突然停住，疾如風聽見門閂卡上的聲響。顯然某人從隔壁的賭房進來，她暗自感謝那道完全隔音的門。

過了另一分鐘，闖入者走入她的視線……一條狹窄、不完整但卻管用的視線。那是一個高大的男人，肩膀寬闊，外形強壯有力，蓄著黑色長鬍。疾如風想起她前一天晚上看過他坐在賭桌上。

那麼，這位就是阿夫瑞所謂的神祕俄國紳士、俱樂部的老闆、邪惡的莫葛夫斯基先生。疾如風激動地心跳加快。她跟父親個性迥異，此時她反而為這倘困的處境而感到自豪。

俄國佬在桌旁站了幾分鐘，捋著鬍鬚。然後從口袋裡掏出一塊錶，瞄了一眼。他滿意地點點頭，再探手進口袋裡，拉出某樣疾如風看不見的東西，走出了她的視線。

當他再度出現在她的視線裡時，不禁驚訝地喘了一口氣。

他的臉上現在蒙著一個面具。那不是一般的面具，並不是和臉型貼合的，而是一塊布料像窗簾一般掛在面前，兩眼的位置開了兩個孔，形狀是圓的，上頭是一個鐘面，指針指向六點。

「七鐘面。」疾如風自言自語道。

這時，另一些聲音傳來……七聲低悶的敲門聲。

莫葛夫斯基走到另一座壁櫥的門前。她聽到一個清脆的聲響，然後有人用外國語言互打招呼。

不久，她看見了新來的人。

他們也都戴著鐘面的面具，只是指針指向不同的方位，四點和五點。兩個新進來的男人都穿著晚禮服，然而兩者有所不同。一位是優雅、高瘦的年輕人，穿著剪裁精緻的晚禮服，走動起來的優雅姿態不像是英國人。另一個男人只能形容為骨瘦如柴。他的衣著算是合身，不過也僅僅如此，疾如風甚至在聽到他的聲音之前就猜出了他的國籍。

「我想我們是最先到達這次小小會議的人。」

十足宜人的聲音，帶點美國人的慵懶，還夾雜有愛爾蘭的音調襯底。

那個優雅的年輕人以尚好但有點做作的英語說：「我今晚費了不少工夫才脫身。這種事很難安排。我不像四號，自己做得了主。」

疾如風猜著他的國籍。在他開口之前，她以為他可能是法國人，但是他說話的口音並未帶法國腔。她想，他可能是澳洲人，或是匈牙利人，甚至可能是俄國人。

那位美國人走到桌子的另一邊，疾如風聽到一張椅子被拉出來的聲音。

「『一點鐘』大獲全勝，」他說，「恭喜你冒了這個險。」

「五點鐘」聳聳他的肩膀。

「說到冒險……」他話沒說完。

又是七聲敲門聲傳來，莫葛夫斯基走向那道密門。

她有一陣子什麼都沒見到，因為一群人都在她的視線之外，不過一會兒她便聽見蓄鬍的俄國佬聲音揚起。

「我們開始吧？」

他自己繞過桌子，坐在靠近主位的位子上。如此坐著，正好面對疾如風躲藏著的壁櫥。優雅的「五點鐘」坐在他下一個位子。第三張椅子在疾如風的視界之外，不過那個美國人，四號，在就座之前曾經走入她的視線。

靠近櫥子這邊也只有兩張椅子她看得見，她看到一隻手將第二張椅子——實際上是中間那張——翻轉過來。然後一個快速的動作，有個新來的人經過櫥子，在莫葛夫斯基的對面坐了下來。當然，那個人是背朝著疾如風。疾如風饒有興致地注意著那個人的背部，因為那是一個漂亮女人的裸裎背部。

首先開口的是她。她的聲音如音樂一般，帶股外國腔調，含著深深迷人的韻味。她望向空著的主位。

「這麼說，我們今晚是見不到七號了？」她說，「告訴我，朋友，我們什麼時候才可以見到他？」

「說得好，」那美國人說，「好極了！說到『七點鐘』，我開始覺得根本就沒這個人。」

「勸你不要這樣想，朋友。」俄國佬和氣地說。

一陣沉默，是股令人感到鬱悶的沉默，疾如風可以感覺得到。

她仍然如癡如醉地凝視著她眼前的漂亮背部。有顆小黑痣長在她的右肩胛下，更襯托出這個女人肌膚的白皙。在小說上經常讀到的「美麗女騙徒」，對疾如風來說終於有了實質的意義。她確信這個女人有一張漂亮的臉孔……一張微黑的斯拉夫人臉孔，一雙熱情洋溢的眼睛。

她被主持會議的俄國佬從漫想中喚醒過來。

「我們開始談正事好嗎？首先向我們缺席的同志致敬——二號！」

他伸手向那翻轉過來的椅子做了個古怪的手勢，其他每個人都依樣畫葫蘆。

「我真希望二號今晚能夠出席，」他繼續說，「有很多事情要完成。有預料不到的困難產生了。」

「你收到他的報告了嗎？」那美國人說。

「還沒有，我什麼都沒收到。」他停頓一下。「這我不明白。」

「你想他可能……迷路了？」

「那是個……可能性。」

「換句話說，」「五點鐘」柔聲說道，「危險來了。」

他慎重地說出這句話，帶著某種風趣。

俄國佬用力點點頭。

「是的，危險來了。知道我們還有這個地方的人愈來愈多了。我聽說有幾個人在懷疑。」他冷冷地加上一句：「必須讓他們閉上嘴。」

疾如風感到背脊微微一陣涼意。如果她被發現了，他們會不會讓她閉上嘴？她的注意力突然被幾個字眼喚起。

「這麼說，煙囪屋那裡還沒有結果？」

莫葛夫斯基搖搖頭。

「沒有。」

五號突然傾身向前。

「我同意安娜的看法，我們的主席，七號，到底在哪裡？是他找我們來的。為什麼我們從沒見過他？」

「七號，」俄國佬說，「有他自己的一套工作方式。」

「你總是這樣說。」

「我不會再說了，」莫葛夫斯基說，「我同情那些和他作對的男人……或女人。」

一陣尷尬的沉默。

「我們必須繼續談正事，」莫葛夫斯基平靜地說，「三號，飛龍艾碧莊的事情你計畫好了吧？」

疾如風一聽之下豎起了耳朵。到目前為止她既沒看到三號也沒聽到他的聲音。現在她聽到了，而且正確無誤的認了出來。那是低沉、宜人、朦朧、深有教養的英國人腔調。

「我把計畫帶來了，先生。」

一些紙張擱在桌上。每個人都俯身湊過去。不久，莫葛夫斯基再度抬起頭來。

「客人名單呢？」

「在這裡。」

俄國佬唸著：「史坦利・狄格比爵士。德倫西・阿路克先生。歐斯華爵士和庫特夫人。

貝特門先生。安娜・雷茲琪女爵。瑪卡達夫人。吉米・狄西加先生……」他停頓下來，猛然問道：「誰是吉米・狄西加先生？」

美國人笑出聲來。

「我想你不用擔心他。他只是一個普普通通的傻小子。」

俄國佬繼續唸下去：「艾伯哈德先生，奧維里先生。這就是全部名單了。」

「是嗎？」疾如風暗忖。「那甜美的艾玲・布蘭特小姐呢？」

「嗯，看來是沒什麼好操心的，」莫葛夫斯基說，望過桌面。「我想艾伯哈德的發明，價值大概是無庸置疑的吧？」

「三點鐘」做了個簡明的英國式回答。

「絕無問題。」

「在商業價值上，應該值個數百萬，」俄國佬說，「而在國際社會……呃，大家都很清楚各國的貪婪。」

疾如風心想，他正在面具後頭愉快地笑著。

「嗯，」他繼續說，「一個金礦。」

「值上幾條人命。」「五號」嘲諷地說，同時笑出聲來。

「不過你們也知道所謂的發明是怎麼回事，」美國人說，「有時候這些要命的東西根本就行不通。」

「像歐斯華．庫特爵士那種人是不會犯錯的。」莫葛夫斯基說。

「以一個飛行員的角度來看，」五號說，「這玩意兒絕對可行。那已經討論過好幾年了，不過的確是需要艾伯哈德的天才智慧來實現它。」

「好了，」莫葛夫斯基說，「我不認為我們需要再討論下去。你們都看過計畫了，我想我們原先的計畫不會比這個好。順便提一下，聽說傑瑞．衛德有封信被發現了……一封提到這個組織的信。是誰發現的？」

「卡特漢爵士的女兒，艾玲．布蘭特小姐。」

「包爾應該處理好那件事，」莫葛夫斯基說，「他太不小心了。信是寫給誰的？」

「我相信是他妹妹。」三號說。

「真是不幸，」莫葛夫斯基說，「不過這也是沒辦法的事。龍尼．狄佛魯的驗屍審訊是在明天。我想這事應該已經安排好了吧？」

「謠言已經散布開來，說是當地的少年在練習來福槍時誤射的。」美國人說。

「那麼應該是沒問題了。我想不需要再進一步談下去了。我們必須向我們親愛的一號道賀，同時祝她扮演的角色馬到成功。」

「安娜萬歲！」五號叫了起來。

所有人都做出疾如風先前看過的手勢。

「安娜萬歲！」

「一點鐘」以典型異國風味的儀態接受他們的歡呼道賀，然後站起來，其他人也都如法炮製。疾如風在三號走過來幫安娜披上披風時首次窺見了他……一個高大壯碩的男人。

之後一群人從密道出去。莫葛夫斯基幫他們把風。他等了一會兒，這時疾如風聽見他把另一道門的門閂取下，關掉電燈，走了出去。

兩個小時後，一臉蒼白、焦慮的阿夫瑞才來放疾如風出來。走出來時，她幾乎昏倒在他的臂彎裡。他把她扶正。

「沒什麼，」疾如風說，「只是手腳麻痺了而已。來，讓我坐下來。」

「噢，上帝，太可怕了，小姐。」

「亂說，」疾如風說，「事情順利極了。現在一切都過去了，別再窮緊張。本來有可能出差錯的，不過謝天謝地，最後並沒有。」

「真是謝天謝地，小姐。我整個晚上都在發抖。你知道，他們是很奇怪的一群人。」

「非常奇怪的一群人，」疾如風用力按摩著手腳說，「事實上，在今晚之前，我以為他們只會存在小說上。阿夫瑞，人生真是無時無刻不在學習。」

15 驗屍審訊

疾如風早上六點回到家，九點半就起床穿好衣服，打電話給吉米·狄西加。他接電話的速度快得令她驚訝，隨後他解釋說他正要去參加驗屍審訊，她才明白過來。

「我也會去，」疾如風說，「我有很多話要告訴你。」

「哦，那我開車過去接你，我們好一路談談，怎麼樣？」

「好。不過你得先送我去煙囪屋。警察署長要到那裡去接我。」

「為什麼？」

「因為他是一個好人。」疾如風說。

「我也是，」吉米說，「大好人一個。」

「噢！你……你是個傻小子，」疾如風說，「我昨晚聽到某人這麼說。」

「誰？」

「精確地說，是一個俄國猶太。不，不是，是……」

然而對方憤慨的抗議淹沒了她的話語。

「我或許是個傻小子，」吉米說，「或許是……不過可容不得俄國猶太佬這樣說我。你昨晚幹了些什麼，疾如風？」

「那正是我要告訴你的，」疾如風說，「現在暫時不說。」

她賣了個關子掛斷電話，令吉米一頭霧水，心頭癢癢的。他對疾如風的能力存有最高的敬意，儘管他對她一點感情都沒有。

「她一定做了什麼，」他匆匆喝掉最後一口咖啡，心裡想著。「絕對錯不了，她是做了什麼。」

二十分鐘之後，他的雙人座小跑車在布魯克街一棟屋子門前停住，在那裡等著他的疾如風走下階梯。吉米平時不是個有觀察力的人，但他還是注意到疾如風的黑眼圈，和她那副熬夜者的面容。

「喂，」當車子駛越郊區時他說，「你幹了什麼夜貓子的事啦？」

「我會告訴你的，」疾如風說，「不過在我說完之前你可別打岔。」

故事有點長，吉米盡可能專心聽又分出心來以免出了車禍。疾如風說完之後，他嘆了一口氣，然後探尋似地看著她。

「疾如風？」

「怎麼樣？」

「你不會是在騙我吧？」

「你什麼意思？」

「對不起，」吉米道歉說，「可是我好像以前聽說過這些事……在夢裡，你知道。」

「我知道。」疾如風理解地說。

「這是不可能的，」吉米繼續說出他的想法。「漂亮的外國女騙徒，國際性的幫派，神祕的七號，沒人知道他是誰……這一切我在小說裡頭看過上百次了。」

「你當然看過，我也看過。但這也不代表不會真的發生。」

「大概是吧。」吉米承認說。

「畢竟，小說大都是以事實做基礎。我的意思是，除非事情真的發生過，否則人們不可能憑空揣想。」

「你說得有道理，」吉米同意說，「但我還是禁不住捏捏自己，看看自己是清醒還是在作夢。」

「我就是這種感覺。」

吉米深深嘆了一口氣。

「哦，我想我們應該是醒著沒錯。我想想看，一個俄國佬，一個美國佬，一個英國人，一個可能是澳洲人或匈牙利人；而那個女性任何國籍都可能……最佳選擇是俄國人或是波蘭人。相當具有代表性的一群。」

「還有一個德國人，」疾如風說，「你忘了那個德國人。」

「噢！」吉米緩緩說道，「你認為……」

「缺席的二號應該是包爾，我家的男僕。這從他們說沒收到一份預期中的報告一事可以判斷……儘管我想不出煙囪屋能寫出什麼報告。」

「一定是跟傑瑞・衛德之死有關，」吉米說，「有些事我們還想不透。你說他們提了包爾的名字？」

疾如風點點頭。

「他們怪他沒發現那封信。」

「哦，那就再清楚不過了，無庸置疑。原諒我起初不相信，疾如風，可是你知道，這確實是個荒誕不經的故事。你說他們知道我下星期要去艾碧莊？」

「是的，就是那個美國人——不是那個俄國人——說他們不用擔心你，說你只不過是個普通的傻小子的時候。」

「啊！」吉米說，狠狠踩下油門，車子飛奔向前。「我很高興你告訴我這個。你可以說，這令我對這件事產生了『個人的興趣』。」

他沉默了一兩分鐘，然後說：「你說那個德國發明家姓艾伯哈德？」

「是的。怎麼了？」

「等等，我正要想起什麼來。艾伯哈德，艾伯哈德……對了，我確信是這個姓沒錯。」

「說。」

「艾伯哈德曾獲得某種製鋼祕方的專利。我說不出是什麼祕方，因為我沒有科學知識，可我知道它可以讓一條鋼絲就像一根鋼筋那般堅韌。艾伯哈德的研究跟飛機有關，他的想法是重量可以大幅減輕，航空界將會產生革命……我是指成本方面。我猜他曾把他的發明呈獻給德國政府，但被他們駁回，指出一些嚴重的錯誤……不過他們的態度有點惡劣。他繼續研究，克服了困難。然而他們的處理態度冒犯了他，他發誓他們絕對得不到他珍貴的發明。我一直認為這件事或許只是胡鬧，只是現在看來不是這麼回事。」

「沒錯，」疾如風熱切地說，「你說得一定沒錯，吉米。艾伯哈德一定把他的發明提供給我們政府。政府已經或準備徵求歐斯華．庫特爵士的專家意見，所以即將在艾碧莊舉行一次非官方的會議。艾伯哈德會帶著他的計畫或祕方什麼的……」

「公式，」吉米提示說，「我自己認為『公式』是個好字眼。」

「他將帶著公式，而七鐘面要去偷取公式。我記得那個俄國人說它值上幾百萬。」

「大概是吧。」吉米說。

「而且也值上幾條人命……這是另外一個人說的。」

「哦，很可能，」吉米臉色陰霾起來說，「像今天這該死的審訊就是。疾如風，你確信龍尼沒再說什麼其他的話嗎？」

「沒有，」疾如風說，「就那些。七鐘面，告訴吉米．狄西加。他就說出這些而已，可憐的人。」

「真希望我們知道他所知道的事，」吉米說，「不過我們已經查出一件事。我認為那個僕人包爾正是該為傑瑞之死負責的人。你知道，疾如風……」

「什麼？」

「呃，有時候，我有點擔憂……誰將是下一個！這真的不是女孩子該涉入的事。」

疾如風不自禁地微微一笑。她突然想到，吉米竟然花了這麼長的時間才把她歸入羅琳．衛德一類。

「很有可能是你而不是我。」她愉快地說。

「好，好，」吉米說，「不過，換過來讓對方有點傷亡怎麼樣？我今天早上滿嗜血的。告訴我，疾如風，如果你再見到他們那些人，你認得出來嗎？」

疾如風猶豫著。

「我想我應該認得出五號，」她終於說，「他講話怪怪的，有點發音不清，充滿邪氣，這我想我認得出來。」

「那個英國人呢？」

疾如風搖搖頭。

「我看見他的時間最少，只是一瞥，而且他的聲音很普通。除了他是個大塊頭之外，沒什麼特徵可循。」

「還有那個女的，」吉米繼續說，「她應該比較容易認出來。不過，你不太可能再遇見她。她說不定正在進行一些齷齪的勾當，設計一些好色的內閣官員帶她出去吃飯，套取他們所知道的國家機密……至少小說上都是這樣寫的。然而事實上，我唯一認識的內閣官員，平常只喝熱水加檸檬。」

「拿喬治．洛馬士來說，你能想像他是個迷戀外國美女的好色之徒嗎？」疾如風大笑著說。

吉米同意她的批評。

「至於那個神祕人物七號，」吉米繼續說，「你猜不出是誰嗎？」

「完全猜不出。」

「他——再以小說上所慣用的模式來說——應該是我們都認識的人。會不會是喬治．洛馬士本人？」

疾如風勉強地搖搖頭。

「如果是在小說裡，那就十全十美了，」她同意說，「不過我們知道老鱈魚他……」她突然不自覺地歡笑起來。「老鱈魚，犯罪集團的大頭目，」她喘了一口氣。「這不是妙極了嗎？」

吉米表示同感。這番談論花了不少時間，他的開車速度有一兩次不知不覺地慢了下來。

他們抵達煙囪屋時，發現梅羅上校已經在那裡等著。吉米被引見之後，他們三人一起前往參加審訊。

如同梅羅上校所預料，整個過程非常簡單。疾如風提出證詞，醫生也是，還有人提及那附近有人練習來福槍。最後宣判是過失致死。

審訊結束之後，梅羅上校自願開車送疾如風回煙囪屋，而吉米・狄西加則回倫敦。儘管他再怎麼無憂無慮，疾如風的故事也給他帶來了深刻的影響。他緊抿著雙唇。

「龍尼，好小子，」他喃喃說道，「我勢必站起來對抗它。而你卻沒有辦法參加這場遊戲。」

另一個念頭閃現他的腦海。羅琳！她有危險嗎？

猶豫了一兩分鐘之後，他走向電話亭，打電話給她。

「是我，吉米。我想你或許想知道一下審訊的結果，過失致死。」

「噢，可是……」

「沒錯，我想這裡頭另有文章。驗屍官做了個暗示，說有人故意把它掩蓋過去。喂，羅琳……」

「什麼？」

「聽好了，有……有某件奇怪的事正在發生。你要非常小心，知道嗎？為了我。」

他聽見她語氣中一閃即逝的驚慌。

「吉米，這麼說你……你有生命危險。」

他笑出聲來。

「噢，那無所謂，我是九命怪貓。再見，小妹。」

他掛斷電話，陷入沉思一兩分鐘，然後召來史蒂文斯。

「史蒂文斯，你能不能出去幫我買把手槍？」

「手槍，先生？」

史蒂文斯沒有露出驚訝的表情，這該歸功於他的訓練有素。

「您需要什麼樣的手槍？」

「就是手指頭一扣扳機它就一直射，直到你放開為止才會停。」

「那是自動手槍，先生。」

「對，」吉米說，「自動手槍，而且我想要上面有藍管的那種……要是你和店員知道那是什麼的話。美國小說裡的英雄人物總是從口袋掏出一把藍管自動手槍。」

史蒂文斯放縱自己謹慎地淡淡一笑。

「以我所認識的美國紳士來看，他們褲袋裡帶的都是很不相同的東西，先生。」他說。

吉米．狄西加大笑。

16 艾碧莊的宴會

疾如風在星期五下午開車前往飛龍艾碧莊，正好趕上下午茶的時間。喬治・洛馬士相當熱誠地前來歡迎她。

「親愛的艾玲，」他說，「說不出我有多麼高興見到你。你得原諒我在邀請你父親時沒邀請你，不過老實說，我沒想到這種宴會你會喜歡。我……呃，既驚訝，呃，又高興，當卡特漢夫人告訴我說，你，呃，對政治……呃，感興趣時。」

「我很想來。」疾如風簡單、真誠地說。

「瑪卡達夫人的火車要晚一點才會到達，」喬治說，「她昨晚到曼徹斯特的一個會議上發表演說。你認識狄西加嗎？他相當年輕，但對外國政治有了不起的見解。不過從他外表實在看不出來。」

「我認識狄西加先生。」

疾如風說著莊重地跟吉米握手，她注意到他的頭髮中分，以增加他外表的嚴肅感。

「嗯，」吉米在喬治暫時離去之時，匆匆低聲說道，「你不要生氣，我把我們的小小把戲告訴了比爾。」

「比爾？」疾如風困擾地說。

「哦，反正，」吉米說，「比爾和我們是一夥的，你知道。龍尼是他的好朋友，傑瑞也是。」

「噢！我知道。」疾如風說。

「可是你認為這樣不妥？對不起。」

「當然，比爾是沒問題。但不是為了這個，」疾如風說，「只是他……呃，比爾天生浮躁，容易出差錯。」

「你是說他頭腦不太靈光？」吉米說，「不過你忘了一點，比爾的拳頭很大。我想有個大拳頭在會很方便。」

「哦，也許你說得對。他覺得怎麼樣？」

「哦，他聽了直抱頭，不過……我強迫他聽進去。在耐心、重複地簡單說明之後，我終於讓他那個死腦筋開了竅。當然，可以這麼說，他就此與我們一起步上死亡之途。」

喬治突然再度出現。

「我得為你介紹這些人，艾玲。這位是史坦利．狄格比爵士；這是艾玲．布蘭特小姐；

這是阿路克先生。」

航空署長是個和氣的矮胖子。阿路克先生年輕高大，有雙帶笑的藍眼及典型愛爾蘭人的臉廓，他熱情地跟疾如風打招呼。

「這一定是個乏味透頂的政治宴會。」他巧妙地壓低聲音喃喃說道。

「噓，」疾如風說，「我熱中政治，非常熱中。」

「歐斯華爵士和庫特夫人，你認識。」喬治繼續介紹。

「我們實際上從未碰過面。」疾如風微微一笑說。

她暗自讚賞她父親的描述能力。

歐斯華爵士握住她的那雙手像鋼鐵一般，她有點畏縮起來。

庫特夫人在憂傷地和她打過招呼之後，轉向吉米．狄西加，對他極感興趣。儘管他有遲到的壞習慣，庫特夫人還是對這位一臉和氣、雙頰粉紅的年輕人具有好感。他那自然顯露出來的善良本性深獲她心。她有種母性的欲望，想要治好他的壞習慣，讓他成為世界的貢獻者。至於一旦達到了這個願望，他是否仍能這麼可愛，那是她從未想到的問題。她開始告訴他她一個朋友所遭遇的悲慘車禍。

「貝特門先生。」喬治簡潔地說，只是應付一下，好繼續介紹稱頭一點的人物。

一個一本正經、臉色蒼白的年輕人對她頷首致意。

「再來，」喬治繼續說，「我必須把雷茲琪女爵介紹給你。」

雷茲琪女爵正在和貝特門先生交談。她身子斜靠在沙發上，兩腿大膽地交叉，抽著香菸，一支鑲有土耳其玉的濾嘴長得驚人。

疾如風心想，她是她所見過最漂亮的女人之一。她的眼睛非常大，藍藍的，頭髮是炭黑色的，膚色暗淡，低平的斯拉夫鼻，身材苗條，曲線玲瓏。她的雙唇豔紅到疾如風確信艾碧莊的人一定少見多怪。

她急切地說：「這位是瑪卡達夫人，是嗎？」

一聽到喬治否定的回答同時介紹說是疾如風，女爵馬上隨便一點頭，回頭和一本正經的貝特門先生繼續交談。

疾如風聽見吉米的話聲傳進她耳裡。

「阿兵哥被那位可愛的斯拉夫女人完全迷住了。」他說，「好可悲，不是嗎？來喝點茶吧。」

他們再度晃到歐斯華．庫特爵士的附近。

「你們那個地方真好，煙囪屋。」這位大人物說。

「我很高興你喜歡它。」疾如風溫和地說。

「需要換點新的衛浴設備，」歐斯華爵士說，「讓它跟上時代，你知道。」

他沉思了一兩分鐘。

「我現在租下阿爾頓公爵的房子，租期是三年。這期間我會找個自己的地方。煙囪屋那棟房子，我想你父親即使想賣也不能賣吧？」

疾如風感到呼吸不過來。她見到了一幅夢魘中的景象，英格蘭無數的庫特先生在無數如煙囪屋的古蹟裡安裝上新式的衛浴設備……這還得了！

她感到一股強烈的憤慨，她告訴自己，這麼憤慨是不理性的。拿卡特漢爵士和歐斯華．庫特爵士來做對比，誰會敗北，立判可知。歐斯華爵士是個個性非常強烈的人，任何人和他一比較無不相形失色。如同卡特漢爵士所說的，他是個活像壓路機的人。然而，無疑的，就很多方面來說，歐斯華爵士確實是個愚蠢的人。他除了專業的知識和渾身的衝勁之外，或許對人間事一無所知。卡特漢爵士所能激賞、享受到的上百種生活意趣，對歐斯華爵士來說不啻是無字天書。

疾如風一邊縱情在這些思緒中，一邊愉快地和眾人寒暄。她聽說艾伯哈德先生已經來了，不過突然頭痛正在休息。這是阿路克先生告訴她的，他在她旁邊找到一個位子，占住不放。

總而言之，疾如風懷著愉快、期盼的心情上樓去更衣，心底迴盪著瑪卡達夫人即將到臨的緊張感。疾如風感到戲弄瑪卡達夫人絕對不是什麼好玩的事。

她第一件感到震驚的事是，當她穿著黑色蕾絲禮服，端端莊莊地下樓、走過大廳時，看到一個僕役站在那裡……應該說是一個打扮成僕役的人。但他粗壯結實、方方正正的身材卻騙不了人。疾如風停下來，凝視著他。

「巴門主任。」她低聲叫道。

「是，艾玲小姐。」

「噢！」疾如風不確定地說，「你是來這裡，來這裡……」

「留意一下。」

「原來如此。」

「那封警告信，你知道，」主任說，「令洛馬士先生相當緊張。他非得要我親自出馬不可。」

「可是你難道不覺得……」

疾如風停了下來。她不想提示主任說他的偽裝並不高明。「警察」兩個字清清楚楚地寫在他身上，疾如風覺得再怎麼粗心的罪犯，也不可能看不出來而失去警覺。

「你認為，」主任遲鈍地說，「我可能被認出來？」

他特別強調「認出來」這幾個字。

「我確實是這樣認為，是的。」疾如風承認。

巴門主任可能是有什麼用意在吧，因為他的臉上掠過一陣笑意。

「讓他們提高警覺，嗯，艾玲小姐？這有何不可？」

「有何不可？」疾如風重複他的話，這有點笨笨的，她自己覺得。

巴門主任緩緩點頭。

「我們總不希望有任何不快發生吧？」他說，「不想太過於精明，只是想讓可能在這裡肇事的紳士們……呃，讓他們知道有人在防著，可以這麼說。」

疾如風欽佩地注視著他。她可以想像，像巴鬥主任這麼出名的人物突然出現，對心懷不軌的人一定具有嚇阻的作用。

「太過精明是一大缺點，」巴鬥主任說，「不能讓這個週末發生任何不愉快。」

疾如風繼續走著，心想不知道有多少客人已經認出或者會認出這位蘇格蘭警場的偵探。在客廳裡，喬治站著皺眉頭，手裡拿著一枚橘黃色信封。

「真是苦惱，」他說，「瑪卡達夫人打電話來說她不能來了。她的孩子得了腮腺炎。」

疾如風心中暗自鬆了一大口氣。

「我特別為你感到苦惱，艾玲，」喬治和藹地說，「我知道你很迫不及待的想見到她。女爵也會感到非常失望。」

「噢，沒關係，」疾如風說，「如果她來了，把腮腺炎傳染給我，那我可不喜歡。」

「說得也是，」喬治同意說，「但我倒不認為會那樣傳染上。沒錯，我確信瑪卡達夫人不會冒傳染上別人的風險。她是一個非常有原則的人，對社會具有真正的責任感。在這國家至上的時代裡，大家都必須仔細想一想……」

喬治行將發表演說之際，突然停了下來。

「以後還有機會，」他說，「幸好你並不急。可是女爵，唉，她只是來我國訪問。」

「她是匈牙利人，不是嗎？」對女爵感到好奇的疾如風說。

「是的，無疑的。你聽說過匈牙利青年黨吧？女爵是那個黨的領導人物，很富有的一個女人，早年就成了寡婦，她把她的財富、才能都貢獻給人民。她對嬰兒死亡率的問題特別奉獻心力……目前在匈牙利這是非常嚴重的一個問題。我……啊！艾伯哈德先生來了。」

德國發明家比疾如風所想像的年輕。他或許不超過三十三、四歲，看來平凡無奇、非常不自在，然而個性並不令人討厭。他的一雙藍眼睛與其說是鬼鬼祟祟，不如說是難以捉摸，而他令人反感的舉止，像比爾描述過的咬指甲動作，她想，出自緊張的可能性應該大過其他原因。他外表瘦弱，看起來貧血而且敏感。

他有點彆扭地用矯揉做作的英語和疾如風交談，他們兩個都歡迎風趣的阿路克進來打岔。隨後比爾一頭衝了進來——就像一隻可愛的紐芬蘭犬橫衝直撞跳進門檻那般，這是最恰當的形容詞了——一進門立刻走向疾如風。他顯得困惑、煩惱。

「嗨，疾如風，聽說你來了。我整個下午忙得像頭拉磨的驢子，要不然早就見到你了。」

「今晚擔負國家重任吧？」阿路克同情地說。

比爾低吼了一聲。

「我不知道你的老闆怎麼樣，」他訴苦說，「看來他是個善良、矮胖的傢伙。但老鱈魚真是叫人受不了，一天到晚催東催西，你做什麼都是錯的，而你沒做的都是你早該做好的。」

「很像是祈禱書上摘錄下來的話。」剛剛漫步進來的吉米說。

比爾以譴責的眼光看著他們。

「沒人知道，」他可憐兮兮地說，「我幹的都是什麼工作。」

「招待女爵，嗯？」吉米提示說，「可憐的比爾，那一定很難受……對你這種憎恨女人的人來說。」

「這是怎麼回事？」疾如風問道。

「午茶喝過之後，」吉米咧嘴一笑說，「女爵要比爾帶她參觀這個有趣的地方。」

「哦，我無法拒絕，我能拒絕嗎？」比爾說，他的臉上呈現紅暈。

疾如風感到有點不安。她知道比爾．奧維里先生對女性魅力的抵抗力，她太清楚他這一點了。在女爵那種女人手裡，比爾會像蠟一樣化掉。她再度懷疑吉米．狄西加把他們的祕密告訴比爾究竟是不是明智之舉。

「女爵，」比爾說，「是個非常有魅力的女人，而且極為聰敏。看她到處走動的架式、聽她問出的各種問題就知道了。」

「什麼樣的問題？」疾如風突然問道。

比爾含糊其辭。

「噢！我不知道，就是關於這裡的歷史，還有古老的家具，還有……噢！總之是各種各類的問題。」

這時，女爵快步走了進來，好像有點喘不過氣來。她穿著一件黑色天鵝絨緊身長袍，看起來雍容華貴。疾如風注意到比爾馬上就被吸引到她身旁。那位一本正經、戴著眼鏡的年輕人也加入他的陣營。

「比爾和阿兵哥都被迷死了。」吉米・狄西加大笑說。

疾如風一點也不認為這是件好笑的事。

17 晚餐之後

喬治信不過當代的新發明，艾碧莊沒有裝設中央暖氣這一類現代化的設備。結果是，當女士們在晚餐之後走進客廳時，裡頭的溫度非常不適合現代晚禮服的需要。壁爐裡熊熊燃燒的火焰成了吸鐵石，三個女人都被吸了過去，在火爐旁縮成一團。

「噗……」女爵發出異國語調的美妙聲響。

「白晝愈來愈短了。」庫特夫人說著把花色大圍巾往寬大的肩膀上圍緊一點。

「喬治為什麼不把這屋子弄暖一點？」疾如風說。

「你們英國人不喜歡把屋子弄暖。」女爵說。

她取出長長的濾嘴，開始抽起菸來。

「那壁爐是老式的，」庫特夫人說，「熱氣都從煙囪跑上去了，根本沒進房間來。」

「噢！」女爵說。

一陣停頓。女爵顯然對她的同伴感到厭煩，因而交談變得困難。

「奇怪，」庫特夫人打破沉默說，「瑪卡達夫人的孩子竟會得了腮腺炎。我的意思是，並不真的奇怪……」

「腮腺炎，」女爵說，「是什麼？」

疾如風和庫特夫人不約而同地開始說明。最後，在她們兩人的努力之下，終於說通了。

「啊？」女爵說。

「我想匈牙利的小孩子也會得吧？」庫特夫人說。

「匈牙利的小孩子。他們也受腮腺炎之苦吧？」

「我不知道，」女爵說，「我怎麼會知道？」

庫特夫人有點訝異地看著她。

「可是據我所知，你的工作……」

「噢，那個！」女爵兩腿交叉，取下濾菸嘴，開始快速說著。「我告訴你們一些恐怖的事，」她說，「我所見過最恐怖的事。簡直不可思議！你們一定不會相信！」

她言如其實。她流暢而生動地描述著，各種飢餓、悲慘的景象在她的刻畫之下栩栩如生，令人無法想像。她從大戰過後不久的布達佩斯一直談到它迄今的變遷。她談來極富戲劇性，不過在疾如風想來，有點像是留聲機，開關一開，它就嘩啦嘩啦流出聲音來。不久，她一定會突兀地停下來。

庫特夫人聽得毛骨悚然，心神震顫……這看得出來。她坐在那裡，嘴巴微張，悲傷的黑色大眼盯住女爵，偶爾插入一兩句她自己的觀感。

「我有一個表親，三個孩子都被活活燒死。太可怕了，不是嗎？」

女爵不理會她，繼續不停地說下去。最後她停了下來，就如同開始時一樣突兀。

「就這樣！」她說，「都說完了！我們有錢，但是沒有組織，我們需要的是組織。」

庫特夫人嘆了一口氣。

「我聽我先生說過，沒有組織條理，什麼事都做不成。他把他的成功完全歸功於此。他說沒有這些，他永遠不可能出人頭地。」

她再度嘆一口氣。突然，一幅歐斯華爵士尚未出人頭地的景象浮現在她眼前。那個歐斯華爵士，年輕、熱情，仍保有當腳踏車店店員時的原始特質。一時之間，她突然感到，要是歐斯華爵士沒有任何組織條理，那麼他們的生活該會是多麼愉悅。

突然，起了一陣沒來由的聯想，她轉向疾如風。

「告訴我，艾玲小姐，」她說，「你喜歡你家那個大園丁嗎？」

「麥唐諾？這……」疾如風猶豫著。「可能沒人真正喜歡他，」她歉然地解釋說，「不過，他是個一流的園丁。」

「噢！我知道他是。」庫特夫人說。

「他還可以，要是安守本分的話。」疾如風說。

「我想大概是吧。」庫特夫人說。

她一臉羨慕地看著顯然輕易就讓麥唐諾守本分的疾如風。

「我只喜歡高格調的花園。」女爵夢幻般地說。

疾如風睜大眼睛看著她，但這時她的注意力被引開了，吉米．狄西加走進來，行色匆忙地直接找她說話。

「喂，你現在就去看看那些蝕刻版畫好嗎？他們都在等你。」

疾如風匆匆離開客廳，吉米緊隨在後。

「什麼蝕刻版畫？」她隨手關上客廳的門之後問道。

「沒有什麼蝕刻版畫，」吉米說，「我總得找個藉口把你找出來。走吧，比爾在書房裡等我們，那裡沒有其他人在。」

比爾在書房裡踱來踱去，顯然非常困擾不安。

「說實在的，」他脫口就說，「我不喜歡。」

「不喜歡什麼？」

「不喜歡你牽扯到這件事情裡頭。這屋子十之八九會有一場混亂，到時……」

他以一種憐愛的眼光看著疾如風，令她感到一陣溫暖、寬慰。

「她應該置身事外吧，吉米？」他向吉米懇求。

「我已經警告過她了。」吉米說。

「該死，疾如風，我是說，有人可能會受到傷害。」

疾如風一轉身，面對吉米。

「你告訴他多少事？」

「噢，全部。」

「我還沒全部搞清楚，」比爾坦承說，「你到七鐘面俱樂部的事。」他悶悶不樂地看著她。「喂，疾如風，我真希望你不要……」

「不要什麼？」

「不要牽扯進這種事情裡。」

「為什麼？」疾如風說，「這很刺激啊。」

「噢，是的，是刺激，但也可能非常危險。想想可憐的龍尼。」

「是的，」疾如風說，「要不是你的朋友龍尼，我大概不會像你所謂的『牽扯』進這件事。不過我已經扯進來了，你再怎麼廢話連篇都沒用。」

「我知道你非常具有運動家精神，疾如風，可是……」

「少恭維我了。我們來計畫一下吧。」

令她大鬆一口氣的是，比爾接受了這項提議。

「公式一事你說得沒錯，」他說，「艾伯哈德是帶著某種公式，或是歐斯華爵士帶著。那東西他在工廠試驗過了……在非常祕密的情況下。艾伯哈德和他一起在那裡。他們現在全都在研究室裡，可以說，正談到核心問題。」

「史坦利．狄格比爵士要在這裡待多久？」吉米問道。

「明天就回城裡去。」

「嗯，」吉米說，「那麼有一點相當清楚。如果史坦利爵士準備帶著公式離開，那若要發生任何奇怪的事，就一定是在今天晚上。」

「大概是吧。」

「無庸置疑，這倒把事情的範圍縮小了。但我們這些聰明小孩可要發揮最大的才智了。我們必須仔仔細細商量一下。首先，今晚公式會放在什麼地方？在艾伯哈德那裡，或是歐斯華．庫特爵士那裡？」

「都不是。據我所知，今晚就會交到航空署長手裡，好讓他明天帶進城去。這麼一來，一定是在阿路克手裡。」

「哦，這樣只有一個辦法。如果我們判斷某人會在偷取那份文件時挨槍，那麼我們今晚就必須守夜監視，比爾。」

疾如風張開嘴巴好像要抗議，不過又一語不發地閉上。

「對了，」吉米繼續說，「我今天晚上在大廳裡看到的是哈羅的警察局長，或是我們蘇格蘭警場的老友李斯崔？」

「了得，華生。」比爾說。

「我猜，」吉米說，「我們大概有點礙了他的事吧。」

「沒辦法，」比爾說，「我們非得弄個一清二楚。」

「那就這麼辦，」吉米說，「我們分成兩班守夜？」

疾如風再度張開嘴巴，然後再度一言不發地閉上。

「就聽你的，」比爾同意說，「誰值第一班？」

「我們擲銅板決定好嗎？」

「也好。」

「好，開始了。正面你先我後，反面則相反。」

比爾點點頭。銅板從空中旋轉降落。吉米俯身看著。

「反面。」他說。

「他媽的，」比爾說，「你值第一班，也許好玩的都被你占去了。」

「噢，這可難說，」吉米說，「犯罪非常難以捉摸。我什麼時候叫醒你？三點半？」

「三點吧。」

「我想，那很公平。」

現在，疾如風終於開口了。

「那我呢？」她問道。

「你不用，你上床睡覺去。」

「噢！」疾如風說，「那可不怎麼刺激。」

「難說，」吉米和藹地說，「說不定你會在睡夢中被謀殺掉，而比爾和我還平平安安活在人世。」

「哦，有這個可能。你知道嗎，吉米，我一點也不喜歡那個女爵的樣子。我很懷疑她。」

「胡說，」比爾厲聲叫道，「她完全不可疑。」

「你怎麼知道？」疾如風反駁說。

「我就是知道。匈牙利大使館有個傢伙替她擔保！」

「噢！」疾如風一時被他的激烈語氣嚇了一跳。

「你們女孩子都一樣，」比爾不滿地說，「就因為她是個非常漂亮的女人……」

疾如風太熟悉這種偏頗的男性詭辯了。

「哦，那你就儘管對著她那粉紅貝耳傾吐心事吧，」她說，「我要上床去了。我在客廳裡無聊死了，我可不想再回那裡去。」

她轉身離去。比爾看著吉米。

「好個疾如風，」他說，「我還在擔心我們可能得和她吵架。你知道，她凡事都很死心眼。我想她接受事實的樣子很有風度。」

「我也是，」吉米說，「令我吃了一驚。」

「她相當明理……疾如風。她知道什麼事情無可討論。喂，我們是不是該拿把真有殺傷力的武器？做這種事情的人通常都帶著武器。」

「我有一把藍管自動手槍，」吉米有點自傲地說，「有幾磅重，看起來很危險。到時候我會借給你。」

比爾一臉尊敬、欽佩地看著他。

「你怎麼想到要帶那玩意兒？」他說。

「我不知道，」吉米漫不經心地說，「我就是想到了。」

「希望我們不會射錯人。」比爾有點擔憂地說。

「那就倒大楣了。」狄西加先生嚴肅地說。

18 吉米的冒險

故事發展到這裡，兵分三路。這是個多事的夜晚，三個關係人都從他或她的角度好好觀察了一番。

我們就從那愉快、可愛的吉米·狄西加先生和他的同謀比爾·奧維里互道最後一聲晚安時說起。

「不要忘了，」比爾說，「三點整……也就是說，如果你到時還活著的話。」他好心地加上一句。

「我或許不夠聰明，」吉米想起了疾如風引用別人對他的評語，恨恨地說，「但是我可沒像表面看來那樣笨。」

「你提到傑瑞·衛德時也那麼說過，」比爾緩緩說道，「你記不記得？就在那天晚上，他……」

「閉嘴，你這該死的笨蛋，」吉米說，「你就不會圓滑一點嗎？」

「我當然會，」比爾說，「我是個新秀外交家。所有的外交家都懂得圓滑。」

「啊，」吉米說，「那你一定仍然停留在他們所謂的幼蟲階段。」

「我還是搞不懂疾如風，」比爾突然回到先前的話題。「我以為她會……呃，很難纏。疾如風是進步了，她進步了很多。」

「你的頂頭上司也是這麼說，」吉米說，「他說他感到驚喜。」

「我自己認為疾如風是故意討好他，」比爾說，「不過老鱈魚是個大笨蛋，他全信以為真。哦，晚安，時間到了要叫醒我換班時，你可能得費點工夫……不過一定得把我叫醒。」

「要是你步上傑瑞・衛德的後塵，那再怎麼叫你也是白費工夫。」吉米不懷好意地說。

比爾以譴責的眼光看著他。

「你幹嘛說這種話讓人渾身不自在？」他問道。

「好啦，別在那裡像貓一樣弓起背來裝生氣了，」吉米說，「乖乖上床去吧。」

比爾卻徘徊不去。他不自在地換腳站著。

「聽著……」他說。

「什麼？」

「我想說的是……哦，我的意思是說，你不會有事吧？玩笑歸玩笑，可是我一想起可憐的傑瑞，然後是可憐的龍尼……」

吉米憤怒地凝視著他。比爾這麼說無疑是一番好意，但結果適得其反。

「好吧，」他說，「我看我得把傢伙掏出來讓你看看了。」

他將手伸進他剛換上的一套深藍色西裝口袋裡，掏出一樣東西來給比爾檢視一番。

「一把貨真價實、如假包換的藍管自動手槍。」他微感自豪地說。

「不會吧，」比爾說，「這是真的嗎？」他顯然頗感震撼。

「我的僕人史蒂文斯幫我弄到手的。他辦事一向乾淨俐落、有條不紊。你只要扣下扳機，其他的一切這把傢伙就會替你料理好。」

「噢！」比爾說，「我說，吉米……」

「什麼事？」

「小心為上，好嗎？我是說，可別把那傢伙對錯了目標亂射一通。要是你射中了夢遊中的老狄格比，那可就難堪了。」

「那無所謂，」吉米說，「我買了它，自然就設想過買它的代價，不過我會盡可能抑制我嗜血的本能。」

「好了，晚安。」比爾第十四次說晚安，而這一次說完之後真的離開了。

吉米單獨留下來值夜。

史坦利·狄格比爵士的房間在西廂最盡頭，它一邊連接了一間浴室，另一邊是一道門，比鄰通往德倫西·阿路克的小房間。這三個房間的門都開向一條短通道。守望的人工作其實很單純，只要在短通道和主走廊銜接處的一座橡木櫃陰影下擺張椅子，就是個有利的守望位置。沒有其他通道通往西廂，任何來去的人都不可能逃過守望者的視線。一盞電燈還亮著。吉米舒舒服服地坐下來，兩腿交叉等著。「李奧波德」手槍擱在膝頭上。

他瞄了一眼腕錶。十二點四十分，正好是大家退下去休息的一小時後。除了遠方的某處鐘響，沒有任何聲音打破寂靜。

不知為了什麼，吉米不怎麼喜歡那些滴答作響的鐘聲。它令人回想起一些事情，傑瑞·衛德，還有壁爐上那七個滴答響的鬧鐘……是誰把它們排在那裡的？還有，為了什麼？他顫抖起來。

這段等待的時刻令人毛骨悚然，他開始相信那些在降靈會上發生的事情。獨自坐在這陰暗的角落裡，令他心神緊張，一有任何聲響，就會叫人嚇得跳起來。一些可怕的思緒接連不斷地湧現。

龍尼·狄佛魯！龍尼·狄佛魯和傑瑞·衛德！兩個人都很年輕、充滿生命活力，都是平凡、愉快、健康的年輕人。而如今，他們在哪裡？死得陰溼溼的，屍蟲在啃噬著他們……嗚！為什麼他不能不去想這些可怕的事？

他再度看錶。才一點二十分。時間過得可真慢。

好特別的女孩，疾如風！想不到她竟有那種膽量闖進七鐘面俱樂部那種地方。為什麼他就沒那份膽識，也沒那種創見？他想大概是因為那太異想天開了。

七號。七號可能會是誰呢？或許他此刻也在這屋子裡，喬裝成僕人。他當然不可能是客人。不，這不可能。但這件事本來就很不可能。要不是他知道疾如風是個誠實的人，呃，他八成會認為這些事情根本是她捏造出來的。

他打起呵欠。怪了，感到困乏，同時神經卻又繃得緊緊的。他再度看錶，一點五十分。時間不斷流逝。

這時，他突然屏住氣息，身子前傾，仔細聽著……他聽見了某種聲響。

幾分鐘過去，那個聲響又來了。地板的傾軋聲……是從樓下某處傳來的……又來了！一聲細微、不祥的嘰嘎聲。有人在屋子裡鬼鬼祟祟走動著。

吉米無聲無息地從椅子上彈起來。他悄悄走近樓梯口。一切都是靜悄悄的。然而他相當確定他聽見了鬼鬼祟祟走動的聲音，絕不只是他的想像。

他非常小心、安靜地下樓，右手緊緊握住「李奧波德」。大廳裡沒有半點聲響。要是他的判斷沒錯，那個沉悶的聲音來自他的正下方，所以一定是來自書房。

吉米悄悄貼近書房的門，傾聽著，卻沒聽見什麼；這時他突然一把推開門，亮起電燈。什麼都沒有！寬大的書房溢滿了燈光，但裡面卻是空無一人。

吉米皺起眉頭。

「我可以發誓……」他喃喃自語。

書房是個有三扇窗戶開向庭院的大房間。吉米大跨步走過去。中間的那扇窗戶沒上門。

他把它打開，跨出去到露台上，兩端來回看著。什麼都沒有！

「看來是沒問題，」他喃喃自語，「可是……」

他陷入沉思一分鐘，才又回到書房裡。他走向門口，把門鎖上，同時把鑰匙放進口袋裡，然後把電燈關掉。他站在那裡，仔細聽著，隨後悄悄走到敞開的窗前，站在那裡，手裡握著自動手槍。

露台上是不是有一陣輕柔的腳步聲？不，那只是他的想像。他握緊「李奧波德」，站在那裡用心聽著……

遠處時鐘傳來兩點的響聲。

19／疾如風的冒險

疾如風·布蘭特是個足智多謀的女孩，同時想像力也很豐富。她早預料到比爾——不然就是吉米——會反對她參與晚上的危險行動。疾如風不想浪費時間爭辯。她已經安排好自己的計畫和行動。晚餐之前，她曾經從臥房往外望了一下，那令她非常滿意。她知道艾碧莊的灰牆上爬滿了常春藤，而且就數她臥房窗外的常春藤看起來最為堅牢，以她運動健將的身手爬起來絕對不會有困難。

她對比爾和吉米的安排沒有任何異議。只是依她的看法，他們那樣做還不夠。她沒提出批評，因為不夠的那方面，她打算自己來。簡而言之，當吉米和比爾集中心力在艾碧莊內部時，她打算把注意力擺在外頭。

她對於自己假裝默從他們指派給她的小角色，感到非常得意，儘管她不禁不屑地想著那兩個大男人怎麼這麼容易上當。當然，比爾從不以傲人的智力聞名。但是話說回來，他很了解——或者說應該了解——他的疾如風。而且她認為，吉米·狄西加雖然和她不熟，也不至於錯以為她就這麼容易打發。

一回到自己房間，疾如風便迅速採取行動。首先她把晚禮服和襯裙等脫掉，然後重新從「基礎」穿起，可以這麼說，疾如風沒把她的侍女帶來，但她帶了自己的行頭。要不然，一個不解的法國女人可能會奇怪為什麼她帶了一條馬褲，卻沒有其他騎馬裝備。

疾如風穿上馬褲、膠底鞋和一件暗色套頭衫，蓄勢待發。她看看時間，才十二點半，還太早。不管會出什麼事，還得在一段時間之後。必須給屋子裡的人一些時間入睡。疾如風把開始行動的時間訂在一點半。

她關掉燈，坐在窗戶旁等待著。一到預定時間，立即站了起來，推上窗框，一腳跨過窗台。這是個美好的夜晚，清冷、寂靜，有星光但沒有月亮。

她發現往下爬非常容易。疾如風和她兩個姐姐小時候老在煙囪屋的花園裡追逐奔跑，而且她們爬起牆來就像貓一樣俐落。疾如風降落在一處花床上，有點喘不過氣，不過園圃相當完好，未受損傷。

她暫停下來一分鐘，思考一下她的計畫。她知道航空署長和他祕書的房間是在西廂；那是在疾如風所在位置的另一端。一片露台貫通房子的東、西廂，尾端銜接一座圍有圍牆的果園。

疾如風走出花床，轉過屋角，來到南端露台的前端。她躡手躡腳、非常安靜地沿著露台走過去，盡量走在屋子的陰影裡。然而，當她抵達第二個角落時，她嚇了一大跳，因為一個男人正站在那裡，顯然有意擋住她的去路。

她一下子就認出他來。

「巴鬥主任！你真把我嚇了一大跳！」

「那正是我的目的。」主任神情愉快地說。

疾如風看著他。她如同往常一般，對他的偽裝竟然這麼簡陋而甚感驚訝。他高大、壯實，很難不引人注目。他在各方面都極富英國味。不過有一點疾如風相當確信：巴鬥主任絕不是傻瓜。

「你在這裡到底要幹什麼？」她仍然低聲問道。

「只是注意一下，」巴鬥說，「有沒有不該在這裡出現的人出現。」

「噢！」疾如風有點畏縮地說。

「比如說你，艾玲小姐。我想你不常在夜裡這種時刻出來散步吧。」

「你的意思是，」疾如風緩緩說道，「要我回屋子裡去？」

巴鬥主任讚賞地點點頭。

「你的反應非常快，艾玲小姐，我正是這個意思。你是……呃，從大門出來的，或是爬窗戶？」

「爬窗戶。沿著常春藤爬下來容易得很。」

巴門主任若有所思地抬頭看看那些常春藤。
「嗯，」他說，「我想也是。」
「你要我回去？」疾如風說，「這令我有點難過。我想繼續走到西露台去。」
「也許想這樣做的人不只你一個。」巴鬥說。
「沒有人看不見你。」疾如風不懷好意地說。
主任反而有點高興。
「我希望他們不要沒看見。」他說，「不要傷感情，這是我的座右銘。對不起，艾玲小姐，我想你該回床上去了。」
他語氣堅定，毫無商量的餘地。疾如風垂頭喪氣地往回走。當她沿著常春藤爬到半途時，突然一個想法閃現，她差點手一鬆掉下去。
巴鬥主任是不是在懷疑她？
是有什麼……沒錯，他的態度隱隱約約透出這種暗示。她不禁覺得好笑，繼續爬上去，越過窗台回到她的臥房。想不到那魁梧的巴鬥主任竟然懷疑她！
雖然疾如風服從巴鬥的命令回到房間，但是她可無意上床睡覺。她也不認為巴鬥真要她這樣做，他不是一個不切實際的人。而在可預料將發生緊張刺激之事的當頭保持沉靜，對疾如風來說是全然不可能的事。
她瞄了一眼腕錶。一點五十分。遲疑了一下，她小心翼翼地打開門。毫無聲響，一切都靜悄悄的，一片安詳。她悄悄沿著走道過去。

她一度停住腳步，以為聽見某處地板的嘰嘎聲，然而她深信是自己聽錯了，便繼續往前走。她來到了大走廊，朝著西廂走過去。她來到西廂走道和大走廊銜接的角落，小心地四處張望後，十分驚訝地睜大眼睛。

守望者的位子是空的。吉米・狄西加沒在那裡。

疾如風驚慌地睜大眼睛看著。發生了什麼事？為什麼吉米離開了他的位子？這是什麼意思？

這時，她聽見鐘鳴兩響。

她靜靜地站在那裡，跟自己爭辯著再下去要幹什麼，這時她的心跳突然停了一下，一動也不動地站在那裡。

德倫西・阿路克的房門把手正在慢慢轉動。

疾如風著魔一般地看著，但門並沒有打開。相反的，把手又慢慢轉回原先的位置。這是什麼意思？

突然，疾如風下定了決心。吉米不知為何離開了他的位子，她必須去找比爾。

疾如風無聲無息地快速沿著來路走回去，一頭闖進比爾的房間。

「比爾，醒來！噢，快醒過來！」

她心急地低聲喊著，然而床上沒有反應。

「比爾。」疾如風低聲叫道。

她不耐煩地打開電燈，接著目瞪口呆地站在那裡。

房裡空空的，一張床根本沒睡過。

比爾到哪裡去了？

她突然倒抽一口涼氣。這並不是比爾的房間。一件高雅的睡衣掛在椅子上，梳妝桌上是一些女人用的小東西，黑色天鵝絨晚禮服隨意地拋在椅子上——是的，在匆忙之間，她闖錯了房間。這是雷茲琪女爵的房間。可是，噢，女爵到哪裡去了？

就在疾如風問著自己這個問題時，夜晚的寂靜突然硬生生被打破了。擾攘聲來自樓下。疾如風立即衝出女爵的房間下樓去。聲響來自書房，是椅子被碰翻、撞擊的激烈聲響。

疾如風枉然地敲打著書房的門。門鎖上了，然而她可以清楚聽見裡頭的掙扎聲——喘息、格鬥、男人的咒罵，以及偶爾加入戰鬥的輕便家具碎裂聲。

然後，緊接著一連兩聲槍響，邪惡而充分地劃破了今夜的平靜安詳。

20 羅琳的冒險

羅琳．衛德從床上坐起，打開電燈。時間正好是十二點五十分。她早早就上床……九點半時。她有時間一到自動醒來的本事，因此她能享有幾個小時清爽的睡眠。

有兩隻狗和她同房共眠，其中一隻抬起頭來，以詢問的眼神看著她。

「安靜，獵狗。」

羅琳一說，那隻大狗就聽命地垂下頭，瞇起毛茸茸的雙眼望著她。

疾如風曾經懷疑過羅琳．衛德的順從有假，不過那短短一時的懷疑馬上就過去了。羅琳看來十分明理，也很心甘情願地置身事外。

然而，要是你細看這女孩的臉，你會看出那小小下巴的堅毅剛強，緊抿的雙唇則具有意志力。

羅琳站起來，穿上一件軟呢斜紋外套和裙子，把一支手電筒放進口袋裡。然後打開梳妝桌的抽屜，取出一把象牙柄的小手槍……外表看起來像是一把玩具手槍。那是她前一天從哈羅買來的，她對它感到非常滿意。

她瞄了室內最後一眼，看看她是否忘了帶什麼，這時，那隻大狗站起來走向她，搖動尾巴，抬頭以乞求的眼光看著她。

羅琳搖搖頭。

「不行，獵狗，不能去，我不能帶你去，你得乖乖留在這裡。」

她吻一下狗頭，叫牠躺回地毯上去，然後無聲無息地溜出去，順手把門關上。

她從邊門出了屋子，走向車庫，進入她的雙座跑車。車庫前是個小斜坡，她讓車子靜靜地滑下去，直到離開屋子一段路之後才啟動引擎。這時她瞄了一眼腕錶，踩下油門。

她把車子停在她先前做好記號的地點。那邊的籬笆有道缺口，她輕易就可以穿過去。幾分鐘後，羅琳兩腳有點泥濘地站在飛龍艾碧莊的土地內。

她盡可能輕巧地朝著那布滿常春藤的莊嚴建築走去。遠處時鐘傳來兩點的鐘聲。

羅琳心跳加速，走近露台。那附近沒有人，沒有任何生命體的跡象，一切顯得寧靜安詳。她走上露台，站在那裡，向四周觀望。

突然，在毫無預警之下，某樣東西從上面啪的一聲掉下來，正好落在她的腳上。羅琳俯身把它拾起來。是個咖啡色的紙包，鬆垮垮的，羅琳拿在手上，抬頭向上看。

就在她頭頂上面有一扇敞開的窗戶，她正抬頭看著時，一隻腳跨越出窗口，然後一個男人沿著常春藤往下爬。

羅琳不再等待，她抓緊那咖啡色的紙包，拔腿就跑。在她身後，吵鬧的掙扎聲突然爆開。一個粗嘎的聲音說：「放開我！」另一個她熟悉的聲音說：「既然讓我發現了就不行……啊，你想跑，是嗎？」

羅琳仍然奔跑著，盲目了一般，彷彿心裡起了大恐慌似的。就在她跑過露台轉角處時，發現自己突然衝進一個身材魁梧的大男人懷裡。

「別怕，別怕。」巴鬥主任和藹地說。

羅琳用力喊道：「噢，快……噢，快！他們在互相殘殺。噢，務必要快！」

這時傳來一聲刺耳的左輪槍聲，然後又是一聲。

巴鬥主任開始奔跑，羅琳跟在他身後，他們跑過露台轉角處，來到書房窗外。那裡窗戶大開。

巴鬥一俯身，打開手電筒。羅琳緊貼在他身後，隔著他的肩膀望過去……她稍微喘了一口氣。

在窗檻上躺著流了一攤血的吉米．狄西加，他的右手臂古怪地晃蕩著。

羅琳尖叫了一聲。

「他死了，」她哭號著。「噢，吉米，吉米……他死了！」

「好了，好了，」巴鬥主任安慰她說，「你不要這麼激動。這位年輕人沒死，我保證。

你去看看能不能找到電燈開關，把燈打開。」

羅琳照辦。她搖搖晃晃地走過去，在門邊找到開關，用手一按，滿室通明。巴鬥主任鬆了一口氣。

「沒事，他只是右臂中槍，失血過多昏過去了。過來幫我一下。」

一陣重重的敲門聲傳過來，然後是各種詢問、勸戒聲。

羅琳猶豫不決地看著房門。

「我要不要……」

「不急，」巴鬥說，「我們等一下再讓他們進來。你先過來幫我一下。」

羅琳順從地走過去。主任拿出一條乾淨的大手帕，靈巧地包紮著傷者的手臂。羅琳在一旁幫忙。

「他不會有事的，」主任說，「你不用擔心。年輕人命大，就像九命怪貓一樣。而且他昏過去也不是因為失血過多。他一定是跌倒時頭碰到了地板。」

外頭的敲門聲愈來愈大，變得勢不可當，喬治．洛馬士憤怒的聲音高昂地傳過來。

「誰在裡面？馬上開門！」

巴鬥主任嘆了一口氣。

「我想我們大概不得不開門了，」他說，「可惜啊。」

他的兩眼迅速掃射四周。一把自動手槍掉在吉米身旁。主任小心翼翼地把它拾起來，非常熟練地拿著檢視。他嘀咕了一聲，把它放在桌上，然後走過去把門打開。

幾個人幾乎同時跌進房裡來，而且每個人都同時開口。喬治・洛馬士用頑強遲滯的話語結結巴巴大叫：「這……這……這是什麼意思？啊！是你，主任。出了什麼事？我說，出……出什麼事了？」

比爾・奧維里說：「天啊，吉米！」同時睜大雙眼看著癱軟在地上的那具軀體。

穿著炫眼紫色睡袍的庫特夫人叫道：「可憐的孩子！」同時一溜煙從巴鬥主任身旁擦過去，充滿母性地俯伏在平躺著的吉米身上。

疾如風說：「羅琳！」

艾伯哈德先生用德語說「我的天！」什麼的。

史坦利・狄格比爵士說：「天啊，這是怎麼回事？」

一個女僕說：「看看那攤血……」隨即激動地尖叫起來。

一個僕人說：「上帝！」

僕役長的態度比早幾分鐘前更為英勇，說道：「好了，這可不行！」同時揮手把其他僕人都趕開。

能幹的魯波・貝特門先生對喬治說：「我們把這些人支開好嗎，先生？」

最後他們終於能吸口清新的空氣。

「真是不可思議！」喬治・洛馬士說，「疾如風，出了什麼事啦？」

疾如風看了他一眼，喬治於是回復了往常謹慎的態度。

「好了，」他走向門口，說：「請大家都回床上去吧。發生了，呃……」

「一點小意外。」巴門主任安閒地說。

「一點，呃，意外。要是大家都回床上去，我會很感激你們。」

每個人顯然都不情願回去。

「庫特夫人，請……」

「可憐的孩子。」庫特夫人以慈母的口吻說。

她很不情願地立起原先蹲著的身體。就在她站起來時，吉米動了一下，坐了起來。

「嗨！」他聲音濃濁地說，「怎麼啦？」

他茫然地看看周遭一兩分鐘，然後眼睛恢復了智慧之光。

「你們逮到他了嗎？」他急切地問道。

「逮到誰？」

「那個男人，要爬下常春藤。我當時正在這扇窗戶旁邊。我抓住了他，然後我們就爭執起來……」

「那些可惡、要命的小偷，」庫特夫人說，「可憐的孩子。」

吉米看看四周。

「我恐怕……呃，我們把這裡攪得有點亂七八糟。那傢伙壯得像頭牛似的，我們扭成了一團。」

書房裡的情況顯然是他這句話的明證。一切輕便、易碎的東西在十二呎之內能打破的都打破了。

「那麼到底發生了什麼事？」

吉米只顧向四周查看，像是在找什麼。

「『李奧波德』呢？我那把了不起的藍管自動手槍。」

巴門用手一指桌上的手槍。

「這是你的嗎，狄西加先生？」

「沒錯。那是小『李奧波德』。開了幾槍？」

「一槍。」

吉米顯得懊惱。

「『李奧波德』真叫我失望，」他喃喃說道，「我扳機扣得不夠牢，要不然它應該一直發射。」

「誰先開槍的？」

「我。我很害怕，」吉米說，「你知道，那個人突然掙脫了。我看見他往窗口跑出去，我朝他扣下『李奧波德』的扳機。他回過身朝我開槍，然後……呃，我想我大概中彈了。」

他有點悲傷地揉揉頭部。

史坦利・狄格比爵士突然警覺起來。

「你說，從常春藤爬下來？天啊，洛馬士，他們會不會把它拿走了？」

他急忙衝出去。很奇怪的，他不在時都沒人開口說話。幾分鐘內，史坦利爵士回來了。他粉紅的圓臉一片死白。

「我的天啊，巴鬥，」他說，「他們把它拿到手了。阿路克睡得很熟……被下了藥，我想。我叫不醒他，而且那些文件不見了。」

21 失而復得

艾伯哈德先生用德語低叫了一聲。

他的臉色如粉筆一般白慘慘的。

喬治把一張帶著譴責而威嚴十足的臉轉向巴鬥。

「是真的嗎，巴鬥？我可是把一切都交在你手上。」

主任岩石般的個性此時表露無遺，他臉上的肌肉絲毫不動。

「有時候我們的強手也會被擊敗，先生。」他平靜地說。

「那麼你的意思是，你真的認為……文件不見了？」

然而，令每個人都大感驚訝地，巴鬥主任搖搖頭。

「不，不，洛馬士先生，沒有你想的這麼糟。一切都沒事，不過這可不是我的功勞，你得謝謝這位年輕小姐。」

他指向驚訝地注意著他的羅琳。巴門向她走過去，輕輕拿過她仍然僵硬地緊緊抓住的咖啡色紙包。

「我想，洛馬士先生，」他說，「你會在這裡頭找到你想要的東西。」

動作比喬治快的史坦利．狄格比爵士，一把抓過紙包，把它撕開，急切地查看裡頭的東西。他鬆了一口氣，雙眉舒展開來。艾伯哈德先生把他智慧的結晶緊緊抱在心口上，一陣德語嘰哩呱啦地爆了出來。

史坦利爵士轉向羅琳，熱情地和她握手。

「我親愛的年輕小姐，」他說，「我們不知要如何感謝你。」

「是的，的確是，」喬治說，「儘管我，呃……」

他有點困惑地停頓下來，睜大眼睛凝視著對他來說全然陌生的年輕小姐。羅琳懇求地看著前來解圍的吉米。

「呃……這位是衛德小姐，」吉米說，「傑瑞．衛德的妹妹。」

「是嗎？」喬治熱情地和她握手。「我親愛的衛德小姐，我必須對你表示我深深的感激，我必須承認，我不太明白……」

他故意停頓下來，在場有四個人感到這很難以解釋。巴門主任前來解圍。

「我們等一等再談這個好了，爵士。」他圓滑地提議說。

能幹的貝特門先生進一步引開了話題。

「不是該有個人去看看阿路克才對嗎？是不是最好找個醫生來，爵士？」

「當然，」喬治說，「當然。我們真是粗心，怎麼沒早想到。」他看向比爾。「打電話給卡瑞特醫生，叫他過來。可以的話，向他暗示……呃，小心行事，不要張揚出去。」

比爾聽命離去。

「我跟你上樓去，狄格比，」喬治說，「在等醫生來之前，可以先採取一點行動。」

他有點無助地看看魯波・貝特門。能幹的人總是一眼就能讓人看出來。真正掌握局勢的人是阿兵哥。

「我跟你上去好嗎，先生？」

喬治鬆了一口氣，接受他的好意。他感到這是個他可以依賴的人。他如同與這位優秀年輕人共處過的人一般，立刻感受到貝特門先生可靠的辦事效率。

三個男人一起離去。庫特夫人以充滿感情的深沉聲音喃喃說道：「可憐的小夥子。或許我可以……」然後匆匆隨他們之後而去。

「那是個非常有母性的女人，」主任若有所思地說，「非常有母性。我在想……」

三對詢問的眼睛都看向他。

「我在想，」巴鬥主任緩緩說道，「不知道歐斯華・庫特爵士上哪裡去了。」

「噢！」羅琳喘息道，「你想他會不會被謀害了？」

巴鬥譴責地對她搖搖頭。

「不需要這麼誇張，」他說，「不，我倒認為……」

他停頓下來，頭偏向一邊，傾聽著，舉起一隻大手示意大家安靜。

過了一分鐘，他們全都聽見他敏銳的耳朵所注意到的聲音……外頭沿著露台走過來的腳步聲。它們大方而清脆地響起。一分鐘後，一個龐大的身軀堵住了窗門，他站在那裡注視著他們，而且很古怪的，似乎一下就操縱了全局。

那個人是歐斯華爵士，他慢慢從一張臉看向另一張臉。他銳利的眼神洞悉全局。吉米，手臂上粗略地紮著手帕；疾如風，一身反常的打扮；羅琳，一個對他來說完全陌生的人。最後，他的目光終於落在巴鬥身上。他厲聲說：「這裡出了什麼事，警官？」

「搶劫未遂，先生。」

「搶……啊？」

「感謝這位年輕小姐——衛德小姐，小偷沒把它偷走。」

「啊！」他再度說道，審視也告結束。「那麼，警官，這個呢？」

他遞出他輕巧托住槍柄的一管小毛瑟槍。

「你是在哪裡找到的，歐斯華爵士？」

「在外面的草坪上，我想一定是某個竊賊在逃跑時丟掉的。我小心地托住它，因為我想你可能想查看一下上面的指紋。」

「你想得真周到，歐斯華爵士。」巴鬥說。

他也同樣小心地接過那把手槍，把它放在桌上，吉米的柯爾特式自動手槍也在一旁。

「現在，如果可以，」歐斯華爵士說，「我想聽聽確切的發生經過。」

巴鬥主任把這番夜裡的騷動簡要地說給他聽。歐斯華爵士若有所思地皺起眉頭。

「我明白了，」他突然說道，「在射傷狄西加先生之後，那個人拔腿就跑，把槍丟掉。但我不明白的是，為什麼沒人繼續追下去。」

「我們在聽過了狄西加先生的說明之後，才知道有那麼一個人需要追捕，」巴鬥主任冷淡地說。

「你轉過露台轉角處時沒有……呃，瞧見他跑掉？」

「沒有，我慢了大約四十秒，我想。今晚沒有月光，他一離開露台就看不見人了。他一定是開槍之後拔腿就跑。」

「嗯，」歐斯華爵士說，「我認為應該去搜查一下。應該放一些哨……」

「我有三個手下在外頭。」主任平靜地說。

「噢！」歐斯華爵士似乎有點吃驚。

「他們已奉命逮捕任何企圖逃脫的人。」

「可是……他們並沒逮到？」

「他們並沒逮到。」巴鬥嚴肅地同意說。

歐斯華爵士看著他，好像這句話令他困惑不解。他猛然說道：「你把你所知道的全告訴我了嗎，巴鬥主任？」

「我所知道的……是的，歐斯華爵士。至於我自己所想的，那是另一回事。可能我會有一些古怪的想法，不過在還沒證實這些想法之前，說出來是沒有用的。」

「但是，」歐斯華爵士緩緩說道，「我想知道你的想法，巴鬥主任。」

「首先，爵士，我覺得這個地方的常春藤太多了──對不起，先生，你的外套上有一點常春藤──沒錯，有太多常春藤了。這使得事情變得很複雜。」

歐斯華爵士睜大眼睛注視著他，但不管他想回答什麼，都被貝特門先生進來打斷了。

「噢，您在這裡，歐斯華爵士。太好了。庫特夫人剛剛發現您不見了，一直說您已經被那些竊賊殺害了。我認為您最好馬上去找她，歐斯華爵士，她非常擔心。」

「瑪莉亞簡直是個傻到家的女人，」歐斯華爵士說，「為什麼我會遇害？我跟你去，貝特門。」

他跟著祕書離去。

「非常能幹的年輕人，」巴鬥望著他們的背影說，「他姓什麼？貝特門？」

吉米點點頭。

「貝特門──魯波，」他說，「一般都叫他阿兵哥。我和他曾是同學。」

「是嗎？這有意思，狄西加先生。你那時對他的看法怎麼樣？」

「噢，他是笨蛋一個。」

「我可不認為……」巴門溫和地說，「他是個笨蛋。」

「噢，你知道我的意思。當然他並不真是笨蛋。他的頭腦有好幾噸重，而且總是死啃書本，非常一本正經，沒有幽默感。」

「啊！」巴門主任說，「那真遺憾。沒有幽默感的人往往太過一本正經，這會闖禍的。」

「我無法想像阿兵哥會闖禍，」吉米說，「他到目前為止混得好極了，跟著老庫特，好像一輩子都不會離開那個工作似的。」

「巴門主任。」疾如風說。

「什麼事，艾玲小姐？」

「你不認為歐斯華爵士沒有說他深夜在花園裡幹什麼非常奇怪嗎？」

「啊！」巴門說，「歐斯華爵士是個大人物，而大人物總是知道除非有必要，否則最好不要說明他的行動匆匆忙忙的解釋、說明，是一種軟弱的表現。歐斯華爵士和我一樣，對這一點很清楚。他不會進來解釋、致歉，那不是他的作風。他只是大搖大擺的走進來，申斥我一番。歐斯華爵士，是個大人物。」

主任的語氣充滿了欽佩之意，令疾如風不再繼續這個話題。

「現在，」巴門主任微眨眼睛，向四周看了一遭說，「讓我們像朋友般敞開心胸吧……我想聽聽衛德小姐怎麼會適時趕到的。」

「她應該感到慚愧，」吉米說，「她欺騙了我們。」

「為什麼我該置身事外？」羅琳激動地大叫，「我才不要……是的，打從那天在你家，你們兩個說什麼我最好安安靜靜留在家裡不要扯上危險開始，我就極不甘願。我當時什麼都沒說，但我已暗自下定決心。」

「我當時就半信半疑，」疾如風說，「你簡直溫順得出奇，我早就該知道你在打什麼主意。」

「我以為你非常明理。」吉米．狄西加說。

「你是這樣以為，吉米親愛的，」羅琳說，「要騙過你有夠容易。」

「謝謝你的褒揚，」吉米說，「繼續說吧，不要管我。」

「當你打電話告訴我說我可能有危險時，我的決心甚至比以前更為堅定，」羅琳繼續說，「我去哈羅買了一把手槍。在這裡。」

她把那支高雅的武器掏出來，巴鬥主任把它拿過去查看。

「這是個相當要命的小玩具，衛德小姐，」他說，「你常……呃，你拿它練習過嗎？」

「沒有，」羅琳說，「不過我想，要是我帶著它……呃，它會給我一種安全感。」

「說得是。」巴鬥嚴肅地說。

「我是想來這裡看看有什麼事。我把車子留在馬路上，爬過籬笆，來到露台。當我正在四周觀望時，啪的一聲，有樣東西落在我腳上，我把它撿起來，看是從什麼地方掉下來的。然後我就看到那個男人沿著常春藤爬下來，於是我趕快跑。」

「好，」巴鬥說，「現在，衛德小姐，你能不能描述一下那個男人？」

女孩搖頭。

「太暗了，看不清楚。我想他是個大塊頭……不過就只知道這一點。」

「現在輪到你，狄西加先生。」巴鬥轉向他。「你和他搏鬥過，你能告訴我你對他的任何印象嗎？」

「他是個相當有分量的傢伙……我只能告訴你這點。他發出幾聲粗嘎的低吼……在我掐住他的喉嚨時。他說『放開我，老大』這一類的。」

「所以，他是個沒受過教育的人？」

「是的，我想大概是吧，他講起話來像是。」

「那個紙包我還是不太明白，」羅琳說，「為什麼他要丟下來？是因為它妨礙他往下爬嗎？」

「不，」巴鬥說，「我對這一點有完全不同的看法。那個紙包，衛德小姐，是故意丟給你的……我是這樣判斷。」

「給我的？」

「我們姑且說，給那個竊賊以為的人。」

「這可牽連得愈來愈廣了。」吉米說。

「狄西加先生，當你進來這個房間時，有沒有開過燈？」

「有。」

「當時這裡面都沒有人？」

「一個人都沒有。」

「可是你原先以為你聽見了某人在這裡走動的聲音？」

「是的。」

「那麼，在查看過窗戶之後，你把燈關掉，同時把門鎖上？」

吉米點點頭。

巴鬥主任緩緩觀看四周。他的目光被一扇豎立在書架旁的西班牙皮面大屏風吸引住。

他唐突地跨步過去，往屏風後面一看。

他突然尖銳地叫了一聲，把其他三個年輕人很快地引來他身旁。

雷茲琪女爵躺在地上，昏死過去了。

22 雷茲琪女爵的說辭

女爵的甦醒狀態跟吉米．狄西加非常不同，可以說比他時間更為長久，更加風雅。

風雅是疾如風說的。她熱心協助救援工作……猛澆冷水，女爵立即有了反應，一隻蒼白的玉手困惑地掠過眉頭，虛弱地喃喃低語著。

就在這個時候，比爾終於完成了打電話找醫生的任務，匆匆走了進來，並且立即表現得像個大傻蛋一樣（依疾如風的觀感而言）。

他一臉焦慮、關心地緊守在女爵身旁，同時以一連串十足愚蠢的話語對她說：「女爵，沒事了，真的沒事了。不要講話，這樣對你不好。只要靜靜躺著，你很快就沒事了，你會完全恢復過來的。在你好轉過來之前，什麼話都別說。慢慢來，只要靜靜躺著，閉上你的眼睛。你一會兒就會想起一切。再喝一口水，喝點白蘭地。對了，來點白蘭地。疾如風，你認為來點白蘭地……」

「看在老天的份上，比爾，不要去理她，」疾如風氣憤地說，「她沒事的。」

她一手熟練地把一大束冷水澆到女爵精心化妝的臉上。

女爵畏縮一下，坐了起來，看來是清醒多了。

「啊！」她喃喃說道，「我在這裡……是的，我在這裡。」

「慢慢來，」比爾說，「等你覺得好一點之後再說話。」

女爵把她身上穿的那件透明睡袍拉緊了一點。

「我想起來了，」她喃喃說道，「是的，我想起來了。」

她看看圍繞著她的一群人，吃了一驚，或許是她在那一張張專注的臉上看不出憐憫的表情。她從容地抬頭，對唯一一張展現相反表情的臉微笑。

「啊，我的大英國先生，」她非常溫柔地說，「別傷心，我一切都很好。」

「噢！我就說嘛，不過你確定嗎？」比爾焦慮地問道。

「相當確定。」她要他放心，微微對他一笑。「我們匈牙利人有鋼鐵一般的神經。」

一陣大感輕鬆的表情掠過比爾的臉龐，然後他又換上一種癡迷的表情……令疾如風很想踢他一腳。

「喝點水。」她冷冷地說。

女爵拒絕喝水。對受難美女比較了解的吉米，提議給她一杯雞尾酒。女爵欣然接受。她一口嚥下之後，再度環顧四周，這一次眼光比較有生氣了。

「告訴我，發生了什麼事？」她精神勃勃地問道。

「我們正希望你能告訴我們。」巴鬥主任說。

女爵以銳利的眼神看著他，似乎首度注意到這個安靜的大塊頭。

「我去過你的房間，」疾如風說，「床沒有睡過，而且你不在。」

她停頓下來，以控訴的眼光看著女爵。後者閉上雙眼，緩緩點頭。

「是的，是的，現在我全都想起來了。噢，太可怕了！」她打了個寒顫。「你要我告訴你嗎？」

巴鬥主任說：「如果你願意的話。」

在此同時，比爾說：「要是你覺得不想就別說。」

女爵看看他又看看主任，而巴鬥主任平靜、敏銳的眼神贏了這一場。

「我睡不著，」女爵開始說，「這屋子……令我有壓迫感。套句你們的話，我心煩氣躁，好像踏在燙磚塊上的貓。我知道我在那種心境之下不可能睡好。我在房間裡走來走去，想看看書，可是放在房間裡的書不太提得起我的興趣。我想我還是下來這裡找點比較吸引我的書看看。」

「非常自然的事。」比爾說。

「常見的事，我相信。」巴鬥說。

「所以我一有了這個念頭，就馬上下樓來。屋子裡非常安靜……」

「對不起，」主任插嘴說，「你能不能告訴我當時的時間？」

「我從來就不去記時間，」女爵冠冕堂皇地說，然後繼續。「屋子裡非常安靜。甚至聽得見小老鼠跑動的聲音……如果有小老鼠的話。我走下樓梯，非常安靜地……」

「非常安靜地……」

「因為我不想吵到其他人啊，」女爵以譴責的口吻說，「我進來這裡，走到這個角落，在書架上尋找合適的書本。」

「你當然開了燈吧？」

「沒有，我沒開燈。你知道，我帶了小手電筒。藉著小手電筒，我在書架上找著。」

「啊！」主任說。

「突然，」女爵戲劇化地繼續說，「我聽見了某個聲音，鬼鬼祟祟的聲音，沉悶的腳步聲。我關掉手電筒，注意聽著。腳步聲愈來愈近……偷偷摸摸、恐怖嚇人的腳步聲。我縮進屏風後面。過了一分鐘，門打開來，電燈亮起。那個男人……那個小偷，進了書房裡。」

「是的，可是……」狄西加先生開口說道。

一隻大腳踩在他腳上，吉米曉得是巴鬥主任在暗示他，於是他閉上了嘴。

「我差點嚇死了，」女爵繼續說，「我盡量屏住呼吸。那個人等了一分鐘，站在那裡仔細聽著。然後，他又用那鬼鬼祟祟的恐怖腳步……」

吉米再度張開嘴巴，又再度閉上。

「他走近窗前，向外窺視，在那裡停留了一兩分鐘，然後他再走回來，把電燈關掉，鎖上門。我嚇壞了。他在房間裡，在黑暗中鬼鬼祟祟地走動著。啊！這太恐怖了。萬一他在黑暗中撞上我怎麼辦！又過了一分鐘，我聽見他再度走近窗口。然後一片沉靜。我暗自希望他能從那裡出去。過了幾分鐘，我沒再聽見任何聲響，我確信他已經走了。我正想打開手電筒查看，說時遲哪時快……一切就開始了。」

「哦？」

「啊！那太可怕了，我……永遠、永遠不會忘記！兩個男人在互相搏鬥。噢，真是恐怖！他們扭成一團，在這裡頭滾來滾去，家具到處碰來撞去。我想，我同時也聽見一聲女人的尖叫，但不是在這裡頭，是在外面某個地方。那個歹徒聲音粗嘎，與其說在說話，不如說是在哇哇叫。他一直說：『放開我……放開我。』另外一個是位紳士，他有一副深具教養的英國嗓子。」

吉米一臉感激。

「他罵粗話，大部分時間。」女爵繼續說。

「好個紳士。」巴鬥主任說。

「後來，」女爵繼續說，「一陣閃光，一聲槍響。子彈射中我身旁的書架，我……我想我一定昏過去了。」

她抬頭看著比爾。他握住她的手，輕輕拍著。

「你這可愛的小可憐，」他說，「你真是受苦了。」

「無可救藥的大白癡。」疾如風暗自說道。

巴門主任快速而無聲無息地移動腳步，來到屏風右邊的書架前。他俯身搜查著。隨後他蹲下去撿起了一樣東西。

「這不是子彈，女爵，」他說，「是彈殼。你開槍時站在什麼地方，狄西加先生？」

吉米走到窗邊站住。

「差不多是在這裡。」

巴門主任站到同一地點上。

「沒錯，」他同意說，「彈殼往後彈。這是零點四五五口徑的子彈，難怪女爵在黑暗中會以為是子彈。彈殼彈中了離她約一呎遠的書架，子彈本身則擦過窗椽，我們明天會在外面找到……除非它正好射中了意圖殺你的人。」

吉米懊惱地搖搖頭。

「『李奧波德』恐怕是浪得虛名。」他悲傷地評論說。

女爵一臉討好地緊盯著他看。

「你的手臂！」她叫喊著，「全都綁起來了！那麼是你……」

吉米嘲弄地對她一鞠躬。

「很高興我有一副深具教養的英國嗓子，」他說，「而且我可以向你保證，要是我知道有女士在場，絕不會說那些粗話。」

「那些話我完全聽不懂，」女爵急忙解釋，「雖然我小時候有一個英文家教……」

「她不可能教你那種話，」吉米說，「她只會讓你光學些『你叔叔的筆』，還有『園丁侄女的雨傘』等等的。我知道那一套。」

「可是，到底發生了什麼事？」女爵問道，「這是我想知道的，我要知道究竟發生了什麼事。」

一陣沉默，每個人都看著巴鬥主任。

「非常簡單，」巴鬥溫和地說，「搶劫未遂。史坦利．狄格比爵士的某些政治文件被偷了，竊賊差點得手。不過幸虧這位年輕小姐，」他指向羅琳。「他們並未得手。」

女爵瞄了那女孩一眼，有點古怪的一眼。

「是嗎？」她冷冷地說道。

「她正好在那裡，是個非常幸運的巧合。」巴鬥主任微笑著說。

女爵微嘆一口氣，再度半閉上眼睛。

「說來荒謬，不過我仍然覺得很虛弱。」她喃喃道。

「那是當然了，」比爾叫道，「我扶你起來上你房間去。疾如風會和你一起。」

「艾玲小姐真好，」女爵說，「不過我寧可自己上去。我真的沒問題。或許你扶我上樓梯一下吧？」

她站起來，緊靠在比爾的手臂上，走出書房。疾如風跟在後頭到了大廳，然而女爵再度要他們放心（帶點凶悍的味道），說她相當好。她便沒跟他們上樓去。

但當她站在那裡望著比爾攙扶著女爵高雅的身影慢慢爬上樓梯時，突然全神貫注起來，僵立在那裡。女爵的睡袍，如同先前所提過的，是薄薄的一層橘黃色細紗。透過薄薄的細紗，疾如風清楚地看到她的右肩胛下有一顆小黑痣。

疾如風嚇得喘不過氣來，猛然一轉身，看見巴鬥主任正好從書房裡冒出來。吉米和羅琳走在他前面。

「好啦，」巴鬥說，「我已經把窗戶關好了，而且會派個人在外面值夜。我把這道門鎖上，鑰匙帶走。明天早上我們再進行法國人所謂的重建現場……艾玲小姐，什麼事？」

「巴鬥主任，我必須和你談談……馬上。」

「哦，當然，我……」

喬治．洛馬士突然出現，卡瑞特醫生在他一旁。

「啊，你在這裡，巴鬥。我想你知道阿路克先生沒什麼大礙後，一定會鬆一口氣。」

「我未曾想過阿路克先生會有什麼大礙。」巴鬥說。

「他被下了強烈催眠劑，」醫生說，「明天早上他就會完全恢復過來。也許會有點頭痛，也許不會。現在，年輕人，我們來看看你的傷口。」

「來吧，護士小姐，」吉米對羅琳說，「幫我托住骨盤或是我的手，欣賞一幅強人的受難圖。你知道，那好像特技表演一樣。」

吉米、羅琳和醫生一道離去。疾如風以苦惱的眼神望向巴門主任，他被喬治纏住了。巴門主任耐心地等到喬治的長篇大論告一段落，趁勢利用機會說：「先生，不知道我可不可以和史坦利爵士私下談談？在那邊的小書房裡。」

「當然，」喬治說，「當然可以，我馬上去找他來。」

他急急忙忙上樓去。巴門很快地把疾如風拉進客廳，隨手把門關上。

「好了，艾玲小姐，什麼事？」

「我會盡快告訴你，不過說來有點話長而且複雜。」

疾如風盡可能精簡地說明她被介紹去七鐘面俱樂部以及她隨後到那裡的冒險經歷。她說完之後，巴門主任深深吸了一口氣，首度把一張木頭臉擺到一邊去。

「不同凡響，」他說，「真是不同凡響。我簡直不敢相信這是真的……即便是你，艾玲小姐。我應該早就料到。」

「可是你的確給過我暗示，巴門主任。你叫我去問比爾·奧維里。」

「給你這樣的人任何暗示都是一件危險的事，艾玲小姐。我作夢也沒想到你會做到那種地步。」

「哦，那倒無所謂，巴門主任。我死了也不會牽連到你。」

「只是還沒有。」巴門繃著臉說。

他站在那裡，彷彿是在心中細想。

「狄西加先生到底在幹什麼，竟讓你冒那種險，我實在想不通，」隨後他說。「他是事後才知道的，」疾如風說，「我不全然是個傻子，巴鬥主任。而且不管怎麼說，他照顧衛德小姐都來不及了。」

「是這樣嗎，」主任說，「啊？」

他微微眨動眼睛。

「我得叮嚀奧維里先生好好照顧你，艾玲小姐。」

「比爾！」疾如風不屑地說，「可是，巴鬥主任，我的故事你還沒聽完呢。我在那裡看見的那個女人……安娜，一號……是的，一號就是雷茲琪女爵。」

她快速地描述那顆痣。

令她驚訝的是，巴鬥主任聽了只是哼哼哈哈。

「痣是不太靠得住的，艾玲小姐。不同的兩個女人很可能長有完全相同的一顆痣。提醒你，雷茲琪女爵在匈牙利是位非常知名的人物。」

「那麼，這個就不是真正的雷茲琪女爵。我告訴你，我確信她就是我在那裡看到的同一個女人。而且想想今天晚上……我們是怎麼發現她的？我根本不相信她昏了過去。」

「噢，我可不會這樣說，艾玲小姐。那顆擊中書架的空彈殼足以把任何女人嚇個半死。」

「可是，她到那裡去幹什麼？沒有人會帶手電筒下樓找書的。」

巴門抓抓面頰。他似乎不願回答，開始踱來踱去，好像下了什麼決心。終於，他轉向疾如風。

「聽我說，艾玲小姐，我準備信任你。女爵的行為確實可疑。我和你一樣知道這一點，她可以說是非常可疑……可是，我們得小心行事，以免讓大使館尷尬。必須要有把握才行。」

「我明白。如果有把握……」

「還有一件事。大戰期間，艾玲小姐，到處盛傳有大量的德國間諜留了下來。一些好事者寫信給報社，我們不予理會。別人再怎麼難聽的話都影響不了我們。小魚不必去管。為什麼？因為經由牠們，我們遲早會逮住大魚……大頭目。」

「你的意思是……」

「不要管我是什麼意思，艾玲小姐。不過你記住，我對女爵瞭若指掌，而且我要求你不要動她。現在，」巴門主任愁容滿面地加上一句說：「我必須和史坦利·狄格比爵士好好談談！」

23 巴門主任坐鎮

第二天早上十點。陽光透過窗戶射進書房，巴門主任從六點開始就一直在裡頭忙著。由於他的召集，喬治．洛馬士、歐斯華．庫特爵士和吉米．狄西加紛紛走了進來，他們都用過了豐盛的早餐，彌補昨晚的疲累。吉米的手臂吊著繃帶，不過已沒有昨晚戰鬥的遺跡。

主任一臉慈祥地看著他們三個，有點像是和藹的博物館館長在對一群小男孩解說。他身旁桌上擺著各種東西，整整齊齊的貼上標籤。吉米從中認出了他的「李奧波德」。

「啊，主任，」喬治說，「我迫不及待的想知道你的進展。你逮到那個人了嗎？」

「要逮住他得花一番工夫。」主任安閒地說。

他似乎並不為這番失敗感到痛心。

喬治．洛馬士看起來可不怎麼高興。他討厭任何輕浮的言行。

「我把一切都標明得相當清楚了。」巴門繼續說。

他從桌上拿起兩件東西。

「我們找到了兩顆子彈。大的一顆是零點四五五口徑，從狄西加先生的柯爾特式自動手槍射出，它擦過窗台，我發現它嵌入那棵杉木樹幹裡。另外這顆小東西是從毛瑟零點二五口徑手槍射出的，在穿透狄西加先生的手臂之後，嵌進這裡的這把扶手椅裡。至於手槍本身……」

「怎麼樣？」歐斯華爵士急切地問道，「有沒有指紋？」

巴鬥搖搖頭。

「握住它的人戴著手套。」他緩緩說道。

「可惜。」歐斯華爵士說。

「內行人是會戴上手套的。歐斯華爵士，你是在露台階梯底部過去約二十碼的地方發現這把手槍的，我說得對不對？」

歐斯華爵士走近窗口。

「是的，我想你說得大致正確。」

「我不是想找碴，不過若你把它留在原地會比較聰明些，先生。」

「對不起。」歐斯華爵士語氣僵硬地說。

「噢，沒關係。我大致推斷出當時的情況。那是你的腳印，你看，從花園底部一直過去，然後你到那個地方停下來，彎下腰……從草地上的凹痕就可以看出來。順便請教一下，你對手槍為何掉在那個地方有什麼看法？」

「我想必定是那個人逃走時丟在那裡的。」

巴門搖搖頭。

「不是丟掉的，歐斯華爵士。這有兩個理由：第一，只有一組腳印越過草坪到那裡……你自己的腳印。」

「我明白了。」歐斯華爵士若有所思地說。

「你確定嗎，巴門？」喬治插嘴說。

「相當確定，爵士。還有另一組腳印越過草坪，是衛德小姐的，不過它們偏左很遠。」

他頓了頓，然後繼續說：「還有地上的凹痕……手槍帶著力道擊中地面。這一切顯示它是拋擲過去的。」

「哦，這有什麼不對？」歐斯華爵士說，「比如說那個人跑到小徑的左邊，所以他沒在小徑上留下腳印，而且把手槍拋進草坪中央，是吧，洛馬士？」

喬治點頭表示同意。

「他是沒在小徑上留下腳印，」巴門說，「不過從凹痕的形狀和草皮被壓斷的樣子看來，我不認為手槍是從那個方向丟擲過去的。我認為是從露台這裡拋過去的。」

「非常可能，」歐斯華爵士說，「這有什麼差別嗎，主任？」

「是啊，沒錯，巴門，」喬治插進來說，「這……呃，有關係嗎？」

「或許沒有，洛馬士先生。不過你知道，我們喜歡把一切搞清楚。現在，不知道你們有誰願意拿起這把手槍把它丟過去。你來好嗎，歐斯華爵士？非常感激你。就站在窗口這裡。現在，把它丟到草坪中央去。」

歐斯華爵士照辦，用力把手槍拋過去。吉米・狄西加很感興趣地屏息靠過來。主任像隻訓練精良的獵狗，追趕過去。不久後他容光煥發地走回來。

「很好，爵士，痕跡正好相同。雖然，你丟出的距離比原來遠了十碼。但你非常強壯有力，不是嗎，歐斯華爵士？對不起，我想我聽到有人在敲門。」

主任的耳朵一定比其他人都靈敏很多，因為他們都沒聽見，但事實證明巴鬥是對的，因為庫特夫人就站在門外，手裡端著一個裝藥水的玻璃杯。

「你的藥，歐斯華，」她說著跨步進來。「你早餐後忘了吃。」

「我現在在忙，瑪莉亞，」歐斯華爵士說，「我不要吃藥。」

「要不是我，你自己永遠都不會吃，」他太太沉著地說，朝他走過去。「你就像個頑皮的小男孩。現在把它喝掉。」

偉大的鋼鐵鉅子乖乖地把藥喝下去！

庫特夫人苦中帶樂地對每個人微微一笑。

「我打擾了你們嗎？你們是不是很忙？噢，看看那些左輪槍，討厭、嘈雜、危險的東西。歐斯華，想想，你昨晚可能被小偷射中呢。」

「你發現他不見的時候，一定很緊張吧，庫特夫人？」巴門說。

「我起初並沒想到，」庫特夫人坦承說，「這可憐的孩子，」她指著吉米。「中槍了……一切都那麼可怕、那麼危險。直到貝特門先生問我歐斯華爵士在哪裡，我才想起他半個小時前出去散步了。」

「睡不著是嗎，歐斯華爵士？」巴門問道。

「我通常都睡得很好，」歐斯華爵士說，「可是我必須坦白說，昨晚我感到很不對勁，坐立不安。我想，出去吸點晚上的空氣，可能對我有好處。」

「我想你大概是從這扇窗子出去的吧？」

是他自己的想像，或是歐斯華爵士真的在回答之前猶豫了一下？

「是的。」

「而且就穿著你的便鞋，」庫特夫人說，「沒穿上厚鞋。要是沒有我照顧，你該怎麼辦呀！」

她悲傷地搖搖頭。

「瑪莉亞，要是你不介意離開一下，我們還有很多事要商討。」

「我知道，親愛的，我這就走。」

庫特夫人退下去，帶著空杯子，神情彷彿那是個裝有殺夫毒藥的杯子一般。

「哦，巴門，」喬治·洛馬士說，「一切似乎夠明朗了。是的，十分明朗。那個人開槍射中狄西加先生之後，丟掉武器，沿著露台跑到下面的碎石小徑去。」

「到那裡他應該被我的手下逮住。」巴鬥插嘴說。

「你的手下，容我這麼說，巴鬥，似乎是相當不小心。他們連衛德小姐走進來都沒看見。他們如果沒看見她，自然有可能錯過溜出去的小偷。」

巴鬥主任張開嘴巴想說話，但想想還是不說的好。吉米．狄西加好奇地看著他。他很想知道巴鬥主任心裡到底在想些什麼。

「一定是個賽跑冠軍。」那蘇格蘭警場的警探只是這麼說。

「你這是什麼意思，巴鬥？」

「就是這個意思，洛馬士先生。我自己在槍聲響起之後不到五十秒時，人還在露台轉角那裡。而一個人要在我出現於屋側之前朝我那個方向跑上一段距離再繞過小徑消失……呃，如同我所說的，他一定是個賽跑冠軍。」

「我聽不懂你的意思，巴鬥。你有一些自己的想法，但我還……呃，抓不住。你先是說那個人並沒有越過草坪，而你現在又暗示說……你到底在暗示什麼？那個人並沒有跑上那條小徑？那麼依你看，呃，他跑去哪裡了？」

巴鬥主任突然豎起大拇指一比，代替了回答。

「啊？」喬治說。

主任更用力一比。喬治抬起頭看天花板。

「上去那裡，」巴鬥說，「爬上常春藤。」

「胡說，主任，這根本是不可能的。」

「並非完全不可能，先生。他先前已爬過一次，他可以再爬一次啊。」

「我說的不可能不是指那方面。如果那個人想逃走，絕不會再回屋子裡去。」

「對他來說，那是最安全的地方，洛馬士先生。」

「但我們上去看阿路克先生時，他的房門還好端端的從裡頭鎖著。」

「那麼你們是怎麼進去找他的？從史坦利爵士的房間過去。我們那位先生也是一樣。艾玲小姐告訴我說，她看見阿路克先生的房門把手在轉動。那是我們那位先生第一次上到那裡去的時候。我懷疑鑰匙是不是在阿路克先生的枕頭下。不過他第二次的出入路線是夠明顯的了……穿過連接門，經由史坦利爵士的房間出去。當時史坦利爵士就像其他人一樣，正匆忙下樓趕到書房來。我們那位先生樂得通行無阻。」

「那麼之後他又到哪裡去了？」

巴鬥主任聳聳粗壯的雙肩，有意迴避。

「多得是地方可以去。進入另一個空房間，再爬常春藤下去……從側門出去；或者，如果是自家人幹的……這只是個假設，他……哦，就乾脆留在屋子裡。」

喬治大感震驚地看著他。

「是的，巴鬥，我……如果是我的僕人，我會非常難過。呃，我對他們非常信任，要是必須懷疑他們，我會非常傷心……」

「沒人要你去懷疑任何人，洛馬士先生。我只是把所有可能性都說給你聽。僕人可能沒問題……或許吧。」

「你把我搞得心神不寧，」喬治說，「你把我搞得很不安寧。」

他的眼睛顯得更為突出了。

吉米故意用手指戳著桌上一樣發黑的怪東西，引開他的注意力。

「這是什麼？」他問道。

「這是最後一件證物，」巴鬥說，「我們找到的最後一樣東西。是……或者應該說以前是……一隻手套。」

他拿起這個燒焦的殘留物，得意地玩弄著。

「你在什麼地方找到的？」歐斯華爵士問道。

巴鬥頭往肩後一擺。

「在壁爐裡，差點燒光，不過還沒完全燒盡。怪了，它好像被狗咬過似的。」

「可能是衛德小姐的，」吉米提示說，「她養了幾隻狗。」

主任搖搖頭。

「這不是衛德小姐的手套，不是，甚至也不是時下小姐們戴的那種大大鬆鬆的手套。戴一下看看，先生。」

他把那發黑的東西調整調整，套上吉米的手。

「你看，甚至你戴也嫌大了。」

「你認為這項發現重要嗎？」歐斯華爵士冷冷問道。

「很難說，歐斯華爵士，誰也不知道什麼是重要或不重要。」

一聲刺耳的敲門聲，疾如風走了進來。

「真對不起，」她道歉說，「可是我爸爸剛剛打電話來。他說我必須回家去，因為每個人都令他心煩。」

她停頓下來。

「怎麼樣，我親愛的艾玲？」喬治知道她還有話要說，鼓勵她說下去。

「我不想打擾你們……只是我想它可能和這件事有關。你知道，令爸爸不安的是，我們家有個僕人不見了。他昨晚出去後就一直沒再回去。」

「他叫什麼名字？」發問的是歐斯華爵士。

「約翰・包爾。」

「英國人。」

「他自稱是瑞士人，不過我認為他是德國人。雖然他英語講得十分道地。」

「啊！」歐斯華爵士深吸一口氣，發出長長而滿意的嘶響。「那麼他在煙囪屋……待多久了？」

「不到一個月。」

歐斯華爵士轉向其他人。

「這就是我們錯失的那個人。你知道，洛馬士，我也知道，有許多外國政府想得到那件東西。我現在清清楚楚的記起那個人來了，他是個高大、訓練有素的傢伙。在我們離開前大約兩個星期才去那裡的。聰明的一招。這裡任何新進的僕人都要經過嚴密的審查，但是煙囪屋離這裡有五哩路……」他沒把話說完。

「你認為他們這麼久以前就計畫好了？」

「有何不可？那個公式可是值上數百萬的，洛馬士。無疑的，包爾希望能在煙囪屋看到我的私人文件，好知道我們未來的計畫。看來他可能在這屋子裡有個共謀……某個把這裡的地形方位告訴他、並且對阿路克下藥的人。衛德小姐所看見那個爬常春藤的人就是包爾……那個強壯有力的大塊頭。」他轉向巴門主任。「包爾就是你要找的人，主任。而不曉得為什麼，你竟白白的讓他給溜走了。」

24

疾如風的懷疑

巴鬥主任確實吃了一驚。他若有所思地摸著下巴。

「歐斯華爵士說得對，巴鬥，」喬治說，「就是這個人。有沒有希望逮住他？」

「可能有，先生。他看起來確實……嗯，可疑。當然這個人可能再度出現，我是指，在煙囪屋。」

「你認為這可能嗎？」

「不，不可能，」巴鬥坦承說，「沒錯，包爾好像就是那個人。但我不明白他怎能在這裡進進出出而不被發現。」

「我表達過我對你那些手下的觀感，」喬治說，「簡直是毫無效率……我不想責怪你，主任，不過……」

他的停頓抵得上千言萬語。

「啊，」巴鬥輕鬆地說，「我的肩膀夠寬的。」他搖頭、嘆氣。「我得馬上去打個電話。先陪了，諸位先生。抱歉，洛馬士先生，我好像把這件事情搞砸了。不過它太令人困惑，比你所想像的還要難解。」

他急急忙忙離去。

「到花園去，」疾如風對吉米說，「我有話要跟你說。」

他們一起從窗門出去。

吉米凝視著草坪，皺起眉頭。

「怎麼啦？」疾如風問道。

吉米向她說明手槍拋擲的情況。

「我在懷疑，」他結尾說，「巴鬥要庫特擲手槍，打的是什麼主意。我發誓，他一定打著什麼主意。只是，手槍降落的地點比原先遠了大約十碼。你知道，疾如風，巴鬥是個深不可測的人。」

「他是個很特別的人，」疾如風說，「我要告訴你昨晚的事。」

她告訴他昨晚她和主任之間的對話。吉米專心聽著。

「這麼說，女爵是一號，」他若有所思地說，「一切都非常吻合。二號，包爾，從煙囪屋過來。他爬上去，進入阿路克的房間，知道阿路克已經被下了安眠藥……被女爵用什麼方法下的。他們安排由他把文件丟下來給女爵，她在下面等著，這樣萬一包爾在離去時被捕，他們從他身上也找不出任何東西。嗯，這是個好計畫……但是出了差錯。女爵一到書房，就聽見我走過去的聲音，於是不得不跳到屏風後面去。這對她來說非常為難，因為她無法通知她的同謀。二號偷到文件，往窗外一看，看到他以為是女爵的人在下面等著，就把文件往下丟給她，然後沿著常春藤爬下來。結果讓他大驚失色的是，我竟在那裡等著他。女爵則在屏風後面等得提心吊膽。綜觀這一切，她編的故事實在相當高明。嗯，一切都非常吻合。」

「過分吻合了。」疾如風斷然說道。

「啊？」吉米驚訝地說。

「七號呢……未曾露面卻活在幕後的七號。女爵和包爾？不，沒這麼單純。包爾昨晚是來過沒錯，但他只是來這裡以防出了差錯……事實上是真的出了差錯。他扮演的是代罪羔羊的角色，引開大家對七號頭子的注意。」

「喂，疾如風，」吉米焦慮地說，「你不會是看了太多聳人聽聞的小說吧？」

疾如風鄭重地投給他譴責的眼光。

「哦，」吉米說，「我可不像那位血腥皇后。我不相信早餐之前六件不可能的事。」

「現在已經是早餐過後。」疾如風說。

「早餐之後也一樣。我們已經得到一個非常符合事實的假設……而你卻說什麼也不肯採信，因為你想讓它像歷史的謎題一樣，覺得再難一點解起來比較過癮。」

「對不起，」疾如風說，「不過我堅決認為，七號是這屋子裡的人。」

「比爾怎麼想？」

「比爾，」疾如風冷冷說道，「簡直叫人對他無可奈何。」

「噢！」吉米說，「我想你大概告訴過他女爵的事吧？應該警告他一下，要不然，天曉得他會瞎說些什麼。」

「對她不利的話他一句也聽不進去，」疾如風說，「他……噢，簡直是白癡一個。我希望你能讓他聽懂關於那顆痣的事。」

「你忘了，躲在壁櫥裡的人不是我，」吉米說，「再說，我可不能跟比爾爭論他女朋友的痣。但他總不可能笨到看不出一切都吻合吧？」

「他是天下第一號大笨蛋，」疾如風惡毒地說，「吉米，你把我的話告訴他，實在是天大的錯誤。」

「抱歉，」吉米說，「我當時不明白……不過我現在明白了。我是個傻瓜，可是去他的，比爾……」

「你也知道那些外國女騙徒，」疾如風說，「她們多擅長勾引男人。」

「老實說我並不知道，」吉米說，「她們從未勾引過我。」他嘆了一口氣。

一陣沉默。吉米在心中細想著，他愈想，就愈覺得不對。

「你說巴鬥不要任何人去動女爵？」他終於說。

「嗯。」

「因為透過她，他可以逮到另外一個人？」

疾如風點頭。

吉米眉宇深鎖，試著要想通這是什麼用意，顯然巴鬥有他自己的看法。

「史坦利‧狄格比爵士今天一大早就回城裡去了吧？」他說。

「嗯。」

「阿路克和他一起走？」

「我想是的。」

「你不認為……不，那是不可能的！」

「什麼？」

「阿路克跟這件事會不會有任何瓜葛？」

「可能，」疾如風若有所思地說，「他具有所謂非常強烈的個性。不，我不會感到驚訝，要是……噢，老實說，沒有什麼能令我感到驚訝！事實上，只有一個人我可以確信不是七號。」

「那是誰？」

「巴鬥主任。」

「噢！我還以為你要說的是喬治‧洛馬士。」

「噓，他來了。」

喬治直直朝著他們走過來。吉米找了個藉口溜走。喬治在疾如風一旁坐下。

「我親愛的艾玲，你真的一定要離開嗎？」

「哦，爸爸好像相當擔心。我想我還是回家去握握他的手，安慰安慰他比較好。」

「你這隻小手的確具有安慰的作用，」喬治握住她的手把玩著說，「親愛的艾玲，我了解你的心意，而且對你表示稱讚。在這變動不安的時代裡……」

疾如風絕望地想著，這下可不妙了。

「家庭生活非常珍貴，一切舊有的標準下降！我們這一階層的人必須做個模範，讓人家看看，至少我們沒受到時代的影響。他們叫我們『死硬派』……我以此為榮！我再說一遍，我以此為榮！有些東西必須死守不變，尊嚴、美、謙遜、家庭生活的聖潔、孝敬，只要這些還存在，有誰會對人生絕望？如同我所說的，我親愛的艾玲，我羨慕你的年輕。年輕是多麼美妙的事，多麼美妙的字眼！而我們卻從不知道激賞它，直至我們活到……呃，較成熟的年齡。我承認，親愛的孩子，我以前一直對你的輕浮感到失望。現在我明白了，那只不過是小孩子的漫不經心、無可厚非的散漫。我現在感知到你心靈的嚴肅、熱切。我希望，你容許我協助你閱讀吧？」

「噢，謝謝你。」疾如風虛弱地說。

「永遠不要再怕我。卡特漢夫人告訴我你很怕我時，我大感震驚。我可以向你保證，我是個非常平凡的人。」

想到喬治平凡謙遜的模樣，疾如風感到一震。喬治繼續說下去。

「在我面前不要感到羞怯，親愛的孩子，而且不要擔心麻煩我。我非常樂於——如果我可以這樣說的話——塑造你蓓蕾般的心靈。我願做你的政治導師。我們正急切需要有才華、有魄力的年輕女人。你可能注定要追隨你伯母卡特漢夫人的足跡。」

這幅可怕的遠景令疾如風頗難消受，她只能無助地盯著喬治看。這個舉動並沒有令他洩氣，恰恰相反，他之所以反對女人的一點是她們太多話了。他很少遇見可以堪稱好聽眾的女人。他和藹地對著疾如風微笑。

「蝴蝶脫繭而出，一幅美妙的景象。我有一本相當有趣的政治經濟學著作，現在我就去找出來，你可以帶回煙囪屋去看。看完之後，我再和你討論一下。如果你有任何疑惑，儘管寫信問我。我有很多公務，不過再怎麼忙，總能挪出時間給朋友。我去把那本書找出來。」

他昂首闊步離去。疾如風一臉暈眩的表情，看著他離去。比爾突然來臨，喚醒了她。

「聽著，」比爾說，「老鱈魚握住你的手幹什麼？」

「不是我的手，」疾如風胡亂地說，「是我蓓蕾般的心靈。」

「別裝瘋賣傻了，疾如風。」

「對不起，比爾，不過我有點擔心。你記不記得你說過，吉米到這裡來是在冒大險？」

「沒錯，」比爾說，「一旦老鱈魚對你產生了興趣，想要逃避是難上加難。吉米在還沒搞清楚情況之前鐵定會被套牢。」

「被套牢的不是吉米，是我！」疾如風粗暴地說，「我得和瑪卡達夫人沒完沒了地見面，再研讀政治經濟學，和喬治討論……天曉得再下去會怎麼樣！」

比爾吹起一聲口哨。

「可憐的疾如風，有點受不了吧？」

「我一定完蛋了。比爾，我感到心裡亂極了。」

「沒關係，」比爾安慰她說，「喬治並不真的贊成女人進入國會，所以你不用上台演講，廢話連篇，或是到伯蒙西去親吻髒兮兮的嬰孩。走吧，去喝杯雞尾酒。午餐時間快到了。」

疾如風站起來，順從地走在他身旁。

「我真的恨死了政治。」她悲哀地喃喃說道。

「當然你恨，所有聰明人都恨。只有像老鱈魚和阿兵哥那種人才會對它認真，沉湎其中。不過不管怎麼說，」比爾突然重拾先前的話題說，「你不該讓老鱈魚握你的手。」

「為什麼？」疾如風說，「我一出娘胎，他就認識我了。」

「哦，我不喜歡。」

「純潔的比爾……噢，喂，你看，是巴鬥主任。」

他們正穿過一道側門。那裡有個櫥櫃般大小的小房間開向大廳的小走道，裡面放著高爾夫球桿、網球拍、滾球和其他鄉居生活的休閒用具。巴鬥主任正在仔細查看各種高爾夫球桿。他聽見疾如風的叫聲，有點羞怯地抬起頭來。

「要去打高爾夫球嗎，巴門主任？」

「我還打得很糟，艾玲小姐。但他們說只要開始做，沒有什麼是太遲的。而且我有個優點，對任何運動都管用。」

「什麼優點？」比爾問道。

「不認輸。如果一切都弄錯了，我就回頭，重新再開始！」

巴門主任一臉堅毅的神情，從小房間裡出來加入他們，順手把門關上。

25 吉米擬訂計畫

吉米．狄西加感到十分沮喪。他在午餐之後避開了像要和他談論嚴肅主題的喬治，悄悄開溜。雖然他對聖大非的邊界紛爭背得滾瓜爛熟，但他可無意在這個時候接受測驗。

隨後不久，他盼望的事發生了。羅琳．衛德也是單獨一個人，在花園的小徑上漫步。吉米走到她身旁。他們一起默默地走了幾分鐘，然後吉米嘗試性地說：「羅琳？」

「什麼事？」

「嗯，我是個不善言辭的人……不過，這樣吧，我們結婚，弄張特別的證書，然後幸幸福福地生活在一起，這沒什麼不好吧？」

羅琳對這突如其來的求婚沒有顯出尷尬的神情，反而頭往後一仰，坦然大笑。

「不要嘲笑我。」吉米譴責她說。

「我忍不住。你這麼好笑。」

「羅琳……你是個小魔鬼。」

「我不是，我是所謂徹頭徹尾的好女孩。」

「那是對不了解你的人來說，他們都被你溫順、端莊的外表欺騙了。」

「我喜歡你這般咬文嚼字。」

「都是從字謎上學來的。」

「聽起來好有學問。」

「親愛的羅琳，不要拐彎抹角了。你願不願意？」

羅琳的臉色正經起來，換上一貫的果斷表情。她小小的嘴巴緊抿，小小的下巴挑釁地突出來。

「不，吉米，在事情還在這個階段、一切都尚未結束之時，不行。」

「我知道我們還沒完成目標，」吉米同意說，「但還是一樣……呃，這是一個章節的結束。文件安安全全的放在航空署長那裡。好人獲勝，而……目前，還沒有什麼事可做。」

「所以我們結婚吧，是嗎？」羅琳微微一笑說。

「你說對了，正是如此。」

然而羅琳再度搖頭。

「不，吉米。等這件事全部完成，等我們安全之後……」

「你認為我們有危險？」

「你不認為嗎？」

吉米可愛的邱比特蘋果臉蒙上一層陰影。

「你說得對，」他終於說，「如果疾如風的胡說八道是真的——儘管聽來不可思議，但或許是真的——那麼除非我們解決了七號，否則我們是不安全的！」

「那麼其他人呢？」

「其他人不算數。令我害怕的是七號的行動。因為我不知道他是誰，該上哪裡去找他。」

羅琳顫抖起來。

「我一直很害怕，」她低聲說，「自從傑瑞死後……」

「你不用害怕，沒什麼好怕的，你把一切都交給我。我告訴你，羅琳，我會找到七號。一旦我們找到他，呃，不管其他人是誰，都不會有多少麻煩。」

「如果你逮到了他……假使是他逮到了你呢？」

「不可能，」吉米愉快地說，「我太聰明了。永遠看重自己……這是我的座右銘。」

「我一想起昨晚可能……」羅琳發抖了。

「哦，結果並未發生，」吉米說，「我們兩個都在這裡，平平安安的，毫髮無損——儘管我必須承認我的手臂痛死了。」

「可憐的孩子。」

「噢，要有好結果得付出一些代價。再說，我以我的傷口和我娛人的談話完全征服了庫特夫人。」

「噢！你認為那很重要嗎？」

「我覺得這一點可能派得上用場。」

「你心中有個計畫，吉米。是什麼？」

「少年英雄從來都不透露他的計畫，」吉米語氣堅決地說，「計畫都是在暗中成熟。」

「你是個白癡，吉米。」

「我知道，我知道，每個人都這麼說。不過我可以向你保證，羅琳，我私底下可是腦力激盪不已。你的計畫呢？你有沒有任何計畫？」

「疾如風建議我跟她到煙囪屋去住一陣子。」

「好極了，」吉米贊同地說，「再好不過了。我總覺得該有人盯住疾如風。你從不知道她會幹出什麼瘋狂的事來。而且最糟糕的是，她還總是旗開得勝。我告訴你，預防疾如風闖禍是一件全天候的工作。」

「比爾應該照顧她。」羅琳說。

「比爾在別處忙著咧。」

「你可別信他的。」羅琳說。

「什麼？他不是在為女爵忙？可是那小子被她迷死了。」

羅琳搖頭。

「這我也不太明瞭。不過比爾喜歡的不是女爵，是疾如風。今天早上洛馬士先生和疾如風坐在一起時，比爾正在和我談話。看到他握住她的手或什麼的，比爾馬上飛奔過去，就像……就像火箭一樣。」

「有些人的鑑賞力真是怪異，」狄西加先生說，「真想不到有任何人在跟你談話時，竟然會想去做其他事。你這樣說叫我感到非常驚訝，羅琳。我以為我們純潔的比爾被那美麗的外國女騙徒迷死了。我知道，疾如風也這樣認為。」

「疾如風可能這樣想，」羅琳說，「不過我告訴你，吉米，不是這麼回事。」

「那麼，你有什麼高見？」

「難道你不認為比爾可能自己在做一些偵查的工作？」

「比爾？他沒那個頭腦。」

「我可沒這麼確定。像比爾那樣單純、四肢發達的人用起心來，大概沒有人會在意他。」

「所以他正好可以做好工作。沒錯，說得有道理。可是我仍然不認為比爾會這樣。他表現得像個女爵的小乖乖一樣。我認為你錯了。你知道，羅琳，女爵是個非常漂亮的女人……當然，不是我喜歡的類型，」狄西加先生急急加上一句：「而比爾那小子有一顆起伏不定的心。」

羅琳未被說服地搖搖頭。

「哦，」吉米說，「隨你怎麼想吧。我們的方向大致決定好了。你和疾如風回去煙囪屋，同時看在老天的份上，不要讓她再到七鐘面俱樂部去窺探。天曉得如果她再去，會出什麼事。」

羅琳點點頭。

「現在，」吉米說，「去和庫特夫人談幾句話應該是個聰明之舉。」

庫特夫人正坐在花園的一張椅子上刺繡。繡的是一個憂傷、變形的年輕女人在哭墓。庫特夫人挪出位置讓吉米在她身旁坐下，身為一個圓滑的年輕人，他立即對她手中的刺繡表示讚賞。

「你喜歡嗎，」庫特夫人高興地說，「這是我姑媽希莉娜死前一週開始繡的，肝癌，可憐的人。」

「真是悲哀。」吉米說。

「你的手臂怎麼樣啦？」

「噢，好多了。只是有點令人心煩，你知道。」

「你得小心一點，」庫特夫人以警告的語氣說，「我知道敗血症流行起來了……要是這樣，你可能整條手臂都完了。」

「噢！我希望不會如此。」

「我只是在警告你。」庫特夫人說。

「你們現在住在哪裡？」狄西加先生問道，「城裡……或是什麼地方？」

他對這個問題的答案非常清楚，但他演技精湛地裝出渾然不知的模樣。

庫特夫人重重嘆了一口氣。

「歐斯華爵士租下了阿爾頓公爵的房子。在里瑟貝利。你知道那地方吧？」

「哦，的確。一流的居所，不是嗎？」

「嗯，我不知道，」庫特夫人說，「非常大的地方，而且陰暗，你知道。一排排的畫像，畫的都是令人望而生畏的人物。他們所謂的歷代祖先都非常陰沉，我想。你該看看我們在約克郡的那所小房子，狄西加先生。那時歐斯華爵士還是沒有爵銜的庫特先生。多好的娛樂廳和令人心情愉快的客廳，在爐邊的牆角，我記得我選的是白色條紋壁紙和紫藤橫飾帶。緞面直條，你知道，不是那種有波紋的花樣。品味好多了，我總是認為，飯廳朝向東北，陽光才不會射進去太多，但貼上鮮紅色的壁紙和滑稽的狩獵版畫……啊呀，就像過聖誕節一樣歡暢。」

在這些興奮的回想中，庫特夫人掉了幾個小絨線球，吉米責無旁貸地撿起來。

「謝謝你，親愛的，」庫特夫人說，「哦，我說到哪裡了？對，關於房子。嗯，我真的喜歡明朗的房子，而且自己挑選東西為它裝潢真是有趣極了。」

「我想歐斯華爵士最近會自己買棟房子吧，」吉米說，「到時候你就可以自己挑選了。」

庫特夫人悲傷地搖搖頭。

「歐斯華爵士說一家公司在幫他找……你知道這表示什麼。」

「可是他們會徵求你的意見吧？」

「那一定是個雄偉壯麗的地方，他們一心一意要找老古董的房子。他們看不上我所謂像個家的舒適地方。不是歐斯華爵士在以前的那個家裡不舒服、不滿足。我敢說他的品味其實也跟我一樣，但是如今，除非是最好的東西，否則他都不要！他事業非常成功，自然想要一些能炫耀成功的東西，不過我常常懷疑那要到什麼地步為止。」

吉米露出同情的神色。

「就像一匹脫韁之馬，」庫特夫人說，「一脫了韁繩就衝了出去。歐斯華爵士也是一樣。他一直往前衝，一直往前衝，他沒辦法控制住自己不往前衝。現在他已經是英格蘭最有錢的人之一了，但這令他滿足嗎？不，他還想更有錢，他想要成為……我不知道他想要成為什麼！我可以告訴你，有時候這令我感到害怕！」

「就像那個波斯的傢伙，」吉米說，「到處尋找新世界去征服。」

庫特夫人默從地點點頭，不太了解吉米講的是什麼。

「我懷疑的是，他的胃口容納得下嗎？」她含淚繼續說下去。「他病得這麼重……他的那些想法……噢，想起來就叫人受不了。」

「他看起來非常健壯。」吉米安慰她說。

「他有心事，」庫特夫人說，「憂心忡忡，他是這樣，我知道。」

「他擔憂什麼？」

「我不知道，或許是工廠的事。貝特門先生是他的一大慰藉……十分熱心的年輕人，而且相當誠實。」

「誠實極了。」吉米同意說。

「歐斯華很看重貝特門先生的意見。他說貝特門常常是對的。」

「在以前，那算是他最糟的一項個人特質。」吉米感觸良深地說。

庫特夫人顯得有點困惑。

「我跟你在煙囪屋度過的那個週末真是非常愉快，」吉米說，「我是說，要不是可憐的傑瑞死了，那就會非常愉快。那些女孩子都很好。」

「我搞不懂現在的女孩子，」庫特夫人說，「都不夠浪漫。我和歐斯華爵士訂婚時，還用自己的頭髮在他的幾條手帕上繡上他的姓名縮寫呢。」

「真的？」吉米說，「多妙啊。不過我想，大概時下的女孩子頭髮都不夠長，無法像你那樣做。」

「這倒是真的，」庫特夫人承認說，「不過，噢，還有其他很多方式可以表現啊。我記得年輕的時候，我的一個……呃，男朋友，抓起一把沙礫，我的女朋友馬上說他是在珍惜那把沙礫，因為我的腳在上面踩過。我認為這想法好美。儘管後來才發現他正在修礦物學的課……或是地質學？在一所工業學校。不過我喜歡那種做法……偷女孩子的手帕把它珍藏起來等等的。」

「要是那女孩想要擤鼻子，那可就難堪了。」講求實際的狄西加先生說。

庫特夫人放下刺繡，半嚴厲半慈祥地看著他。

「說來聽聽，」她說，「沒有某個好女孩讓你醉心嗎？某個你想為她工作、建立一個小小家庭的女孩？」

吉米臉紅起來，支吾其詞。

「我想你和當時在煙囪屋的一個女孩處得非常好——維拉．德文瑞。」

「襪子？」

「他們是這樣叫她沒錯，」庫特夫人承認說，「我想不出是為什麼。這名字很不雅。」

「噢，她是個一流的女孩，」吉米說，「我很想再見見她。」

「她下個週末要到我們家去。」

「真的？」吉米說，傾注大量的渴望在這兩個字上。

「真的，你……你想去嗎？」

「我想，」吉米衷心地說，「非常謝謝你，庫特夫人。」

他一再熱切地向她道謝後，這才離去。

不久，歐斯華爵士過來找他太太。

「那個小混帳在跟你嚕嗦些什麼？」他問道，「我受不了那個年輕人！」

「他是個可愛的男孩，」庫特夫人說，「而且非常英勇。看看他昨晚是怎麼受傷的。」

「是啊，在沒有他的事的地方鬼混。」
「我認為你這樣說非常不公平，歐斯華。」
「他一輩子沒幹過一件正經事，大廢物一個。要是他再這樣下去，永遠也成不了大器。」
「你一定是昨天晚上著了涼，」庫特夫人說，「你可不要得了肺炎。佛雷迪·理查那天就是得肺炎死的。天啊，歐斯華，一想到昨晚你在有小偷的地方閒逛，我全身的血液都涼了。他可能射中了你！對了，我要狄西加先生下週末到我們家去。」
「荒唐，」歐斯華爵士說，「我不要那年輕人到我們家！你聽見沒有，瑪莉亞？」
「為什麼？」
「那是我的事。」
「很抱歉，親愛的，」庫特夫人沉著地說，「我已經邀請他去，所以沒辦法收回了。把那個粉紅色的絨線球撿起來好嗎，歐斯華？」
歐斯華爵士照辦，他的臉色黑得像被雷殛一樣。他看著太太，猶豫著，庫特夫人從容地穿針引線。
「我真的不想要狄西加來我們家，」他終於說，「我從貝特門那裡聽說過他很多事。他和他是同學。」
「貝特門先生說什麼？」
「他對他沒有一句好話。事實上，他警告我要特別小心提防他。」

「他是這樣說的嗎？」庫特夫人若有所思地說。

「我十分尊重貝特門的判斷力，他從沒錯過。」

「哎呀，」庫特夫人說，「我好像把事情搞得亂糟糟的。早知道，我就不會要他去。你早應該告訴我這些，歐斯華，現在已經太遲了。」

她非常小心地捲起她的刺繡。歐斯華爵士看著她，好像要說什麼，又聳聳肩沒說。他隨著她走進屋子裡。庫特夫人走在前頭，臉上帶著非常細弱的微笑。她喜歡她丈夫，不過她也喜歡——以平靜、不顯眼、安全的女性態度——完成自己的願望。

26
高爾夫球

「你那朋友是個好女孩，疾如風。」卡特漢爵士說。

羅琳已經在煙囪屋待了將近一個星期，而且贏得主人的高度好感……因為她隨時虛心接受六號桿打法的指導，而且風采優雅迷人。

對出國過冬已感到厭倦的卡特漢爵士，開始打起了高爾夫球。他打得並不好，故而對此項運動非常熱中。他把每天的上午時光都用來揮動六號鐵桿，把球高打過各種矮樹叢……或者該說是「企圖高打」，結果常常一陣猛力亂揮，把天鵝絨般的草皮大塊大塊地鏟掉，此舉讓麥唐諾心痛欲絕。

「我們必須設計一套小小的課程，」卡特漢爵士對著一株雛菊說，「一套小小的運動課程。現在，看我的這一桿，疾如風。右膝放鬆，慢慢往後擺，頭部保持不動，運用腕力。」

被猛力擊中上端的球，飛快掠過草坪，消失在深不可測的石南花叢裡。

「奇怪，」卡特漢爵士說，「我是怎麼打的？我說了，疾如風，你那朋友是個很好的女孩。我真的認為我讓她對高爾夫球產生了高度的興趣。今天上午她揮了非常好的幾桿球，差不多和我打得一樣好。」

卡特漢爵士漫不經心地又揮動一桿，掀起了一大片草皮。正好路過的麥唐諾把草皮放回原位，緊緊地把它踏回去。他投給卡特漢爵士的眼神，足以讓狂熱的高爾夫球愛好者一頭鑽進地裡去。

「要是麥唐諾有虐待庫特夫婦的重大嫌疑……我深深懷疑他可謂是窮凶極惡，」疾如風說，「那麼他現在受到了懲罰。」

「為什麼我不能在自己的花園裡為所欲為？」她父親問道，「麥唐諾應該對我日益增進的球技感到高興才對。蘇格蘭人是偉大的高爾夫球民族。」

「可憐的老頭子，」疾如風說，「你永遠打不好高爾夫球。不過這倒可以阻止你去惹事生非。」

「我才不像你說的那樣哩，」卡特漢爵士說，「那天我在第六洞五桿進洞，我告訴一個職業選手，他非常驚訝。」

「他當然感到驚訝。」疾如風說。

「談到庫特夫婦，歐斯華爵士打得不錯，相當不錯。球勢不美，太死板了。不過每次揮桿都很乾淨俐落。但人露出原形的方式真是古怪……每次你球都已經落到離洞口六吋的地方了，他還是非要你把它打進去才算數。我可不喜歡他這一點。」

「他大概喜歡凡事都很確定吧。」疾如風說。

「這違背了高爾夫球的精神，」她父親說，「而且他也對高爾夫球理論沒興趣。說他打球只是為了運動，既是運動就不必費心去管什麼風格。那個當祕書的，貝特門，可就相當不同了。讓他感興趣的是理論。我用木桿打高飛球時老是打滑，他說這大概是右臂太用力的緣故。他導出了一個非常有趣的理論。打高爾夫球全靠左臂，決定關鍵全在左臂的力道。他說他打網球時用的是左手球拍，但打高爾夫球就用一般的球桿，因為這樣一來，他左臂的優越性就能顯露出來。」

「那麼他打得非常好嗎？」疾如風問道。

「不，並不好，」卡特漢爵士坦白說，「但他可能不常打。我懂得他說的理論，而且我認為這很有道理。啊！你看到那一桿了吧，疾如風？正掠過石南花叢。完美的一擊。啊！要是每次都能打出這樣的……什麼事，崔威爾？」

崔威爾對疾如風說：「狄西加先生打電話找你，小姐。」

疾如風全速跑回屋子裡，一邊喊著「羅琳，羅琳」。羅琳在她正好拿起話筒的時候來到她身邊。

「喂，是你嗎，吉米？」

「喂，你好嗎？」

「好極了，不過有點無聊。」

「羅琳怎麼樣？」

「她很好。她就在旁邊，你要不要和她說話？」

「先等一下。我有很多話要說。首先，我要到庫特家去度週末，」他意味深長地說，「嗯，疾如風，你知道怎麼弄到萬能鑰匙吧？你知道嗎？」

「一點也不知道。有必要帶萬能鑰匙上庫特家去嗎？」

「哦，我想會派得上用場。你不知道哪種店可以買得到吧？」

「你需要的是一個好心的『三隻手』朋友。」

「是的，疾如風，是的。不幸的是，我一個這種朋友都沒有。我想或許你聰明的腦袋瓜子能幫我解決這個問題。不過我想，我得像往常一樣求助於史蒂文斯。他不久就會對我產生一些奇奇怪怪的想法。先是一把藍管自動手槍，現在又是萬能鑰匙。他會以為我加入什麼犯罪集團了。」

「吉米？」疾如風說。

「什麼事？」

「嗯……小心點，好嗎？我的意思是，如果歐斯華爵士發現你帶著萬能鑰匙在他家鬼鬼祟祟的……呃，我想他會非常不高興，會讓你吃不完兜著走。」

「風度翩翩的年輕人上了被告席！好的，我會小心。阿兵哥才是我真正害怕的人。他那雙扁平足走起路來無聲無息，你從不知道他怎麼會突然在你身邊冒出來，而且他有能耐在你不想見到他的地方出現。不過你放心，信任我這少年英雄吧。」

「哦，我真希望羅琳和我能到那裡去照顧你。」

「謝謝你，護士小姐。事實上，我有個計畫……」

「怎麼樣？」

「你想，你和羅琳明天上午能不能讓車子正好拋錨在里瑟貝利附近？離你家不太遠，不是嗎？」

「四十哩路，算不了什麼。」

「我想，對你來說是算不了什麼！不過可不要開快車害羅琳出車禍喪命。我很喜歡羅琳的。好，就這麼辦，大約十二點十五分至十二點半之間。」

「好讓他們邀請我們吃午餐？」

「正是這個主意。喂，疾如風，我昨天遇見那個叫襪子的女孩，你認為如何……德倫西．阿路克這個週末也要去那裡！」

「吉米，你是不是認為他……」

「哦，每個人都要懷疑，你知道，這是他們說的。他這人野性十足，而且膽大包天。我認為他很有可能領導一個祕密組織。他和女爵可能是這件事的共謀。去年他出國到匈牙利去過。」

「可是他隨時都可以偷走那份公式。」

「這正是他無法偷走的原因。他得在不受到懷疑的情況下動手。不過沿著常春藤爬回他的床上……呃，這倒是巧妙。現在聽我下指示。在跟庫特夫人客套一番之後，你和羅琳各自使出渾身解數纏住阿兵哥和阿路克，一直把他們纏到午餐時刻，一分鐘也不要讓他們得閒。明白吧？這對你們這兩位漂亮的女孩來說應該不難。」

「我明白，你用的是美人計。」

「正是。」

「哦，無論如何，你的指示我記住就是了。現在你要不要跟羅琳說話？」

疾如風把話筒交給羅琳，知趣地退了出去。

27 夜間冒險行動

吉米．狄西加在陽光普照的秋日下午抵達里瑟貝利，受到庫特夫人熱情的接待以及歐斯華爵士冷淡嫌惡的臉色相迎。吉米察覺到庫特夫人有心撮合地緊緊看著他，所以他不得不忍住痛苦，對「襪子」維拉．德文瑞表現得極富好感。

阿路克精神煥發，他在襪子盤問他艾碧莊神祕事件時，故意回答得官腔官調而且神祕兮兮，不過他的回答採取小說的形式，也就是把故事編織得虛虛實實，令人猜不透事實真相到底是怎麼回事。

「四個執手槍的蒙面人？真的是這樣嗎？」襪子激動地問道。

「啊！我想起來了，他們有六個人壓住我，把那東西從我喉嚨裡灌下去。當時我想，那是毒藥，我一定完蛋了。」

「那麼被偷走了什麼，或他們想要偷什麼？」

「除了祕密帶給洛馬士先生存放在英格蘭銀行的俄國珠寶王冠，還會有什麼。」

「你是個大騙子。」襪子不帶感情地說。

「騙子？我？那些珠寶是我當飛行員時一個最好的朋友用飛機運過來的。我告訴你的可是個祕密，襪子，如果你不信，那你問問吉米．狄西加好了。不過我未必信得過他的話。」

「是真的嗎，」襪子說，「喬治．洛馬士真的沒戴假牙就衝下樓去嗎？我好想知道喔。」

「有兩把手槍，」庫特夫人說，「骯髒的東西。我親眼看見了。這可憐的孩子沒被射死真是奇蹟。」

「噢，我注定是要被吊死的。」吉米說。

「我聽說有個俄國女爵，是個細膩的美人，」襪子說，「而且她勾引比爾。」

「她說的那些布達佩斯的事簡直太可怕了，」庫特夫人說，「我永遠忘不了。歐斯華，我們必須捐一些錢。」

歐斯華爵士嘀咕一聲。

「我會記下來，庫特夫人。」魯波．貝特門說。

「謝謝你，貝特門先生。我覺得人應該知道感恩。我無法想像歐斯華爵士是怎麼幸免於難的……更不用說是死於肺炎了。這全都是上帝的恩典。」

「別傻了，瑪莉亞。」歐斯華爵士說。

「我一向就很怕小偷。」庫特夫人說。

「想想，竟然有幸跟一個小偷面對面……那有多緊張刺激啊！」襪子喃喃說道。
「你可別信那些鬼話，什麼緊張刺激的，」吉米說，「痛死人了。」
他小心翼翼地摸摸他的右手臂。
「你那可憐的手臂怎麼了？」庫特夫人問道。
「噢，現在沒什麼大礙了。不過凡事都得動用左手真是討厭。我的左手可是一點也不管用。」
「每個小孩都應該從小就學習雙手並用。」歐斯華爵士說。
「噢！」襪子有點深不可測地說，「是不是就像海狗一樣？」
「又不是水陸雙棲，」貝特門先生說，「他指的是雙手並用，左右兩手都可以活用自如。」
「噢！」襪子一臉敬佩地看著歐斯華爵士。「你能嗎？」
「當然，我兩手都可以寫字。」
「但不是兩手同時寫吧？」
「那做不來。」歐斯華爵士簡短有力地說。
「沒錯，」襪子若有所思地說，「我想那有點太過於細膩了。」
「這種本事在政府部門裡會是一大長處，」阿路克先生說，「能讓右手不知道左手在幹些什麼。」

「你能雙手並用嗎？」
「不，不能，我是道道地地的右撇子。」
「可是你打牌時用的是左手，」觀察敏銳的貝特門先生說，「我那天晚上就注意到了。」
「噢，那是完全不同的一回事。」阿路克先生安閒地說。
一陣輕脆的鑼聲傳出來，大家都聞聲進門上樓去更衣，準備吃晚餐。
晚餐之後，歐斯華爵士和庫特夫人搭檔，貝特門和阿路克一家，打起橋牌，吉米和襪子打情罵俏度過了睡前的夜晚時刻。那天晚上吉米上樓時聽見的最後一句話，是歐斯華爵士對他太太說：「你永遠打不好橋牌，瑪莉亞。」
還有她的回答：「我知道，親愛的，你一向都這麼說。你還欠阿路克先生一英鎊，歐斯華……這才對。」
大約兩個鐘頭之後，吉米靜悄悄地（他希望是如此）溜下樓。他先到飯廳很快地轉了一圈，然後走向歐斯華爵士的書房。到了書房，仔細傾聽了一兩分鐘之後，他開始工作。書桌的抽屜大都上了鎖，但吉米手上一根奇形怪狀的鐵絲很快就發揮了效用。一個個抽屜在他的鐵絲運作之下應聲而開。
他有條不紊地一個抽屜接一個抽屜找下去，並小心地把查過的東西放回原位。他一兩度停下來傾聽，幻想他聽見了某個遙遠的聲響。然而他保持鎮靜，不受干擾。
最後一個抽屜查過了。吉米現在知道——或者要是他注意的話他就知道——很多和鋼鐵有關的有趣知識。但他並未發現任何他想要的東西，也就是和艾伯哈德先生的發明或與神祕七號有關的線索。其實他不懷什麼希望，只是抱著姑且一試的心理，並沒期望有多少成果，除非是全然碰上了運氣。

他試試各個抽屜，以確定他都把它們鎖妥了。他了解魯波．貝特門這人觀察入微。他四處看看，確定沒留下任何蛛絲馬跡。

「就這樣了，」他喃喃自語。「這裡什麼都沒有。哦，或許我明天上午的運氣會好一些……要是那兩個女孩如期而至的話。」

他走出了書房，隨手把門帶上，鎖好。一時，他好像聽見相當靠近他的地方有個聲響，不過他斷定是自己聽錯了。他無聲無息地沿著大廳前行。高高的天窗透進來的光線，正好足夠讓他看清楚前路，不會絆倒任何東西。

他再度聽見一個細柔的聲響……這次聽得相當確實，不可能是聽錯。大廳裡不只有他一人，還有另一個人在那裡，跟他一樣悄悄地在走動著。他的心臟驀地跳得飛快。

他突然跳向電燈開關，把燈打開。突來的光亮令他眨動雙眼……但他看得夠清楚了。不到四呎之外，站著魯波．貝特門。

「天啊，阿兵哥！」吉米大叫，「你在黑暗中那樣偷偷摸摸的，真把我嚇了一大跳。」

「我聽見了一個聲響，」貝特門一本正經地解說道，「以為是小偷進來了，便下樓來看看。」

吉米若有所思地看著貝特門先生的膠底鞋。

「你什麼都想到了，阿兵哥，」他親切地說，「甚至帶了致命武器。」

他的目光落在阿兵哥那鼓鼓的口袋上。

「有武裝總是好的，你不知道你會遇見什麼人。」

「真慶幸你沒開槍，」吉米說，「我被槍打得有點厭煩了。」

「我可能會的。」貝特門先生說。

「要是你開槍那是嚴重違法，」吉米說，「你在對乞丐開槍之前，必須先弄清楚他真是破門而入，不能妄下定論。要不然你就有得解釋，為什麼你開槍射殺了一個像我這般無辜的客人。」

「對了，你下樓來幹什麼？」

「我肚子餓，」吉米說，「我有點想吃餅乾。」

「你的床邊就有一盒餅乾。」魯波・貝特門說。

他透過鹿角框的眼鏡緊緊盯住吉米看。

「啊！這就是僕人的問題了，老兄，是有一個寫著『訪客充飢餅乾』的鐵罐子，但是當我這位肚子餓的客人打開來時，裡面卻空空如也，所以我就跌跌撞撞下樓到飯廳去找。」

吉米帶著親切、甜甜的笑臉，從睡袍口袋裡掏出一把餅乾來。

一陣沉默。

「現在我得晃回床上去了，」吉米說，「晚安，阿兵哥。」

他裝出一副冷靜的樣子，跨上樓梯。魯波．貝特門跟在他身後到了他的房門口，吉米停頓下來，彷彿是要再度道晚安。

「那些餅乾的事實在很奇怪，」貝特門先生說，「你介意嗎，如果我……」

「當然不介意，小兄弟，你自己看吧。」

貝特門先生跨步過去，打開餅乾盒，睜大眼睛看著空空的盒子。

「真是非常疏忽，」他嘀咕著。「好了，晚安。」

他退出門去。吉米坐在床緣，傾聽了一會兒。

「真是好險。」他喃喃自語。「阿兵哥，多疑的傢伙，好像從來都不用睡覺。帶把左輪槍到處窺伺，這種習慣可真要命。」

他站起來，打開梳妝桌的一個抽屜。在各色各樣的領帶之下是一堆餅乾。

「沒辦法了，」吉米說，「我得把這些該死的東西全部吃下去。阿兵哥明天早上十之八九會來查看。」

他嘆了口氣，開始吃起倒盡胃口的「餅乾大餐」。

28 嫌疑

時間正好是約定的十二點整，疾如風和羅琳走進了大花園的鐵門，把那輛 Hispano 留在附近一家修車廠裡。

庫特夫人驚訝地和這兩個女孩打招呼，不過顯得很高興，堅持邀她們留下來吃午飯。阿路克坐在一張大扶手椅，一見到她們，立即生氣蓬勃地跟半聽著疾如風解說車子如何出毛病的羅琳談話。

「而我們說，」疾如風做結尾。「那個壞東西在這裡出毛病可真是非常幸運！有個星期天，它在一個位於山腳下叫作『小孤村』的地方出了毛病。我可以告訴你，那地方真是名副其實的孤村。」

「這拿來當電影片名就太棒了。」阿路克說。

「純潔村姑的出生地。」襪子提示說。

「奇怪，」庫特說，「狄西加先生上哪去了？」

「我想，他在彈子房，」襪子說，「我去找他來。」

她離去不到一分鐘，魯波．貝特門便出現了，態度如往常一般不安、一本正經。

「什麼事，庫特夫人？狄西加說你在找我。你好，艾玲小姐……」

他中斷下來和兩個女孩打招呼，羅琳立即掌握時機。

「噢，貝特門先生！我一直想見見你。教我碰到狗的腳掌疼痛不已時該怎麼辦的人不就是你嗎？」

祕書搖頭。

「一定是別人，衛德小姐。不過，事實上，我正好知道……」

「多了不起的人啊，」羅琳插嘴說，「你真是無所不知。」

「人應該隨時吸收現代知識，」貝特門正經八百地說，「關於狗的腳掌……」

德倫西．阿路克低聲對疾如風說：「這傢伙就像那些在週刊上寫短文的人一樣。『一般人都不懂得如何讓銅護欄保持明亮』、『甲蟲是昆蟲世界裡最有趣的昆蟲』、『芬加利斯印地安人的婚姻習俗』等等。」

「事實上，只是一般的知識見聞。」

「還有什麼比這更可怕的？」阿路克說，同時虔誠地加上一句話：「感謝上天，我是個受過教育的人，但我卻對於任何知識都一無所知。」

「我知道你們這裡有高爾夫球輕打比賽場。」疾如風對庫特夫人說。

「我帶你去打，艾玲小姐。」阿路克說。

「我們來向那兩位挑戰，」疾如風說，「羅琳，阿路克和我想跟你和貝特門先生到高爾夫球場較量一下。」

「去吧，貝特門先生，」庫特夫人在祕書顯出猶豫不決時說，「我相信歐斯華先生不會有事找你。」

四個人一起走上草坪。

「非常聰明的辦法吧？」疾如風對羅琳低語說，「這該歸功我們女孩子的圓滑手段。」

比賽在將近一點時結束，勝利屬於貝特門和羅琳。

「我想你會同意我的說法，夥伴，」阿路克說，「我們打得比較有運動員風範。」

他和疾如風一起走在後頭一點。

「阿兵哥打得很小心，他不冒任何風險；而我則孤注一擲……這是一句很好的生活格言，你認為呢，艾玲小姐？」

「你從沒因孤注一擲而惹上麻煩嗎？」疾如風笑著問道。

「當然有，不下百萬次。但我還是奉行這句格言。當然，能把我擊垮的只有絞刑執刑者的繩套。」

這時，吉米．狄西加從屋角逛過來。

「疾如風，真是想不到，太好了！」他歡呼道。

「你錯過了秋季大賽。」阿路克說。

「我去散步，」吉米說，「她們是從什麼地方掉下來的？」

「我們是用雙腳走路過來的，」疾如風說，「我那輛 Hispano 擺了我們一道。」

她把車子拋錨的經過說了一遍。

吉米同情、專注地聽著。

「運氣不佳，」他允諾說，「要是得花不少時間走回修車廠，午飯之後我用我的車子送你們過去。」

這時鑼聲鳴起，他們都進了屋子。疾如風暗自打量著吉米，注意到他的話聲中帶著不尋常的狂喜，有種諸事皆吉的感覺。

午餐後，她們客氣地向庫特夫人辭行，吉米自告奮勇，開車送她們去修車廠。一上路，兩個女孩便同時開口問道：「怎麼樣？」

「噢，相當好，謝謝。由於吃了太多餅乾，有點消化不良。」

「出了什麼事？」

「我來告訴你們。為了完成任務，我犧牲奉獻，吃了好多餅乾。不過，我們的英雄畏縮了嗎？不，他並沒有。」

「噢，吉米。」羅琳譴責地說。

他的心一軟。

「你們想知道什麼？」

「噢，一切。我們是不是做得很好？我是指，我們纏住阿兵哥和德倫西．阿路克去打高爾夫球。」

「能纏住阿兵哥，我衷心向你們表示欽佩。阿路克算不了什麼，輕易就可以打發掉，但是阿兵哥可就大大不同了。那小子只有一個字可以形容……是上週《週日新聞集錦》上字謎遊戲裡的一個字，它由十個字母組成，意思是『無所不在』，Ubiquitous。這個字可把阿兵哥形容到家了。你走到哪裡都無法不碰上他，而更糟的是，你從未聽見他走近的聲音。」

「你認為他具有危險性？」

「危險性？當然他沒有危險性，阿兵哥怎麼會有危險性？他只是個笨蛋。不過，如同我剛剛說的，他是個無所不在的笨蛋，他根本不像一般人那樣需要睡眠。事實上，說得直率一點，那小子真是煩死人了。」

然後，吉米以有點苦惱的態度描述昨晚發生的事。

疾如風不怎麼表示同情。

「我不知道你以為自己在幹什麼，竟在這裡偷偷摸摸。」

「七號，」吉米簡短有力地說，「我在找七號。」

「你認為你能在這屋子裡找到他？」

「我認為我可能找到線索。」

「但你並沒有？」

「昨晚沒有……沒找到。」

「可是今天上午，」羅琳突然插進來說，「吉米，你今天上午的確找到了什麼。我從你的臉上就可以看出來。」

「哦，我不知道算不算是找到什麼。不過我在閒逛時……」

「我想，你所謂的閒逛並沒逛離屋子多遠。」

「夠奇怪的，是沒多遠。我們姑且說，是在屋子裡頭繞圈子。呃，如同我所說的，我不知道我找到的東西是否算得上什麼。但我確實是找到了這個。」

他以魔術師般敏捷的手法取出一個小瓶子，遞給兩個女孩。裡面是大半瓶的白色粉末。

「你想那裡面裝的是什麼？」疾如風問道。

「一種白色結晶狀粉末，」吉米說，「對於偵探小說的讀者來說，這些字眼既熟悉又富有啟示性。當然，要是檢查結果是一種新型的專利牙粉，那我就懊惱了。」

「你在什麼地方找到的？」疾如風猛然問道。

「啊！」吉米說，「那是我的祕密。」

這一點，無論她們再怎麼哄騙、辱罵，他都堅不吐露。

「修車廠到了，」他說，「讓我們祈禱那輛勇猛的 Hispano 沒有受到什麼屈辱。」

修車廠的先生遞出一張五先令的帳單，含含糊糊地說是什麼螺絲鬆了。疾如風甜甜一笑，付了修理費。

「有時候想想，我們不愁錢用真是滿好的。」她對吉米喃喃說。

三個人一起站在路上，一時沉默下來，每個人各自想著心事。

「我知道了！」疾如風突然說。

「知道什麼？」

「知道我想要問你而差點忘掉的。你記不記得巴鬥主任找到的那隻手套……被燒了一半的手套？」

「記得。」

「你不是說過，他試戴在你手上嗎？」

「是的，有點太大了。這跟戴它的人是個大塊頭的想法相符。」

「我在意的不是這個。不要管它的大小。當時喬治和歐斯華爵士都在場吧？」

「在。」

「他大可以給他們任何一位試戴吧？」

「是的，當然……」

「可是他並沒有。他選上了你，吉米，難道你不明白這是什麼意思嗎？」

狄西加先生睜大眼睛凝視著她。

「抱歉，疾如風。可能我的腦袋沒像往常一般運作，但我一點也不知道你在說什麼。」

「你也不明白嗎，羅琳？」

羅琳搖搖頭，以好奇的眼光看著她。

「那有任何特別的用意嗎？」

「當然有。難道你不明白……吉米的右手吊了繃帶。」

「啊呀，疾如風，」吉米緩緩說道，「現在想想，那真是古怪。我是說，那隻手套是左手。但巴鬥提都沒提。」

「他是不想引起注意。讓你來試戴可以避免引起注意，而且他故意談到手套的大小，不讓大家注意到那是隻左手。這就表示，向你開槍的人是左手執槍。」

「這麼說，我們得找左撇子了。」羅琳若有所思地說。

「沒錯，而且我再告訴你們另外一件事。那正是巴鬥查看高爾夫球桿的目的。他是在找左撇子用的球桿。」

「老天爺！」吉米突然說。

「什麼事？」

「哦，我想大概沒什麼，不過有點古怪。」

他細說前一天他們在喝午茶時的對話。

「這麼說，歐斯華．庫特爵士的左右手都可靈活運用？」疾如風說。

「沒錯。而且我現在想起，那天晚上在煙囪屋——你知道，傑瑞．衛德死掉的那天晚上——我在旁邊看著他們打橋牌時，還懶洋洋地想著，有某個人出牌好彆扭。後來才了解到，原來那個人是用左手出牌。對了，那人一定是歐斯華爵士。」

他們三個人面面相覷。羅琳搖搖頭。

「歐斯華．庫特爵士！不可能。他有什麼必要呢？」

「感覺似乎很荒唐，」吉米說，「不過……」

「七號有他獨特的行徑，」疾如風柔聲引述說，「這會不會正是歐斯華爵士的生財之道呢？」

「可是公式就在他自己的工廠裡，他何必要在艾碧莊上演那齣鬧劇。」

「這可能有各種解釋，」羅琳說，「和你提到阿路克先生時所持的論點一樣。他得把嫌疑從他身上引開到別處去。」

疾如風急切地點頭。

「一切吻合。嫌疑會落到包爾和女爵身上。有誰會去懷疑歐斯華．庫特爵士？」

「我猜巴鬥在懷疑他。」吉米緩緩說道。

一項記憶在疾如風的腦海裡湧動……巴鬥主任從那位百萬富翁的外套上彈下一片常春藤葉片。

巴鬥是否一直在懷疑他？

29
喬治・洛馬士出怪招

「洛馬士先生來了，爵士。」

卡特漢爵士嚇了一大跳，因為，他全神貫注在「不可用左腕力」的複雜技巧上，所以沒聽見他的僕役長從柔軟的草皮上走過來。他看著崔威爾的樣子是憂傷多於氣憤。

「我早餐時就告訴過你了，崔威爾，今天上午我沒空見人。」

「我知道，爵士，可是……」

「去告訴洛馬士先生說你弄錯了，說我出門到村子裡去，說我痛風躺在床上不能見客，或是如果這樣都搞不定，就說我死掉了。」

「爵士，洛馬士先生開車過來時已經看見您在這裡了。」

卡特漢爵士深深嘆了一口氣。

「他是看得見。好吧，崔威爾，我就來。」

卡特漢爵士有項特徵，那就是當他內心的感受與事實恰恰相反時，總是表現得非常親切。他無限熱誠地和喬治打招呼。

「我親愛的好友，我親愛的好友。真高興見到你，高興極了。坐下來，喝杯酒。唉，唉，真是太好了！」

他把喬治送進一張大扶手椅，自己在他對面坐下，緊張地眨動眼睛。

「我今天是特地來見你。」喬治說。

「哦！」卡特漢爵士虛弱地說，他的心往下沉，腦子飛快地打轉，想著這句簡單話語背後可能的恐怖。

「專程而來。」喬治強調說。

卡特漢爵士一聽，一顆心更加往下沉。他感到比他想像更壞的事就要降臨了。

「什麼事？」他極力保持鎮靜地說。

「艾玲在家嗎？」

卡特漢爵士感到有如被判了緩刑，不過有點驚訝。

「在，在，」他說，「疾如風在家。她朋友和她在一起，那個小女孩衛德。非常好的女孩，非常好的女孩。有一天會成為一個高爾夫球好手，擺動美妙自然……」

他繼續喋喋不休地聊下去，喬治毫不留情地打斷他的話說：「我很高興艾玲在家，或許我待會兒可以和她面談一下？」

「當然，我親愛的好友，當然可以。」卡特漢爵士仍舊感到非常驚訝，不過他相當慶幸被緩了刑。「要是你不嫌煩的話。」

「沒有比這更叫我高興的了，」喬治說，「我想，卡特漢，容我冒犯，你幾乎不了解艾玲已經長大了，她不再是個小孩子，她已經是個女人……容我這樣說，一個非常具有才能、魅力的女人。能贏得她的愛情的男士，將是最最幸運不過的人。我再重複一遍……最最幸運不過的了。」

「噢，或許吧，」卡特漢爵士說，「不過她非常浮躁，你知道，從來就無法乖乖的在一個地方待上兩分鐘。然而，也許時下的年輕人並不在意這一點。」

「你的意思是，她不甘心停滯不前。艾玲有頭腦，卡特漢，她有野心，她對當前社會上的種種問題有興趣，並善用她新鮮、活躍的年輕智慧去思考它們。」

卡特漢爵士睜大雙眼凝視著他，突然想到，經常被提及的「現代生活壓力」已經開始落到喬治身上。他對疾如風的描述，在卡特漢爵士聽來，簡直是不可思議地荒唐、可笑。

「你確定沒感到不舒服嗎？」他焦慮地問道。

喬治不耐煩地把他的關切揮到一邊去。

「或許，卡特漢，你已經開始了解我今天來見你的目的了。我不是一個願意草率擔負新責任的人。我對自己的職責相當了解。我希望是如此。我對這件事已經深深用心考慮過。婚姻，尤其是在我這年齡，沒有通盤……呃……考慮過之前是不能草率行事的。門當戶對，愛好相同，各方面大致相配，相同的宗教信仰……這一切都是必要的，而且前前後後各方面都要仔細衡量、琢磨。我想，我能提供給妻子一個不容輕視的社會地位。就出身、教養來說，她都符合，而且她的頭腦和敏銳的政治意識，能因我們共同的利益讓我的事業更上一層樓。我知道，卡特漢，在年齡上，呃，我們有些差距。不過我可以向你保證，我的精力充沛，如日中天。丈夫年齡大一點無所謂。再說艾玲品味高雅，年齡大的人比毫無經驗或才幹的年輕紈　子弟更適合她。我可以向你保證，我親愛的卡特漢，我會珍惜她的……呃……青春熱情；我會疼惜她，呃，她的青春活力會受到激賞。看著她美妙的心靈花朵綻放，是多麼令人心醉的特權享受！想想，我竟然未曾了解到……」

他祈求宥恕地搖搖頭，卡特漢爵士吃力地呆呆說道：「你的意思是不是……啊，我親愛的好友，你不是想要娶疾如風吧？」

「你吃驚了？我想你大概覺得太突然了。你允許我跟她提這件事吧？」

「噢，是的，」卡特漢爵士說，「如果你希望我允許……當然可以。不過你知道，洛馬士，如果我是你，我不會這樣做。回家去好好考慮一下，數二十下什麼的。求婚未遂總是一件憾事。」

「你也許是一番好意，卡特漢，儘管我必須坦白說，你這樣說實在有點奇怪。不過我已經決心一試。我可以見艾玲了吧？」

「噢，這沒我的事，」卡特漢爵士連忙說，「艾玲的事都是她自己決定。如果她明天來對我說她要嫁給轎車司機，我也不會反對。這是唯一的辦法。要是不在每一方面都對孩子讓步，他們會把你的生活搞得非常痛苦。我對疾如風說：『你高興做什麼就做什麼，不過可別叫我操心。』而大致上來說，她表現得好極了。」

喬治站起來，打算進行他此行的目的。

「我到哪裡去找她？」

「哦，真的，我不知道，」卡特漢爵士含糊地說，「她可能在任何地方。如同我剛剛告訴過你的，她不可能在同一個地方待上兩分鐘，她不太安靜。」

「我想衛德小姐大概跟她在一起吧？依我看，卡特漢，你最好按鈴叫你的僕役長去找她，說我想和她談幾分鐘。」

卡特漢爵士順從地按下鈴。

「噢，崔威爾，」僕役長應鈴而來時他說，「去找小姐來，好嗎？告訴她洛馬士先生急著要在客廳和她說話。」

「好的，爵士。」

崔威爾退出去。喬治抓住卡特漢的手，熱情地握著，令卡特漢感到很不舒服。

「一千個謝謝，」他說，「希望不久就能帶給你好消息。」

他匆匆走出卡特漢爵士的房間。

「真想不到，」卡特漢爵士說，「真想不到！」

停頓一下，他又說：「疾如風到底幹了些什麼？」

門再度打開。

「奧維里先生來了，爵士。」

比爾匆匆進門，卡特漢爵士抓住他的手，急切地說：「嗨，比爾。我想，你大概是來找洛馬士的吧？聽我說，你好心一點，快快到客廳去告訴他，內閣召開緊急會議，或是隨便編個理由把他弄走。讓那老小子被一個傻女孩戲弄而出盡洋相，可真是不太人道了。」

「我不是來找老鱈魚，」比爾說，「我不知道他在這裡。我想見疾如風，她在嗎？」

「你不能見她，」卡特漢爵士說，「反正現在不行。喬治和她在一起。」

「哦，這有什麼關係？」

「我想是有點關係，」卡特漢爵士說，「他這時候也許正在結結巴巴，我們可不能讓他再結巴下去。」

「他到底在跟她說些什麼呀？」

「天曉得，」卡特漢爵士說，「反正是一堆荒唐到極點的話就是了。話切忌過多，這一直是我的座右銘。抓住女孩的手，順其自然就是了。」

比爾睜大雙眼凝視著他。

「可是，先生，我有急事，我必須和疾如風談……」

「哦，我想你不會等太久。坦白說，我很高興有你在這裡……我想洛馬士在結束之後，大概會再回來這裡和我談。」

「什麼結束？洛馬士到底是在幹什麼？」

「噓，」卡特漢爵士說，「他在求婚。」

「求婚？求什麼婚？」

「向疾如風求婚。不要問我為什麼。我想他大概是到了所謂的危機年齡。我無法做任何其他解釋。」

「向疾如風求婚？下流的豬玀！他那種年齡……」

比爾臉色脹紅。

「他說他正當壯年，如日中天。」卡特漢爵士小心翼翼地說。

「他？啊呀，他已經老朽不堪了！我……」比爾哽住了。

「才不，」卡特漢爵士冷冷地說，「他比我年輕五歲。」

「真他媽的臉皮厚到極點！老鱈魚配疾如風！像疾如風那樣的女孩！你應該阻止。」

「我從不干涉。」卡特漢爵士說。

「你應該告訴他你對他的觀感。」

「不幸的是，現代文明除掉了這條規矩，」卡特漢爵士懊惱地說，「若在石器時代……可是，哎呀，我想即使是在那個時代，我大概也無能為力……對一個塊頭小的人來說。」

「疾如風！疾如風！噢，我不敢開口要疾如風嫁給我，因為我知道她聽了只會大笑。而喬治……一個叫人噁心的饒舌男，狂妄無聊、偽善的市儈，卑鄙、討厭的自我推銷者……」

「繼續，」卡特漢爵士說，「我正聽得痛快。」

「天啊！」比爾激動地說，「我得走了。」

「不，不，不要走，我希望你留下來。再說，你不是想見疾如風嗎？」

「現在不見了。這件事把我腦子裡的一切都掃光了。你不知道吉米．狄西加在什麼地方吧？我想他是去庫特家度週末。他還在那裡嗎？」

「我想他昨天回城裡去了。疾如風和羅琳星期六去過那裡。只要你肯等一下……」

然而比爾猛搖頭，匆匆離去。卡特漢爵士躡手躡腳走進門廳，抓起帽子，急忙從側門出去。他遠遠的看見比爾奔向他的車子。

他心想，那個年輕人會出車禍。

然而，比爾平平安安地回到倫敦，把車子停在聖詹姆士廣場，然後找到吉米．狄西加的住處，吉米在家。

「嗨，比爾。喂，怎麼啦？你看起來不像往常高興。」

「我在擔心，」比爾說，「我很擔心，然後有另外一件事發生了，給我很大的衝擊。」

「噢！」吉米說，「看得出來。什麼事？我能幫上忙嗎？」

比爾沒有回答。他呆坐著，兩眼直視地毯，表情十分困惑不安，吉米被挑起了好奇心。

「是不是有什麼不尋常的事發生了，比爾？」他柔聲問道。

「怪極了的事。我真搞不懂。」

「七鐘面的事？」

「是的，七鐘面的事。我今天上午收到了一封信。」

「一封信？什麼樣的信？」

「龍尼·狄佛魯的遺囑執行人寄來的信。」

「老天爺！過了這麼久的時間！」

「好像他留下了一些指示。說如果他突然身故，要他們把一個密封的信封在他死後兩週準時寄給我。」

「而他們寄給你了？」

「嗯。」

「你打開看過了？」

「嗯。」

「哦，裡面寫些什麼？」

比爾掃視吉米一眼，奇怪而不明確的一眼，令吉米吃了一驚。

「嗯，」他說，「振作一點，老兄。看來不管寫的是什麼，反正已令你魂不守舍。先喝一杯再說。」

他倒了一杯威士忌加蘇打遞給比爾，比爾順從地接過手，臉上仍是同樣暈眩的表情。

「信裡面的東西，」他說，「我簡直無法相信，就是這樣。」

「噢，胡說，」吉米說，「你必須習慣在早餐之前接受六件不可能的事。我就是這樣。好了，說來聽聽吧……等一等。」

他走出去。

「史蒂文斯？」

「是的，先生。」

「出去幫我買些菸來，好嗎？我抽完了。」

「好的，先生。」

吉米等著，直到聽見前門關上的聲音，然後回到客廳，比爾正好放下空杯子。他看起來好一點了，比較控制得了自己。

「好了，」吉米說，「我已經把史蒂文斯打發出去了，沒有人會偷聽見我們談話。你要不要告訴我是怎麼回事？」

「太不可思議了。」

「那麼一定是真的。來吧，說出來吧。」

比爾深吸一口氣。

「我告訴你，我把一切都告訴你。」

30 緊急召集

正逗著一隻可愛小狗的羅琳，有點驚訝地看著離去二十分鐘的疾如風走回來，她帶著莫可名狀的表情，氣喘吁吁的。

「呼，」疾如風躺進一張花園椅裡說，「呼。」

「怎麼啦？」羅琳好奇地看著她問道。

「喬治……喬治．洛馬士。」

「他要幹什麼？」

「向我求婚。太可憐了，他口沫橫飛，結結巴巴，一心一意要繼續下去……我想，他一定是從什麼書上學來的。沒有辦法讓他停下來。噢，我真痛恨口沫橫飛的人！而且不幸的是，我不知道怎麼回答。」

「你一定知道自己的想法。」

「我當然不會嫁給一個像喬治那樣的老白癡。我的意思是，我不知道社交手冊上的正確回答是什麼。我只能斷然說：『不，我不願意。』我應該說些他抬舉了我之類的話。但是我當時太過尷尬，只好從窗門跳出去，奔逃過來。」

「真是的，疾如風，這不像是你。」

「哦，我作夢也想不到會發生這種事。喬治，我一向以為他討厭我，而且他以前也真的討厭我。假裝對一個男人心愛的話題感到興趣真是一件要命的事。你真該聽聽喬治口沫橫飛的大談什麼小女孩的心靈，還有他有多樂於塑造我的心靈。我的心靈！要是喬治知道我心裡所想的四分之一，他會嚇到昏倒過去！」

羅琳大笑出聲，她情不自禁。

「噢，我知道這都是我自己的錯，是我自找的。爸爸在石南花叢那裡躲躲閃閃的。嗨，爸爸。」

卡特漢爵士帶著鬼鬼祟祟的表情走過來。

「洛馬士走了？」他強裝親切地說。

「都是你幹的好事，」疾如風說，「喬治告訴我說，他得到你完全的同意、認可。」

「哦，」卡特漢爵士說，「你要我怎麼說？事實上，我根本沒那樣說。」

「我並不認為你會那樣說，」疾如風說，「我想一定是喬治把你逼得無話可說，讓你只能軟弱地點頭。」

「正是如此。結果他怎麼樣？很糟吧。」

「我沒等著看他的表情，」疾如風說，「恐怕我表現得有點粗魯。」

「噢，」卡特漢爵士說，「或許這是最好的辦法。謝天謝地，以後洛馬士不會沒事老來煩我了。正是所謂的因禍得福。你有沒有看見我的球桿在哪裡？」

「揮上一兩桿可以讓我定下神來，我想，」疾如風說，「我跟你賭六便士，羅琳。」

接下來的一個小時便在高爾夫球運動中平靜地過去。三人精神愉快地回到屋中。門廳桌上放著一張字條。

「洛馬士先生留給你的，爵士，」崔威爾說，「他知道您出去了，感到很失望。」

卡特漢爵士打開來看，然後痛苦地大叫一聲，轉身面向他女兒，崔威爾已經退下去。

「真是的，疾如風，我想，你大概把自己的意思說得夠清楚了吧。」

「你是什麼意思？」

「哦，你看看。」

疾如風接過字條，唸著：

親愛的卡特漢，很遺憾不能和你談一下。我以為我已經說得很清楚，在見過艾玲之後，我想再和你談談。她，親愛的孩子，顯然不明白我對她的感情。她恐怕是嚇了一大跳。我無意催她做決定。她那小女孩般的困惑模樣非常迷人，令我對她更加喜愛，我很欣賞她那淑女般的含蓄。我必須給她時間適應一下。她的極度困惑表示她並非完全對我漠不關心，我對我最後的成功毫不懷疑。

相信我，親愛的卡特漢。

你忠誠的朋友　喬治．洛馬士

「噢，」疾如風說，「噢，我完了！」

她說不出話來。

「這傢伙一定是瘋了，」卡特漢爵士說，「沒有人會寫下這種話來，疾如風，除非他頭腦有問題。可憐的傢伙，可憐的傢伙。但他的意志是多麼的堅強！難怪他能進入內閣。要是你真嫁給了他，那他可就更得意了，疾如風。」

電話鈴聲響起，疾如風走向前去接聽。過了一分鐘，她把喬治和他的求婚都拋諸腦後，急切地向羅琳招手。卡特漢爵士回到自己的私人聖地去。

「是吉米，」疾如風說，「他為了什麼事而非常興奮。」

「謝天謝地，終於找到你了，」吉米的聲音傳過來說，「沒有時間浪費了。羅琳也在那裡吧？」

「是的，她在這裡。」

「哦，聽著，我沒有時間多解釋……事實上，我不能在電話中解釋。比爾來我這裡，告訴我一件最最叫人震驚的事。如果他說的是真的……哦，如果他說的是真的，這將是本世紀最大的獨家消息。現在，聽我說，你們照我說的話做：馬上進城來，你們兩個都來，把車子隨便停在一個車庫裡，然後直接到七鐘面俱樂部去。你到了那裡之後，能不能把在你家做過僕役的那個傢伙打發掉？」

「阿夫瑞？沒問題，交給我來辦。」

「好，把他打發掉，然後注意觀察我和比爾。不要站在窗口讓別人看見，但我們的車子一到就讓我們進去。明白了嗎？」

「明白了。」

「那好。噢，疾如風，別讓人家知道你要進城。找個藉口，說你要送羅琳回家。這個藉口怎麼樣？」

「好極了。喂，吉米，我興奮極了。」

「而且你不妨在出發之前先立好遺囑。」

「那更棒，你愈說我愈興奮了。不過我想知道是怎麼回事。」

「我們一碰面你就知道了。目前就透露到這裡。我們要給七號一個大驚奇。」

疾如風掛上話筒，轉向羅琳，快速地把談話內容扼要地說明給她聽。羅琳衝上樓去，匆匆收拾行李，疾如風則探頭進她父親房間。

「我送羅琳回家去，爸爸。」

「為什麼？我不知道她今天要走。」

「他們要她回去，」疾如風含糊地說，「剛打電話過來。再見。」

「喂，等一下，疾如風。你什麼時候回來？」

「不知道。你見到我時我就回來了。」

隨便丟下這句退場詞，疾如風便衝上樓去，戴上帽子，套上毛皮外套，準備出發。她已經吩咐下人把 Hispano 開到門口來。

到倫敦的途中一切順利……不提疾如風一貫的飛車表演的話。她們把車留在一個車庫裡，直接取道七鐘面俱樂部。

阿夫瑞替她們開門。疾如風一言不發地與他擦肩而過，走進裡頭，羅琳跟在她身後。

「把門關上，阿夫瑞，」疾如風說，「我特地好心過來告訴你，警方在追捕你。」

「噢，小姐！」

阿夫瑞臉色變得灰白。

「我會過來警告你，是因為你那晚幫了我一次忙。」疾如風快速地繼續說，「警方拿到了逮捕莫葛夫斯基先生的搜捕狀，你最好盡快收拾收拾上路。要是你沒被發現，他們不會費神去找你。這十英鎊給你做路費。」

三分鐘之內，嚇得半死的阿夫瑞腦子裡只有一個念頭：離開漢士坦頓街十四號，永遠不再回來。

「哦，我穩穩地把他打發掉了。」疾如風滿意地說。

「有必要這麼……呃，這麼徹底嗎？」羅琳提出異議。

「這樣比較保險些，」疾如風說。「我不知道吉米和比爾打算幹什麼，但我不想讓阿夫瑞半途闖回來壞事。啊，他們來了。哦，他們倒是沒浪費多少時間。或許早在附近的角落觀望，等到看見阿夫瑞走掉。去幫他們開門，羅琳。」

羅琳照辦。吉米．狄西加從駕駛座上出來。

「你在這裡等一下，比爾，」他說，「要是看見有人在注意這裡，就按喇叭。」

他跑上台階，砰的一聲把門帶上，顯得興高采烈，臉色通紅。

「嗨，疾如風，你來啦。現在我們得開始行動。你上次進那房間的鑰匙在什麼地方？」

「是樓下房門的一支鑰匙。我們最好全部帶上去。」

「你說得對，不過動作要快，時間不多。」

鑰匙輕易地就找到了，四周框著粗呢布的那道門應聲而開，三人一起走進去。房間完全和疾如風上次見過的一樣，七張椅子圍著桌子擺放。吉米靜靜地掃視一遍。然後他的眼睛望向那兩座壁櫥。

「哪一座壁櫥是你上次躲進去的，疾如風？」

「這一座。」

吉米走過去把櫥門打開。架子上布滿了原來那些各式各樣的玻璃杯。

「我們得把這些東西都弄走，」他喃喃說道，「下去找比爾來，羅琳。他不用再在外面把風了。」

羅琳跑下去。

「你打算做什麼？」疾如風沒耐性地問道。

吉米跪在地上，企圖窺視另一座壁櫥的裂縫。

「等比爾來了你就知道。這是他的專長……值得敬佩的專長。咦，怎麼羅琳像是被瘋公牛追趕一樣飛奔上來？」

羅琳真的是盡全力飛奔而上。她面如死灰，兩眼布滿恐懼地對他們大叫：「比爾，比爾……噢，疾如風，比爾……」

「比爾怎麼啦？」

吉米攬住她的肩膀。

「看在老天的分上，羅琳，快說，出什麼事了？」

羅琳仍然喘不過氣來。

「比爾……我想他死了……他還在車子裡，可是他不動也不說話。我確信他已經死了。」

吉米詛咒了一聲，飛快下樓，疾如風緊跟在後，她的一顆心七上八下，全身布滿一種可怕、孤寂、不安的感覺。

比爾……死了？噢，不！噢，不！不能這樣。求求你，上帝，不可以這樣。

她和吉米一起來到車前，羅琳在他們後面。

吉米定神一看。比爾還是像他離開時一樣坐在那裡，靠在椅背上。但是他的雙眼閉著，吉米拉起他的手臂，但他毫無反應。

「我真搞不懂，」吉米喃喃說道，「不過他並沒有死。振作起來，疾如風。聽著，我們得把他弄進屋子裡去。讓我們祈禱這時候不要有警察過來才好。要是有人看見了，就說他是我們的朋友，生病了，我們在扶他進屋子裡去。」

在三人通力合作之下，他們沒費多大工夫就把比爾弄進屋子裡，而且沒有引起他人注意……除了一個未刮鬍子的先生。他同情地說：「雙雙對對，原來如此。」同時自以為聰明地點點頭。

「到樓下後面的小房間去，」吉米說，「那裡有一張沙發。」

他們順利地把他安頓在沙發上，疾如風蹲在他身旁，握住他虛軟的手腕。

「他的脈搏還在跳動，」她說，「他是怎麼啦？」

「我剛剛留下他時他還好端端的，」吉米說，「我在想會不會是有人把什麼注射進他的體內？這很容易辦到，只要刺一下。那個人可能假裝問他時間，一下子就行了。我得馬上去找個醫生來。你們留在這裡照顧他。」

他匆匆走到門邊，然後停頓下來。

「聽著，你們兩個，不要害怕。不過我還是把手槍留下來給你們。我的意思是……以防萬一。我會盡可能早點回來。」

他把槍放在沙發旁的一張小桌子上，隨即匆匆出門。她們聽見「砰」的關門聲。現在屋子裡顯得非常寂靜。兩個女孩動也不動地守在比爾身旁。疾如風仍然量著他的脈搏，他的脈搏好像跳動得很快，而且很不規則。

「真希望我們能做點什麼，」她向羅琳低語，「這太可怕了。」

羅琳點點頭。

「我知道。吉米好像去了好幾年了，而事實上才不過一分半鐘。」

「我一直聽見各種聲音，」疾如風說，「樓上的腳步聲，還有地板的嘰嘎聲。但是我知道，這只是我的想像。」

「不知道為什麼吉米把槍留給我們，」羅琳說，「不可能真的有危險。」

「要是他們能把比爾……」疾如風停了下來。

羅琳顫抖起來。

「我知道……但我們是在屋子裡。任何人走進來我們都聽得見。不管怎麼樣，我們有這把左輪手槍。」

疾如風把注意力轉回比爾身上。

「我真希望我知道該怎麼辦。熱咖啡！有時候這招有效。」

「我皮包裡有一點嗅鹽，」羅琳說，「再加上一點白蘭地。咦，我的皮包呢？噢，我一定把它留在樓上了。」

「我去拿，」疾如風說，「可能有點用處。」

她快速上樓，走過賭房，穿過敞開的門進入會議室。羅琳的皮包就在桌上。

當疾如風伸手過去拿時，她聽見身後有個聲響。一個男人手裡拿著沙袋，躲在門後。在疾如風回過頭之前，他已經下手擊落。

一聲悶哼，疾如風身子滑了下去，不省人事地倒在地板上。

31／七鐘面

疾如風非常緩慢地清醒過來。她感到眼前一片昏暗，還有陣陣強烈的抽痛。伴隨著這些感覺的是一波波的話語。有個非常熟悉的聲音一再重複說著同樣的話。

昏暗的感覺不再那麼強烈，陣痛明確地來自她的頭部，但是她已恢復到對那個聲音感到興趣。

「心愛的，心愛的疾如風。噢，心愛的疾如風。她死了，我知道她已經死了。噢，我心愛的。疾如風，心愛的，心愛的疾如風。我真的非常愛你。疾如風，心愛的，心愛的……」

疾如風雙眼緊閉，靜靜地躺著。不過她此時已經完全恢復了知覺。比爾的雙臂緊緊抱住她。

「疾如風，心愛的……噢，我最親愛、最心愛的疾如風。噢，我心愛的情人。噢，疾如風，疾如風。我該怎麼辦？噢，愛人，我的疾如風。我最親愛、最甜美的疾如風。噢，天啊，我該怎麼辦？我害死了她，我害死了她。」

疾如風不情願地……非常不情願地……開了口。

「不，你沒有，你這個大白癡。」她說。

比爾驚奇地喘了一口氣。

「疾如風……你還活著？」

「當然我還活著。」

「多久了……我是說你什麼時候醒過來的？」

「大約五分鐘前。」

「為什麼你不張開眼睛或開口說話？」

「我不想，我正在享受。」

「享受？」

「沒錯，享受你說的那些話。你永遠不會再說得那麼動聽，你會感到不好意思。」

比爾一臉羞紅。

「疾如風……你真的不在意？你知道，我真的非常愛你……已經好幾年了，但是我從不敢告訴你。」

「你這個大傻瓜，」疾如風說，「為什麼？」

「我以為你聽了會嘲笑我。我是說，你很有頭腦，你會嫁給某個大人物。」

「像是喬治．洛馬士？」疾如風說。

「我不是指老鱈魚那樣的大笨蛋，而是某個真正配得上你的人……儘管我不認為有任何人配得上你。」比爾說。

「你真可愛，比爾。」

「可是，疾如風，說正經的，你可能嗎？我是說，你可能那樣嗎？」

「我可能怎樣？」

「嫁給我。我知道我非常笨，不過我真的愛你，疾如風。我願為你做狗做奴隸，什麼都可以。」

「你倒是非常像條狗，」疾如風說，「我喜歡狗。牠們非常友善、忠實、熱情。我想或許我會嫁給你，比爾……盡我所能，你知道。」

比爾對此的反應是一鬆手，猛然退縮。他一臉驚奇地看著她。

「疾如風……你不是說真的吧？」

「沒有別的辦法了，」疾如風說，「我看我得再回去不省人事。」

「疾如風，心愛的……」比爾擁抱著她。他全身顫抖得很厲害。「疾如風，你是說真的，是嗎？你不知道我有多麼愛你。」

「噢，比爾。」疾如風說。

再下去的十分鐘對話不用細述，大部分都是重複的話語。

「你真的愛我。」比爾終於放開她，第二十次難以置信地說。

「是的……是的，是的。現在我們理智一點。我的頭還在抽痛，幾乎被你摟死了。我要冷靜想一想。我們現在是在什麼地方、出了什麼事？」

疾如風首度想到她周遭的環境。他們是在密室裡，她注意到，那道粗呢門關著，想必是上了鎖。那麼，他們是被囚禁了！

疾如風的眼睛轉回比爾身上。他愛慕的眼神專注地望著她，全然忘了她的問題。

「比爾，親愛的，」疾如風說，「你醒一醒。我們得離開這裡。」

「啊？」比爾說，「什麼？噢，是的。那無所謂，沒問題的。」

「那是愛使得你這樣覺得，」疾如風說，「我自己也有同感。彷彿一切都有可能、都輕而易舉。」

「事實上也是，」比爾說，「如今我知道你喜歡我……」

「不要再說了，」疾如風說，「我們再這樣說下去，就無法談正經的事了。你要是再不振作、理智起來，我很可能會改變主意。」

「我不會讓你改變，」比爾說，「你不會以為我得到了你還會傻到放你走吧？」

「你總不會強制我的意願吧，我希望。」疾如風誇張地說。

「我不會嗎？」比爾說，「你看著好了，我就強制給你看。」

「你真是可愛，比爾，我還怕你可能太溫順了，但我看得出來不會有這個危險。再過半小時，你就會把我支使得團團轉。噢，親愛的，我們又說起傻話來了。聽我說，比爾，我們得想辦法離開這裡。」

「我告訴過你了，那無所謂，我……」

他中斷下來，感覺到疾如風的手用力一壓，給了他暗示。她傾身向前，專注地聽著。

嗯，她並沒有聽錯。外面房間裡有腳步走過來的聲音。然後是一支鑰匙插進鎖孔，轉動著。疾如風屏住氣息。是吉米來解救他們……或是別人？

門打開來，黑鬍鬚的莫葛夫斯基先生站在門檻上。

比爾立即向前一步，站在疾如風身前。

「聽著，」他說，「我要和你私下談談。」

俄國佬停了一兩分鐘沒有作答。他站在那裡，捋著長長如絲的鬍鬚，兀自微笑著。

「看來，」他終於說，「只好那樣了。很好，我想這位小姐會願意跟我走。」

「沒關係，疾如風，」比爾說，「看我的好了。你和這傢伙去，沒有人會傷害到你。我自有打算。」

疾如風順從地站起來。比爾權威的語氣在她聽來挺新鮮的。他似乎全然自信能應付一切情況。疾如風微微納悶比爾的葫蘆裡賣的是……或自以為賣的是……什麼藥。

她走在俄國佬前頭，出了密室。他跟在她後面，把門帶上，鎖住。

他指著樓梯，她順從地上樓。到了樓上，她被引進一間悶臭的小房間，她想是阿夫瑞的臥室。

莫葛夫斯基說：「請你靜靜在這裡等著，不要出聲。」

然後他走了出去，把門帶上，把她鎖在裡頭。

疾如風在一張椅子上坐下來。她的頭仍然很痛，感到無法動用頭腦。比爾似乎胸有成竹，她想，遲早會有人來放她出去。

時間一分一秒過去。疾如風的錶停了，不過她判斷那個俄國佬帶她來這裡已經有一個多小時了。出了什麼事？到底出了什麼事？

終於她聽見樓梯上的腳步聲，又是莫葛夫斯基。他非常正式地對她說話。

「艾玲．布蘭特小姐，七鐘面組織所開的緊急會議需要你出席。請跟我來。」

他帶頭下了樓梯，疾如風跟在他後面。他打開密室的門，疾如風走進去，驚訝地屏住呼吸。

她再度看見她第一次從小孔窺見的場面：戴著面具的人物圍坐桌旁。她站在那裡，被這突來的景象嚇了一跳，莫葛夫斯基坐上他的位子，調整鐘面面具。

但是這一次主位上坐著人。七號在他的位子上。

疾如風的心臟激烈地跳動。她站在桌角，直接面對著他，她睜大雙眼，一直注視著那張被蒙住的面孔，上面有個掛在面前的滑稽鐘面。

他相當沉靜地坐著，疾如風覺得有一股古怪的感知力量從他身上放射出來。他的靜態不是那種軟弱的靜態……她非常希望，幾近於歇斯底里地希望他能開口說話，盼望他能嘆口氣，動一下，而不是光坐在那裡，就像一隻巨大的蜘蛛坐在網中央，無情地等待著牠的獵物自投羅網。

她顫抖起來，莫葛夫斯基起身。他的聲音平順如絲，甚具說服力，卻出奇地遙遠。

「艾玲小姐，你未經邀請出席了本組織的祕密會議。因此你必須讓自己認同我們的目標和野心。你可能注意到了，二號的位子是空的。我們把那個位子提供給你。」

疾如風嚥了一口氣。這簡直就像夢魘一般不可思議。她，疾如風，被要求加入祕密殺人組織？他們是不是也向比爾這樣提議，而比爾憤怒地拒絕了？

「我不能這樣做。」她直率地說。

「不要輕率回答。」

她想莫葛夫斯基一定在鐘面面具下意味深長地微笑著。

「艾玲小姐，你不知道你拒絕的是什麼。」

「我猜也猜得中。」疾如風說。

「是嗎？」

是七號的聲音。這個聲音隱隱約約喚起了疾如風的某組記憶，她應該認得出這是誰的聲音吧？

七號緩慢地抬起手，解開面具的結。

疾如風屏住呼吸。終於……她就要知道了。

面具拿了下來。

疾如風發現自己注視的是巴鬥主任毫無表情的大方臉。

32

疾如風目瞪口呆

「正是我，」巴鬥在莫葛夫斯基跳起來繞到疾如風身邊時說，「拉張椅子給她。她有點震驚，我看得出來。」

疾如風跌坐在一張椅子上。她驚訝得四肢無力、全身發軟。巴鬥繼續以他特有的平靜、安閒態度說話。

「你沒料到見到的會是我，艾玲小姐。其他圍坐在桌旁的人也和你一樣。莫葛夫斯基先生是我的副手，他一直都知道。不過其他人大都在不知道我是誰的情況下，從他那裡接受命令。」

疾如風仍然沒有說話，她說不出話來，對她來說，這件事太不可思議。

巴鬥理解地對她點點頭，似乎了解她的感受。

「你恐怕得擺脫掉一兩個先入為主的觀念，艾玲小姐。比如說，關於這個組織——我知道這在小說上很常見——一個有著從不露面的超級犯罪頭目的祕密組織。這種東西在現實生活中可能存在，不過我只能說，我自己從未遇見，而我可說是個經驗豐富的人。

「不過世界上有很多傳奇小說般的事，艾玲小姐。人們，尤其是年輕人，喜歡讀這類的小說，更喜歡實際上去從事這一類的事。現在我來為你介紹一群非常可佩的業餘者，他們為我的部門做了一些無人能及的事。如果說他們選擇了稍微戲劇性的偽裝，呃，這又有何不可？他們甘願面對真正的危險……最最嚴重的危險，而且他們是為了以下的理由而冒險：對危險本身的喜愛；在我看來，這在『安全第一』的時代裡，是個非常健康的表現……以及為國家服務的真誠意願。

「現在，艾玲小姐，我來幫你介紹。首先，這位是莫葛夫斯基先生，你可以說已經認識他了。如同你所知悉的，他經營這家俱樂部，也經營其他很多行業。他是我們在英格蘭最重要的反布爾什維克黨的祕密工作人員。五號是匈牙利大使館的安德萊司爵士，他是已逝的傑瑞・衛德先生最親近的朋友。四號是海華德・菲爾司先生，一位美國記者，他對英國極表同情，而且他追蹤『新聞』的才能令人嘆為觀止。三號……」

他停了下來，微笑著，疾如風目瞪口呆地凝視著怯怯露齒一笑的比爾・奧維里。

「二號，」巴鬥繼續以莊重的口吻說下去。「目前只是個空位子。這個位子屬於龍尼・狄佛魯先生，一位為國捐軀的英勇青年。一號……呃，一號是傑瑞・衛德先生，另一位同樣為國犧牲的英勇年輕人。他的位子已由一位令我原本有點擔憂、但事實證明十分適合而且對我們助益良多的女士所取代。」

一號是最後一個取下面具，疾如風毫不驚訝地注視著雷茲琪女爵那張漂亮、微黑的臉。

「我早該知道，」疾如風憤慨地說，「你太漂亮了，不可能真是個外國女騙徒。」

「可是你不知道真正的笑話出在哪裡，」比爾說，「疾如風，這位就是寶貝．聖毛兒。你還記得吧，我告訴過你關於她的事，還有她是個頂尖的女演員……事實證明她還真行。」

「沒錯，」聖毛兒小姐以純正的美國鼻音說，「不過這對我來說算不了什麼，因為我爸爸媽媽來自匈牙利，我輕易的就可弄到『台詞』。唉，可是我在艾碧莊時差點露出馬腳……在談到花園時。」她停頓一下後突然說：「這……這不只是為了好玩，你知道，我和龍尼訂了婚，而後他死了……呃，我不得不查出謀殺他的壞蛋。就是這樣。」

「我全給弄糊塗了，」疾如風說，「和表面上完全不一樣嘛。」

「這非常簡單，艾玲小姐，」巴鬥主任說，「這是從一些想要尋找刺激的年輕人開始的。首先找上我的是衛德先生。他提議成立一個組織，由一些可以稱之為『業餘人士』的人來做點祕密工作。我警告他這具有危險性，但他不是那種把危險性列入考慮的人。我向他說明，任何加入的人都必須有這個體悟。但是，天啊，這阻止不了衛德先生的朋友。因此事情就這麼開始了。」

「可是，它成立的宗旨是什麼？」疾如風問道。

「我們想逮捕某個人，亟欲逮捕他。他不是個普普通通的罪犯。他在衛德先生的社交圈裡活動，是個遊手好閒的無賴，卻比任何無賴都危險多了。他親自出馬想搞一票大買賣，國際性的大買賣。已經有兩個發明機密被偷走，而且顯然是被某個知道內幕的人偷走。警方試著逮捕這個人，結果失敗了。後來業餘的上場……成功了。」

「成功了？」

「是的，不過並非毫無傷亡。那個人具有危險性。兩條人命犧牲了，而他仍逍遙法外。不過『七鐘面』仍緊追不捨。如同我所說的，他們成功了。這要感謝奧維里先生，那個人終於當場被捕。」

「他是誰？」疾如風問道，「我認識他嗎？」

「你和他很熟，艾玲小姐。他就是吉米・狄西加先生，今天下午被逮捕了。」

33
巴門解說始末

巴門主任開始解說，他說來安閒自在。

「我自己長久以來一直未曾懷疑到他身上。我得到的第一個暗示，是源自狄佛魯先生臨終前的那幾句話。自然，你把那些話聽成是狄佛魯先生要你帶話給狄西加先生，說『七鐘面』殺害了他。表面上聽來那些話是這個意思。但我當然知道不可能是如此。狄佛魯先生想要告訴『七鐘面』，讓他們知道吉米．狄西加先生的某些事。

「這件事似乎令人難以置信，因為狄佛魯先生和狄西加先生是非常親近的朋友。不過我想起一個重點……那些偷竊案件一定是某個完全知情的人幹的。他若非本身就在外交部服務，不然就是有辦法聽到它的內幕消息。而且我發現很難查出狄西加先生是從什麼地方賺到錢。他父親留給他的財產並不多，他卻能過著非常奢侈的生活。錢是從什麼地方來的？

「我知道衛德先生為他所查出的線索感到非常興奮。他相當確信找對了路，但並沒有告訴任何人他找到的線索是什麼，不過他確實對狄佛魯先生說過，他已經到達即將確定的地步。那正好是在他們一起到煙囪屋去度週末之前。如同你所知道的，衛德先生死在那裡……顯然是服用安眠藥過量致死。這看起來似乎是夠明確的，但狄佛魯先生並不接受這個解釋。他深信衛德先生是被人用非常聰明的方法殺害的，而屋子裡的某個人一定是我們在追查的罪犯。我想，他差點把他的心事告訴狄西加先生，因為他當時並未對他起疑。不過有什麼阻止了他，因而他沒向他說。

「然後他做了一件十分古怪的事，他把七個鬧鐘擺在壁爐架上，把多出來的第八個丟掉。這是他刻意用來暗喻『七鐘面』會為其成員之死報仇，而且他急切地在觀察有沒有人見到那些鬧鐘之後，不自禁地顯出困惑不安的表情。」

「那麼毒害傑瑞．衛德的人是吉米．狄西加？」

「沒錯，他把藥偷偷放進衛德先生上床之前在樓下所喝的威士忌蘇打中，所以他才會在寫信給衛德小姐時就已經感到睏倦。」

「那麼，那個僕役——包爾——和那件事毫無牽扯囉？」疾如風問道。

「包爾是我們的人，艾玲小姐。我們認為，我們要找的歹徒可能會把腦筋動到艾伯哈德的發明上，包爾遂幫我們進煙囪屋去留意一下。但他能做的有限。如同我所說的，狄西加先生輕輕鬆鬆就下了致命的藥物。後來趁每個人都在睡覺時，狄西加先生再把一個杯子和一個三氯乙二醇的空藥瓶擺在衛德先生的床邊。當時衛德先生已經是不省人事，他可能抓住衛德先生的手，讓手指在玻璃杯和藥瓶四周留下指紋，以備有任何疑問產生的話，好證明是他自己服下去的。我不知道壁爐上那七個鬧鐘對狄西加先生造成了什麼效果。他當然不會讓狄佛魯先生知道。但我想他一定有五分鐘坐立不安，一再想著它們。而且我想他事後一定對狄佛魯先生產生了相當高的警惕。

「我們不知道接下去確實發生了什麼事。衛德先生死去之後，沒有人再見到狄佛魯先生。不過，顯然他繼續往衛德先生當時正在進行的同一線索上追查，而且得到了相同的結果……亦即那人就是狄西加先生。而且我想，他也被人以同樣的方式出賣了。」

「你的意思是……」

「被羅琳．衛德小姐出賣了，衛德先生深愛著她，我相信他希望和她結婚——當然，她其實並不是他妹妹——而且無疑的，他告訴她太多不該說的事。但羅琳．衛德小姐的精神、肉體已全部獻給了狄西加先生。她願意為他做任何事。她把消息傳給他。後來，狄佛魯先生也同樣愛上了她，或許還警告她提防狄西加先生。因此輪到狄佛魯先生被滅口……死前努力帶話給『七鐘面』，說殺害他的人是狄西加先生。」

「太恐怖了，」疾如風叫道，「要是我早知道就好了。」

「呃，這好像是不可能。事實上，我自己也不敢相信。再來，我們談到艾碧莊的事。你該記得，那件事有多麼為難……尤其是對奧維里先生來說。你和狄西加先生聯合行動，你堅持要奧維里先生帶你來這地方時，他已是相當為難，而當他發現你竟偷聽到會議的內容時，更是不知說什麼好。」

主任停頓下來，眼睛一眨。

「我也一樣，艾玲小姐。我作夢也想不到會有那樣的事。你簡直是讓我嚇了一大跳。

「嗯，奧維里先生當時陷入兩難。他不能在讓你知道七鐘面的祕密的同時，又不讓狄西加先生知道，這是絕對行不通的。當然，這正中狄西加先生的下懷，因為這給了他一個現成的好理由受邀到艾碧莊，同時也讓他的計畫容易進行得多。

「七鐘面寄出了一封警告信給洛馬士先生，那是為了確定他會來找我幫忙，我好以最自然的態勢在現場出現。如同你所知道的，我並沒掩飾我的行蹤。」

主任的眼睛再度眨動。

「哦，表面上看來，是奧維里先生和狄西加先生分兩班守夜。其實是奧維里先生和聖毛兒小姐。她正在書房窗口值夜時，聽見狄西加先生走過去的聲音，所以不得不急忙躲到屏風後面去。

「說到這裡，狄西加先生的聰明顯露無遺。他的說詞十分真實可信，我必須承認，聽他說到其間打鬥等等的經過時，我的信心曾經動搖，開始懷疑他根本和偷竊事件無關，懷疑我們是否找錯了對象。有一兩個疑點指向完全不同的方向，而我可以告訴你，我當時真不知道該怎麼想才好，直到一樣東西出現，一切才確定下來。

「我在壁爐裡發現一隻上面有齒痕、被燒焦的手套。那時……呃，我知道我終究還是對的。不過，他的確是聰明。」

「實際上是怎麼回事？」疾如風說，「另外一個男人是誰？」

「並沒有另外一個男人。我來告訴你，我最後是怎麼把整個事件重新組合的。首先，狄西加先生和衛德小姐是串通好的。他們事先約好在一定的時間、地點會合。衛德小姐開她的車子過去，爬過籬笆，進入屋內。要是有人擋住她的去路，她會有一套完美的說詞……也就是她後來說出的那一套。但是她一路順利地抵達露台，那時時鐘正好敲過兩點。

「可以說，她一開始就被注意到了。我的手下看見了她，但他們並沒有接到阻止任何人進入的命令……只有阻止人出去的命令。你知道，我想盡可能多查出一些證據來。衛德小姐抵達露台，一個紙包落在她腳上，她撿了起來。一個男人沿著常春藤爬下來，她轉身就跑。再下去發生了什麼？搏鬥，隨後槍聲響起。大家會怎麼反應？急忙趕到打鬥現場。而羅琳小姐就可以離開，順順利利地帶著公式驅車揚長而去。

「可是事情並非如此。衛德小姐衝進了我的懷裡。當時戲碼整個改變了，不再是攻擊，而是防禦。衛德小姐說出了她那套說詞，一個十分合情合理的理由。

「現在我們談到狄西加先生。有一件事立刻就引起我的注意。光是槍傷並不足以令他昏倒。所以，要不是他跌倒撞到頭，就是……呃，他根本就沒昏過去。後來我們聽到聖毛兒小姐的說詞，那跟狄西加先生的說詞十分符合……只有一點耐人尋味。聖毛兒小姐說在燈光熄滅、狄西加先生走向窗口去之後，書房裡靜得讓她以為他一定已離開書房到外面去了。因為如果有人在房間裡，要是你仔細聽的話，一定會聽見那個人的呼吸聲。那麼，就假設狄西加先生是出去了。他到什麼地方去了？沿著常春藤爬到阿路克先生房裡。阿路克先生那天晚上喝的威士忌加蘇打早被下了藥。他拿到文件，丟給那個女孩，再沿著常春藤爬下去，然後打鬥開始。想想，這實在是很容易的事。把桌子弄翻，到處碰碰撞撞，用自己的聲音講話，然後再裝出粗嘎、低沉的聲音；然後兩聲槍響，一切結束。他自己前一天大方購買的柯爾特式自動手槍，其實是對想像中的敵人發射了。然後他用戴著手套的左手，從口袋裡掏出毛瑟小手槍，射穿他自己右手臂的皮肉。他把這支手槍丟出窗外，用牙齒咬下手套，丟進火裡。當我抵達時，他正昏倒在地板上。」

疾如風深深吸了一口氣。

「這一切當時你並不了解吧，巴鬥主任？」

「是的，當時我並不了解。我跟在場人士一樣被騙過去了。直到久久之後，我才一點一點地串聯起來。找到手套是個開頭。然後我要歐斯華爵士把手槍從窗口丟出去，落點比原來的遠很多。但是，慣用右手的人用左手丟東西是達不到右手丟得那麼遠。甚至那個時候，我也只略微懷疑……非常微弱的懷疑。

「不過有一點引起了我的注意。文件顯然是要丟下去給某人的。如果衛德小姐是碰巧才在那裡，那麼真正該去撿的人是誰？當然，對那些不知情的人來說，這個問題的答案是夠簡單的……女爵。但是這一點我就勝過你了，我知道女爵沒問題。那麼，答案是什麼？啊，我想到那些文件實際上就是讓原本打算去撿的人撿起來了。而且我愈去想它就愈覺得，衛德小姐正好在那個時刻抵達，實在是個驚人的巧合。」

「當我滿懷對女爵的疑心去找你時，你一定感到非常棘手。」

「是的，艾玲小姐，我得找個藉口讓你不要再對她追查下去。而且奧維里先生也感到非常頭痛，因為你不知道一位女士從昏死中醒轉過來後，可能會說些什麼。」

「我現在了解比爾當時的焦慮了，」疾如風說，「還有他一再敦促她慢慢來，要她感到沒事時才說話。」

「可憐的比爾，」聖毛兒小姐說，「他不得不違背自己的意願，裝作深深受到我的誘惑，而時時招來你的怨恨。」

「哦，」巴鬥主任說，「事情就是這樣。我懷疑狄西加先生，但我無法找到確定的證據。另一方面，狄西加先生自己也亂了方寸。他多少了解到他所對抗的是七鐘面，而且非常想知道七號是誰。他想辦法讓自己受邀到庫特家去，懷著七號就是歐斯華．庫特爵士的想法。」

「我懷疑過歐斯華爵士，」疾如風說，「尤其是他那天晚上從花園進去的時候。」

「我從來沒有懷疑過他，」巴鬥說，「但我不妨告訴你，我的確懷疑過那個年輕人，他的祕書。」

「阿兵哥？」比爾說，「阿兵哥不可能吧？」

「可能的，奧維里先生，有可能是你所謂的阿兵哥。他是一個非常能幹的人，如果他有心的話，什麼事都做得成。我懷疑過他，部分是因為他是那天晚上把鬧鐘放進衛德先生房裡的人。他要把玻璃杯和藥瓶放到他床邊也是輕而易舉。而且，還有另外一點，他是個左撇子。那隻手套把箭頭直接指向他，如果不是因為……」

「因為什麼？」

「齒痕，只有右手動不了的人才需要用牙齒咬脫那隻手套。」

「這麼一來，阿兵哥的嫌疑就洗清了。」

「如你所說的，這麼一來阿兵哥的嫌疑就洗清了。我想如果貝特門先生知道他曾經被懷疑過，一定會大感驚訝。」

「一定會的，」比爾同意說，「像阿兵哥那種嚴肅的傢伙，根本是大笨蛋一個。你怎麼可能會認為……」

「呃，就如你所說的，狄西加先生是個你可能描述成頭腦空空的愣小子。他們兩個有一個是在演戲。當我斷定是狄西加先生時，我突然想去問問貝特門先生對他的觀感。貝特門先生一直非常懷疑狄西加，而且經常對歐斯華爵士提起。」

「太古怪了，」比爾說，「阿兵哥總是對的。這真叫人受不了。」

「哦，如同我所說的，」巴鬥主任繼續說，「我們讓狄西加先生相當緊張，他對七鐘面這個組織感到非常不安，不確定到底危險是在何方。我們最後會逮到他，主要是透過奧維里先生。他知道他所面對的是什麼，而他樂於冒下生命的危險。但他絕沒想到你會被拖進來，艾玲小姐。」

「天啊，我是沒想到。」比爾感情激動地說。

「他編了個故事去找狄西加先生，」巴門繼續說，「假裝說他收到一些狄佛魯先生的文件。那些文件對狄西加先生表示懷疑，當然，作為一個忠實的朋友，奧維里先生連忙趕過去，希望狄西加先生能有所解釋。我們算計好，如果我們的懷疑沒錯，狄西加先生會企圖把奧維里先生幹掉，而且我們相當確定他會用什麼方法。果然，狄西加先生給他的客人一杯威士忌加蘇打。趁主人離開一兩分鐘的時候，奧維里先生把那杯酒倒進壁爐架上的一個瓶子裡，不過當然啦，他得假裝酒裡的藥生效了。他知道，是慢慢的生效，而不是突然的。他開始說他編造的故事，狄西加先生剛開始憤慨地一概否認，但當他一看到（或者以為他看到）藥性開始在奧維里先生身上發作時，他便全部加以承認，而且告訴奧維里先生，說他就是第三個犧牲品。

「當奧維里先生即將不省人事時，狄西加先生把他帶下樓去，弄上他的車，車篷搖上。他一定在奧維里先生不知情的情況下打了電話給你。他給了你一個巧妙的暗示，要你對家裡人說，你是要送衛德小姐回家。

「你沒有提及他打過電話給你。所以一旦你的屍體在此地被人發現時，衛德小姐會發誓說你開車送她回家，然後上倫敦，想要獨自搜查這棟屋子。

「奧維里先生繼續扮演他的角色……一個昏迷不醒的人。他們兩個年輕人一離開澤明街，我的一個手下就進入狄西加先生的住處，找到被下過藥的威士忌，裡面所含的嗎啡足以毒死兩個人。同時他們的車子也被跟蹤了。狄西加先生驅車出城，到一座聞名的高爾夫球場去，在那裡停留幾分鐘，讓別人看見他在那裡，跟人家談起要打一場高爾夫球。這……當然啦，是為了做個不在場證明，以便必要時派上用場。他把車子和奧維里先生留在球場不遠處的路上，之後再驅車回城，到七鐘面俱樂部來。他一看到阿夫瑞離去，便把車子開到門口，下車時假裝和奧維里先生說話，以防你在注意聽；然後他進入屋內，演出他的短劇。

「當他假裝說要去找醫生來時，他只是作勢把門砰的一聲用力關上，其實是悄悄溜上樓，躲在這個房間的門後，衛德小姐隨即找個藉口把你騙到這裡來。當然，奧維里先生知道你也來了之後，他嚇壞了，不過他想最好還是繼續扮演他的角色。他知道我們的人員在監視這屋子，你應該不會立即遭到生命危險。他隨時都可以『復活過來』。當狄西加先生把手槍丟在桌上而且顯然已經離去時，在他看來這似乎是更安全了。至於再下去的部分……」他停頓下來，看著比爾。「或許你想接下去說吧，先生。」

「我仍然躺在那張可惡的沙發上，」比爾說，「盡力裝作已經死去，但是心裡愈來愈不安。之後我聽見有人跑下樓的聲音，羅琳起身，走向門去。我聽見狄西加的講話聲，不過聽不見他說些什麼。我聽見羅琳說：『那沒問題，順利極了。』然後他說：『幫我把他弄上去，這有點費力，不過我想讓他們在一起……給七號一個小小的震撼。』我不太了解他們在嘮叨些什麼，反正他們把我弄上樓去了。這對他們來說很費了一番工夫。我讓自己癱得像堆死肉。他們把我丟在這裡，這時我聽見羅琳說：『你確定沒問題，她不會再醒過來？』而吉米……那個該死的混蛋……說道：『不用擔心，我是用盡全力打下去的。』

「他們離開，把門鎖上，我便張開眼睛，看見了你。天啊，疾如風，我這輩子再也不可能那般恐懼，我以為你死了。」

「我想大概是我頭上戴的帽子救了我。」疾如風說。

「部分是，」巴鬥主任說，「不過，主要是因為狄西加的手臂受了傷。他自己並沒想到這點……那條手臂的力氣只有往常的一半。這完全不是我手下的功勞，我們沒有盡職好好保護你，艾玲小姐，而這是這起案件的一個汙點。」

「我很堅韌，」疾如風說，「也有點走運。我想不通的是，羅琳竟然也有份。她是一個那麼溫柔的小女孩。」

「啊！」巴鬥說，「倫敦本頓維爾監獄裡那名殺死五個小孩子的女凶手也是。你不能光看表面來判斷。她的血統不好，她父親應該不只一次被關進監牢。」

「你也逮到她了？」

巴鬥主任點點頭。

「或許他們不會判處她絞刑，陪審員的心腸都很軟。但年輕的狄西加一定會被吊死。這是件好事，我從沒碰過像他那樣卑鄙、無情的歹徒。」

「現在，」他加上一句說，「要是你的頭已不太疼，艾玲小姐，我們來個小小的慶祝會怎麼樣？轉角那邊就有一家不錯的小餐館。」

疾如風衷心同意。

「我餓死了，巴鬥主任。再說，」她環顧四周。「我得好好認識一下我的同事。」

「七鐘面，」比爾說，「萬歲！我們需要的是一點香檳。那家餐館有賣這種會嘶嘶作響的玩意兒吧，巴鬥？」

「包你滿意，先生，看我的好了。」

「巴鬥主任，」疾如風說，「你真是個了不起的人。我很遺憾你已經結過婚了，既然這樣，我只好和比爾湊和一下了。」

34
卡特漢爵士同意婚事

「爸爸，」疾如風說，「我有個消息要告訴你。你就要失去我了。」

「胡說，」卡特漢爵士說，「可別說是你得了奔馬性肺結核或是心臟衰弱什麼的，因為我根本不信。」

「我說的不是死，」疾如風說，「是結婚。」

「那還不是一樣糟糕，」卡特漢爵士說，「我想我大概得去參加婚禮，穿上不舒服的緊身服，打扮得整整齊齊，把你送走。而且洛馬士可能會認為必須在禮堂上親吻我一下。」

「老天爺！你不會以為我是要和喬治結婚吧？」疾如風叫道。

「哦，上次我見到你時，你好像有這種傾向，」她父親說，「就是昨天上午，你知道。」

「我是要嫁給一個比喬治好上一百倍的人。」疾如風說。

「我希望是如此，」卡特漢爵士說，「不過這很難說，我不覺得你看人真看得準，疾如風。你告訴過我，那個叫狄西加的年輕人是個隨和的無能者，但從我所聽到的來說，好像他是個當今最最厲害的罪犯。可惜我未曾和他碰面。我在想，不久以後要寫本回憶錄，特別用一章來寫我所見過的殺人凶手。然而純粹由於一時失察，我竟然未曾見過這位年輕人。」

「別傻了，」疾如風說，「你自己很清楚，你根本沒有精力去寫什麼回憶錄。」

「我並不是要自己動手去寫，」卡特漢爵士說，「我相信那是絕對行不通的，不過我那天遇見了一個非常迷人的女孩，而這種工作是她的專長。她會負責蒐集資料，並且包辦一切動筆的工作。」

「那你要做些什麼？」

「噢，只要每天花個半小時，告訴她一些事實，就這樣而已。」停頓一下之後，卡特漢爵士說：「她是個長得很好看的女孩，非常安靜而且具有同情心。」

「爸爸，」疾如風說，「我有個感覺，要是沒有我，你會惹上致命的災難。」

「不同型態的災難適合不同種類的人。」卡特漢爵士說。

他一邊離去一邊回過頭來說：「對了，疾如風，你要嫁給誰？」

「我正奇怪你什麼時候才會問這個問題。」疾如風說，「我要嫁給比爾・奧維里。」

這位自我中心主義者想了一分鐘，然後十分滿意地點點頭。

「好極了，」他說，「他遞補上來了，是嗎？他和我可以組成一隊，參加秋季高爾夫球四人分組對抗大賽。」

藏在日常細節中的冒險

楊照（作家）

一開始，就都在那裡了。

一九二〇年，阿嘉莎．克莉絲蒂出版了《史岱爾莊謀殺案》，神探白羅就已經退休了。而且在這個案子裡，藉由敘述者海斯汀的轉述，就鋪陳出克莉絲蒂小說最基本的偵探原則：

「那些看來或許無關緊要的小細節……它們才是重要的關鍵，它們才是偉大的線索！」

「豐富的想像力就像洪水一樣，既能載舟亦能覆舟，而且，最簡單直接的解釋，往往就是最可能的答案。」

「沒有任何謀殺行為是沒有動機的。」

還有，一個不討人喜歡的死者，一群各有理由不喜歡死者、因而也就都有殺人動機的人，這些人彼此之間構成複雜的關係，有的互相仇視，有的互相愛戀，麻煩的是，有些愛人其實貌合神離，有些仇人其實私下愛慕；更麻煩的是，不論是愛或是仇，都有可能是扮演出來的。

一個外來的偵探必須周旋在這些嫌疑者之間，從他們口中獲取對於案情的了解，換句話說，他必須在很短的時間內，搞清楚誰是誰、誰跟誰吵架、誰跟誰偷情，然後判斷誰說的哪一句是實話、哪一句是謊言。常常謊言比實話對於破案更有幫助。

再偷偷透露一下，如果要和小說裡的凶手及小說背後的作者鬥智，就像克莉絲蒂對英國社會的了解，祕訣就在於要去追究小說裡的人物背景，尤其是他們的階級地位。基本上，階級地位愈高、權力愈大、愈有錢者，說的話就愈不要相信。例如在《史岱爾莊謀殺案》中，僕人、園丁說的話遠比有頭有臉的人說的要可信多了。就算要說謊，他們的謊言也比較天真，而且往往出於善良動機。當你歸納線索時，就會知道他們並非故意說謊，那是因為他們的認知受到蒙蔽或誤導，而你慢慢就從這蒙蔽或誤導中被引導到真相。

《史岱爾莊謀殺案》出版那年，克莉絲蒂三十歲，但書稿其實早在五年前就寫好了，畢竟要找到有人願意出版一個看來再平凡不過的家庭主婦寫的小說，並不是那麼容易。

所有和克莉絲蒂接觸過的人，都對於她的「正常」留下深刻印象。她看起來就和她那個年紀的典型英國家庭主婦一樣，害羞、靦腆，只能在社交場合勉強跟人聊些瑣事話題，完全無法演講，甚至連只是站起來對眾賓客說幾句客套話，請大家一起舉杯，她都做不到。她不演講，也很少答應接受採訪，就算採訪到她也很難從她口中得到有趣的內容。她會講的，幾乎都是記者本來就知道、或者自己就可以想得出來的。

例如說白羅這個神探的來歷。克莉絲蒂回答：他應該是個外國人，這樣就能在英國日常生活中看出英國人自己看不出的線索。她自己碰過的外國人，只有第一次大戰剛爆發時到英國避難的比利時人。比利時警察怎麼能跑到英國來？那一定是因為他已經退休了。他有潔癖，所以對於現場會有特殊的直覺，馬上感受到不對勁的地方。一個有潔癖的人，好像應該長得矮小些才相稱，一個矮小有潔癖的人最適當的名字，就是希臘神話裡的大力士「赫丘勒斯（Hercules）」，製造出荒唐的對比趣味。那白羅這個姓是怎麼來的呢？克莉絲蒂很誠實地說：「我不記得了。」

一切都如此順理成章，一切都如此合邏輯，不是嗎？有記者問她怎麼看自己的舞台劇〈捕鼠器〉，創下了英國劇場、甚至全世界劇場連演最多場紀錄的名劇？克莉絲蒂的回答也還是中規中矩，合理合節：那是一齣小戲，在一個小劇院演出，成本很低，任何人想到了都可以帶家人或朋友去看，老少咸宜，並不恐怖，也不特別荒謬打鬧，可是又什麼都有一點，包括恐怖和荒謬打鬧的成分。

她的身上找不出一點傳奇、怪誕色彩，那她為什麼能在五十年間持續寫偵探小說，創造了那麼多謀殺，還創造了那麼多詭計？

首先因為她是女性，以及她的身世，包括她的階級身分，使得她在描寫故事場景時比一般男性作者來得敏感。因為在她之前的偵探推理小說男性作家的階級身分都是高高在上，基本上他們會從較高的角度看社會，比較看不到底層的感受。

而她的婚變以及婚變中遭逢的痛苦，都使她更能體會與觀察，將英國社會的複雜細節融入小說的核心情節，讓探案與線索分析結合在一起。

克莉絲蒂一生結過兩次婚，第一次在一九一四年，婚後不久，丈夫就參加了歐戰，是英國皇家空軍最早一批飛行員。一九二六年，這個丈夫有了外遇，直率地向克莉絲蒂要求離婚，在那之前，克莉絲蒂的媽媽才剛過世，雙重打擊之下，又遇到車子無法發動，克莉絲蒂崩潰了，她棄車而走，忘記了自己究竟是誰，躲進一家鄉間旅館，登記時寫了她心裡唯一有印象的名字——她丈夫情婦的名字。

離婚後，一次在晚宴中，有人提起近東烏爾考古的最新收穫，克莉絲蒂就取消了原定要去西印度群島的計畫，改訂了跨越歐洲到君士坦丁堡的「東方快車」，是的，就是這趟旅程給了她寫《東方快車謀殺案》的靈感。不過更重要的是，在烏爾，她認識了一位年輕的考古學家，比她小十四歲，這個人後來成了她的第二任丈夫。

這位考古學家陪她去參觀在沙漠中的烏克海迪爾城，卻在沙漠中迷路困陷了。幾小時中克莉絲蒂卻沒有一點驚慌不安，當下考古學家就決定要向她求婚。

原來，克莉絲蒂的內心是有這種冒險成分的。要不然她不會兩次選到的，都是喜愛冒險的丈夫，而她本身大概也不會吸引一個在各種危險情境下挖掘古代寶藏的人，讓他願意向一個大他十四歲的女人求婚。

這樣說吧，維多利亞時代後期的英國環境，壓抑限制了克莉絲蒂冒險、追求傳奇的內在衝動，她只好將這樣的衝動寄託在丈夫和寫作上。她一邊陪著第二任丈夫在近東漫走，一邊在小說中寫各式各樣的謀殺與探案。謀殺和探案都是冒險，還有，偵探偵查中做的事——蒐集線索，還原命案過程——其實和考古學家的考掘，如此相似！

克莉絲蒂寫得最好的，正是「藏在日常中的冒險」。她個性中的雙面成分，造就了特殊的偵探魅力。既嚮往非常傳奇，卻又有根深柢固的日常邏輯信念，兩者都在克莉絲蒂的小說中扮演了重要角色。她的謀殺案幾乎都和日常習慣緊密編織在一起，日常環境成了凶手最重要的掩護。有些日常規律明顯地被破壞了，讓我們很自然以為那會是謀殺的線索，沿著這些線索形成了閱讀中的推理猜測，然而白羅早就提醒了，真正重要的反而是那些「細節」，也就是看來像是依隨日常邏輯進行的事，或說藏在日常邏輯中因而不被看重的事，那裡要嘛藏著凶手的核心詭計、煙幕，要嘛藏著凶手致命的破綻。

凶案的構想，就是如何讓異常蓋上日常、正常的面貌，又如何故意將日常、正常予以扭曲，製造假象；那麼偵探要做的，就是如何準確地在日常中分辨出真正的異常，將假的、明顯的異常撥開來，找出細節堆疊起來的異常真相。

此外，克莉絲蒂的小說裡隱藏著極其曖昧的情感價值觀，最典型、最有名的就是《東方快車謀殺案》。透過追查過程，讓讀者知道為什麼凶手要訴諸於這種手段，其動機具有可同情之處，再加上克莉絲蒂對身分階級的觀察，她比較相信或讓讀者相信那些沒有權力、地位的人，隨著偵查節奏去認識可能或必須懷疑的人。克莉絲蒂最擅長營造「多重嫌疑犯」的小說特質，因為讀者在閱讀時必須被迫去認識很多不一樣的人。在她最受歡迎的作品，大概都具備這樣的特質。

當然，她的作品中還有兩個最突出的神探，即白羅和瑪波。白羅是比利時人，但為什麼必須是外國人？這是因為英國人具有高度階級意識，這種觀念一路滲透到所有互動細節，包括人與人之間如何說話。而白羅因為不是英國人，他會發現一般英國人不太看得出來的東西，以及兩個人互動的方法哪裡不正常。至於瑪波為什麼得是老太太？她一如那個年代的老人家，總是靜靜坐著打毛線，因為不起眼，自然讓人放鬆防備，所以瑪波探案的線索都是來自於這樣的互動模式。

然而，白羅有很明顯的優勢，瑪波的身分使她基本上只能進行「靜態」的辦案，案子的空間受到侷限，白羅卻可以跨越各種空間，恣意揮灑。而且白羅擁有警官身分，可以合理出現在各種犯罪現場，瑪波能出現的地方，相形之下就勉強、不自然多了。白羅是明白的outsider，在英國，只要他出現，就會覺得有外人在而感到緊張，於是很容易露出平常不會表現的行為；瑪波則看起來是 insider，但實質上是 outsider，因為總是沒人發現她、當她空氣人。這兩人的探案，是兩個極端。雖然讀者最愛白羅，但克莉絲蒂自己偏愛瑪波勝於白羅。

不管後來的偵探、推理小說發展了多少巧妙詭計，克莉絲蒂卻不會過時，因為她的推理如此密切地和日常纏繞在一起；活在日常中，我們就無可避免被克莉絲蒂的「日常細節推理」吸引，隨時讀來都充滿驚奇趣味。

名家盛讚克莉絲蒂（依推薦時間排序）

金庸（作家）

克莉絲蒂的寫作功力一流，內容寫實，邏輯性順暢，也很會運用語言的趣味。閱讀她的小說，在謎底沒有揭露之前，我會與作者鬥智，這種過程非常令人享受。其作品的高明之處在於：布局的巧妙完全意想不到，而謎底揭穿時又十分合理，讓人不得不信服。

詹宏志（作家、PChome 網路家庭董事長）

推理小說在從先輩柯南．道爾等人的發明中出現力量時，誕生了一位《天方夜譚》故事中每天說故事說個不停的王妃薛斐拉．柴德，也就是「謀殺天后」克莉絲蒂，整個世界對聽這些故事才有如此的熱情。他們捨不得睡覺，每天問後來還有嗎、還有嗎，永遠不肯離去，這就是克莉絲蒂對推理小說的最大貢獻。

可樂王（藝術家）

所謂「克莉絲蒂式」的推理小說，就是一場和一個天才的寫作者或高明的恐怖份子在紙上捕掠捉殺的戰事。即便是一列火車、一處飯店或一間酒吧，在克莉絲蒂寫來皆充滿神祕和猜謎。在人生適合的下午裡，我總是一面嚼著口香糖，一面跟著矮子偵探白羅穿梭謀殺現場，克莉絲蒂的推理作品無疑是推理世界中最充滿「魔術性」的小說。

吳若權（作家、節目主持人）

我從小就對推理小說情有獨鍾，克莉絲蒂一系列的作品尤其令我愛不釋手。多年來，閱讀推理小說的經驗讓我覺悟：讀者在文字情節中推展開來的驚嘆，不只是因緣於故事的本身，而是自我性格的投射。從這個觀點來看克莉絲蒂一系列的作品，她簡直就是洞徹人性的算命師。而讀者，在她的文字中，發現了自己無可奉告的命運。

藍祖蔚（國家電影及視聽文化中心董事長）

做過藥劑師，難免懂得毒藥；嫁給考古學家，難免也就嫻熟文明的神祕；再加上曾經失蹤九天，一切不復記憶的離奇經驗，的確提供了寫作靈感，但若少了想像力，那些片羽靈光縱使辛辣如辣椒，卻不足以成菜。

推理小說重布局、重人物描寫，克莉絲蒂最厲害的卻是犀利的人性觀察，她一手創造的白羅探長，潔癖個性完全和她相反，更將她所憎厭的人格特質集於一身，殊不知，唯有不對著鏡子寫作，才能夠跳出框架與制式反應，開闢無限寬廣的新世界，建構多面向的詭異迷宮。

看完她的小說，你只會更加訝異，到底是什麼樣的心靈才能成就這般視野？

李家同（作家、前暨南大學校長）

克莉絲蒂的整體布局十分細膩，最後案情也都講解得非常詳細，回頭去看，在書中都找得到線索。故事的情節與內容也很好看，不是像一個流氓在街上被殺掉那麼單調。……看小說應該要花腦筋、要思考，從小就要養成思辨的能力，看她的小說，就是對邏輯思考能力極佳的訓練。

袁瓊瓊（作家）

雖然被公認是冷靜理性的謀殺天后，但是在理性之下，克莉絲蒂的底色依舊是感情。克莉絲蒂很明白，所有的慾望之後，都無非是某種愛情。在以性命相搏的犯罪世界裡，凶手以終結他人的性命來遂私欲，不過是為了成全自己的愛，或者是成全自己的恨。

鄧惠文（精神科醫師）

以推理小說作家而言，克莉絲蒂的風格相當獨樹一格。她的偵探在辦案時，靠的不光是科學證據的搜集，而是大量運用犯罪心理學，及對人性的深刻了解。例如在《五隻小豬之歌》中，白羅便是藉由聽取嫌疑犯訴說案情時所不自覺顯露的主觀意識及中心思想，而看出其中破綻，找出真凶。白羅是靠腦袋辦案，以心理層面去剖析案情，即使人們敘述的是同一件事，他可以聽出不同角色因出發點及看待角度不同所透露的情緒觀感，從而抽絲剝繭，還原事實真相。

克莉絲蒂所塑造的人物也生動且各具特色，不同個性所出現的情緒反應描寫，皆細膩而準確，讓讀者產生豐富的想像空間，一展卷便欲罷而不能。

吳曉樂（作家）

克莉絲蒂使用的語言平易近人，主要是以角色與情節的對應來斧鑿出故事的深度，堆疊出讓讀者回味的迂迴空間。而她筆下的角色往往性別、階級、性格、族群各異，塑造出多元又豐富的人物群像。

文學作品不問類型，若要流傳於世，最終仍得上溯至「人性」的理解與反思。而阿嘉莎・克莉絲蒂的作品中，我們可以看到人類屢屢得和自己的人生討價還價，或千方百計讓主觀意識與客觀條件達成某種程度的整合，讀者在重建人物的心理軌跡時，也見識到自身的是非成敗，我認為，這也是克莉絲蒂的作品能夠璀璨經年、暢銷不衰的主因。

許皓宜（心理學作家）

克莉絲蒂筆下的故事看似在談人性的醜惡，實則像一位披著小說家靈魂的心靈引導者，用她的文字訴說著人們得不到「愛」時的痛苦。於是在故事終了的剎那，你不得不對人生多了幾分「看透感」：原來，我們心裡的那些痛苦、報復與自我折磨的慾望，不是因為「憤恨」，而是起於對「愛的失落」。這或許是我們在情感世界中最珍貴且深刻的一種覺察了。

推理小說荒謬驚悚嗎？不，它其實很寫實。它幫我們說出心裡的苦、怨、醜陋的慾望，於是，我們可以重新學習愛了。

一頁華爾滋 Kristin（影評人）

從有記憶以來，閱讀克莉絲蒂最迷人之處往往不在真正的凶手是誰，而是在於「Why」（為什麼）與「How」（如何進行），在於人性與心理描摹的故事肌理。依循其書寫脈絡，會發覺不只是邏輯清晰、布局縝密、著重細節，她總能完美掌握敘事節奏，書中人物彷彿真實存在般鮮明躍然紙上，讀者情緒會隨精準文字保持流轉、跳動、收放，掩卷時並無太多真相水落石出的暢快，反倒淡淡的惆悵化為餘韻襲上心頭，原來還是種種意料之外，卻屬情理之中的人性盲目使然。私以為，那成就了克莉絲蒂的推理故事之所以無比迷人的主因之一。

冬陽（推理評論人）

雖然阿嘉莎·克莉絲蒂的作品並非我的推理閱讀啟蒙，卻是養成閱讀不輟的重要推手。首先，她無庸置疑是個說故事能手，打開我名為好奇的開關；其次是設計犯罪事件的巧妙多元，既日常又異常，凶手更是叫人意想不到。沒錯，我相信每個當讀者的都忍不住想破案，想早偵探一步識破詭計，或者像考試結束鈴響前一秒，瞎猜都要指著某個角色大喊「你就是犯人」！然後會忍不住作弊——不是翻到最後幾頁窺探真凶身分，而是往前翻查讓人起疑的段落、偵探顯然掌握重要線索的時刻，直到忍不住豎白旗投降，看神探（我知道啦，真正把我耍得團團轉的聰明人是作者）頭頭是道地分析我遺漏錯置的片片拼圖，終於看清真相全貌。這，就是偵探推理，我因此熟悉遊戲規則、沉醉在每一場迷人故事裡，成為這個類型書寫的俘虜，享受至今不疲的美好滋味。

石芳瑜（作家、永樂座書店店主）

布局細膩、處處留下線索，破案解說詳細，說明了這位安靜、害羞的推理小說女王心思縝密，且充滿想像力。密室殺人，完美犯罪，《東方快車謀殺案》不愧為古典推理小說的經典。再加上神祕的東方色彩，隨著火車抵達的迫切時間感，連非推理小說迷都會神經拉緊，讀完大呼過癮。

家庭主婦缺少人生經驗？處女座的阿嘉莎．克莉絲蒂充分展現她過人的寫作天分，靠得是從小開始的閱讀，以及對偵探小說的著迷。三十歲寫下第一本偵探小說《史岱爾莊謀殺案》的克莉絲蒂，在那個時代並不能說是「早慧」，但寫作生涯五十五年中，共創作了八十部偵探小說，卻令人難以企及。這位害羞靦腆的小說女神，大概是相信只要有足夠的理由，每個人都有殺人的可能！

余小芳（暨南大學推理研究社指導老師、台灣推理作家協會常務理事）

學生時代加入推理社團，社課指定讀物便是經典作品《一個都不留》，成為我對克莉絲蒂的初步印象，自此沉浸於推理小說的世界。隔年寒假陪同學參與轉學考，在斜風細雨的走廊中，滿足讀完《東方快車謀殺案》。隨著歲月遠走，已昇華成趣味回憶。

踏入推理文學領域需要認識的作家，阿嘉莎．克莉絲蒂絕對名列其中，她的作品常有英國小鎮風光、莊園式的謀殺、設備豪華的交通工具等，還有特色鮮明的偵探活躍其中。書中少有血腥、暴力的橋段，布局巧妙且結構嚴密，手法純粹、知性，故事內容與人物性格融為一體，以高超的想像力結合說好故事的能耐，為推理小說開創新局面。克莉絲蒂推理全集重編改版，值得新舊讀者一起探索。

林怡辰（國小教師、教育部閱讀推手）

多年後，還是難忘第一次閱讀阿嘉莎．克莉絲蒂作品的感動和激動。

這套將近一世紀的作品，文筆流暢，邏輯縝密，過程中不斷與作者較量、猜出凶手，直到最後解答不禁佩服，蛛絲馬跡處處展現作者的精妙手法，於是又拿起另一部作品，再次沉溺在謀殺天后所編織的日常世界中的奇幻，無可自拔。犯罪動機和手法穿越時空限制，如今讀來合理且依舊令人感動，閱讀中趣味橫生，難怪成為後來諸多偵探小說的原型。

克莉絲蒂創作生涯中產出的八十部推理作品，至今多部躍上大銀幕，無怪乎被稱之為「經典」，喜愛推理偵探作品的人不可不讀，你會驚異於她在文字中施展的魔法！

張東君（推理評論家、科普作家）

我愛克莉絲蒂！這位在台灣有時會被稱為克奶奶的超級暢銷推理小說家，即使是自認沒讀過她的書的人，也都會在各種書籍或影視作品中看到對她致敬的片段。由於她喜歡旅行和冒險，那些經驗與體驗都成為書中的場景，因此閱讀她的作品時，不只是雀躍地跟著偵探推理，也有了虛擬的旅行體驗。或者當成旅遊導覽書，在出發去尼羅河、去英國鄉間、去搭船搭火車時，就塞一本克奶奶的作品到隨身背包中。

我還是大學新生時，就聽學姐說她哥哥經常看克奶奶的小說，而且邊看邊狂笑。於是我跟著效仿，在某次搭飛機之前買了第一本小說當旅伴，不只看得超開心，看完後還到處找尋書中出現的那種有兜帽的斗篷，當成出門時的必備用品。克奶奶的作品是跨越文字、國界的。只要看過一本，就會不停地追下去。還好，真的是還好只有八十本。何況這次是全新校訂的紀念珍藏版，當然不能錯過！

發光小魚（**呂湘瑜**）（文史作家、助理教授）

一部好的偵探小說，除了情節設計巧妙之外，還需要洞悉人性，如此方能合理地交代人物的言行舉止與動機。阿嘉莎．克莉絲蒂便是其中翹楚，她的作品不管是偵探、愛情小說或戲劇，必要元素都是謎題與人性。在寧靜無波的場景下暗潮洶湧，永遠都有意料之外，讀者的情緒也會隨著劇情的進行起伏糾結。克莉絲蒂觀察到時代的變化，將犯罪心理融入作品中，於是，看她的小說不只能得到解謎的快樂，同時對人性也能夠有所省思。

此外，克莉絲蒂豐富的人生歷練及旅行經歷，例如一九二二年的環球之旅、居住過也旅行過的巴黎和埃及，甚至是追隨考古學家丈夫前往的中東，都讓她的小說讀來更加充滿異國情調。如果你也愛旅行，不如就讓我們一同搭上那一班南法的藍色列車，或由伊斯坦堡出發的東方快車，跟著白羅鑽進一樁奇案，一嘗旅程中破解謎題的快感吧。

盧郁佳（作家）

國小時，家裡買了一套阿嘉莎．克莉絲蒂全集，從此成了我的毒品，在白癡課本將我的腦袋啃噬成海綿般空洞時，撫慰受創的心靈，那時我仍對人心險惡一無所知。

數學課教你列算式，樂趣遠不如克莉絲蒂教你住宅平面圖、偷換時序的密室魔術，你從庭園長窗進房間，我從房門直通鄰房，他從走廊進房……從而學會故事是建構邏輯。她文風多變，時而《四大天王》中讓神探白羅向助手海斯汀大賣關子，眉頭緊皺，山雨欲來，預示天翻地覆，只能靠他拯救世界；時而用維吉尼亞．吳爾芙《自己的房間》中俏皮的語言，讓貧苦村姑安妮在《褐衣男子》中回憶南非出生入死的冒險，竟源於她耽讀村裡圖書館爛舊的冒險愛情小說，還有戲院每週末放映〈帕米拉歷險記〉，帕米拉每集從飛機跳落高空、搭潛艇、爬上摩天大樓，每次被黑幫老大抓到總不一刀斃命，卻老要用瓦斯毒死她，暗示續集又會逃出生天。

長大才發現，克莉絲蒂小說就是我的〈帕米拉歷險記〉：它以歌劇般輝煌龐大的天真陰謀、精細的人際觀察（一句話重音放在哪個字、從膝蓋鑑定女人的年齡等），召喚年輕讀者抱持浪漫精神投入未知的壯遊，瘋魔、衝撞、冒犯，傷痕累累毫無懼色。正如瓦斯在冒險片中太多、現實中卻太少；陰謀在現實中沒有克莉絲蒂寫得那麼複雜，但她刻畫的心理卻是現實中解謎的試金石。

賴以威（臺灣師範大學電機系副教授）

或許可以為經典下幾個定義：該領域的愛好者更都讀過；不是這個領域的愛好者，許多人也都聽過；影響後續的作品，在很多著作中都可以看到它的影子；值得反覆再三閱讀，每隔一陣子再讀都可以獲得閱讀的樂趣，有更多的體悟。我永遠記得第一次讀《東方快車謀殺案》時，被那宛如嚴謹設計數學謎題的鋪陳、推進給深深吸引、震撼。從這幾個角度來說，克莉絲蒂的推理小說被稱之為「經典」，可說是當之無愧。

謝哲青（作家、旅行家、知名節目主持人）

克莉絲蒂小說的魅力在於透過每個角色的對白，藉由不斷的說話來表現人物的個性，以彰顯其人格特質中一些無法被忽略的事實。我們從他們的言語、講話的過程和字裡行間，竟然就能知道誰是凶手。

我從克莉絲蒂的小說學到很多，除了推理小說有趣的事實之外，最重要的是，我在工作的職場跟人應對的時候，如何從語言和對話裡去捕捉某些隱而不顯的事實。許多人們欲蓋彌彰的東西，無論心事也好、祕密也好，克莉絲蒂都會用文學的手法，讓你理解語言的奧妙和魅力。

克莉絲蒂的書寫會讓你覺得彷彿自己也在現場，你可以從聽到的對話當中，學會如何理解人心的一些小技巧，這是小說家最出色、最偉大的地方。我們必須學習傾聽別人說話——這些人講話是真誠的嗎？他想要跟你分享什麼資訊？這些資訊可靠嗎？——這是我在閱讀推理小說時，最大的收穫和理解。

阿嘉莎・克莉絲蒂大事記

1890		• 九月十五日出生於英格蘭德文郡托基鎮。
1894	4 歲	• 開始在家自學，父母親、姐姐教導閱讀、寫作、算術和彈鋼琴。
1895	5 歲	• 家中經濟走下坡，舉家搬至法國，學會流利的法語。
1905	15 歲	• 在巴黎寄宿學校學鋼琴和聲樂，但生性極度害羞，未成為職業鋼琴家，最終回到英國。
1907	17 歲	• 陪同母親前往埃及調養身體，對社交活動充滿興趣，但尚未對日後感興趣的埃及古物點燃熱情。 • 回英國後繼續寫作、參與業餘戲劇表演。
1908	18 歲	• 寫出第一篇短篇小說〈麗人之屋〉，同時也寫出第一部愛情小說《白雪黃漠》，以筆名向出版社投稿，但屢遭退稿。
1912	22 歲	• 與英國皇家軍官亞契・克莉絲蒂（Archibald Christie）熱戀。 • 八月爆發第一次世界大戰，亞契奉派到法國作戰。
1914	24 歲	• 耶誕夜結婚，亞契隨即返回戰場。克莉絲蒂參與紅十字會工作，在醫院擔任護士和藥劑師，因此對藥理和毒物非常熟悉，造就後來多部推理小說情節都以毒藥殺人。
1916	26 歲	• 開始嘗試寫推理小說，寫出第一部小說《史岱爾莊謀殺案》，主角偵探赫丘勒・白羅的靈感，來自於大戰期間英國鄉間的比利時難民營。本書歷經數家出版社退稿後，終獲柏德雷・海德（The Bodley Head）圖書公司的出版機會，之後並簽下另五本小說的合約。
1919	29 歲	• 前一年亞契返回英國，八月生下女兒露莎琳。

1920 30歲 • 出版《史岱爾莊謀殺案》。

1922 32歲 • 出版第二部小說《隱身魔鬼》，主角是夫妻檔偵探湯米和陶品絲。
• 與亞契至南非、澳洲、紐西蘭、夏威夷和加拿大等國旅行十個月，在南非得到《褐衣男子》的靈感。

1923 33歲 • 三月出版第三部小說《高爾夫球場命案》，白羅再度登場。

1926 36歲 • 四月母親過世，克莉絲蒂陷入憂鬱。
• 六月在「威廉・柯林斯父子出版社」出版《羅傑艾克洛命案》。
• 八月亞契因外遇提出離婚，十二月初一次爭吵後，克莉絲蒂離家棄車失蹤，消息登上全國新聞。

1927 37歲 • 一月在悲痛心情中寫出《藍色列車之謎》，第一次創造出聖瑪莉米德村，即後來瑪波小姐居住的村子。
• 分居期間在雜誌刊登以白羅為主角的短篇小說，後來集結出版《四大天王》。
• 十二月在雜誌刊登短篇小說〈週二夜間俱樂部〉，瑪波小姐初登場，後來收錄在一九三二年出版的短篇小說集《十三個難題》。

1928 38歲 • 十月正式離婚，仍保留「克莉絲蒂」姓氏。
• 秋天搭乘「東方快車」前往土耳其的伊斯坦堡，再轉往伊拉克首都巴格達，參觀考古現場烏爾，認識考古學家伍利夫婦（Leonard and Katharine Woolley）。

1930 40歲 • 二月應伍利夫婦之邀再訪烏爾，認識考古學家麥克斯・馬龍（Max Mallowan），九月於英國愛丁堡結婚。這段婚姻開啟克莉絲蒂旺盛的創作生涯，兩人到中東考古現場的旅行為許多作品帶來靈感。

- 婚後克莉絲蒂開始維持固定的寫作行程。十月出版《牧師公館謀殺案》，是第一部以瑪波小姐為主角的小說。
- 出版第一部以「瑪麗．魏斯麥珂特」（Mary Westmacott）為筆名的《撒旦的情歌》，並陸續發表了五部非犯罪小說。

1932　42歲
- 出版《危機四伏》。

1934　44歲
- 出版《東方快車謀殺案》，是白羅海外辦案三部曲之一，故事靈感來自中東的旅行經歷。一九七四年第一次改編成電影大獲好評。

1936　46歲
- 出版《美索不達米亞驚魂》，白羅海外辦案三部曲之二。

1937　47歲
- 出版《尼羅河謀殺案》，白羅海外辦案三部曲之三，故事背景是年輕時與母親同遊的埃及。一九七八年第一次改編成電影大受歡迎。

1939　49歲
- 二次大戰期間，克莉絲蒂在大學學院醫院擔任義務藥師，學習到最新的毒藥知識，對於推理小說寫作大有助益。
- 出版《一個都不留》，是克莉絲蒂最著名作品之一。

1941　51歲
- 出版《密碼》，呈現出克莉絲蒂對戰爭的看法。
- 出版《豔陽下的謀殺案》。

1942　52歲
- 出版《藏書室的陌生人》、《五隻小豬之歌》等名作。

1944　54歲
- 以「瑪麗．魏斯麥珂特」為筆名出版第三部作品《幸福假面》，被美國書評人發現是克莉絲蒂的作品，讓她從此失去匿名創作的自在樂趣。

1950 60歲 • 獲選為皇家文學學會的會員。

1953 63歲 • 出版《葬禮變奏曲》。

1956 66歲 • 一月獲頒大英帝國爵級大十字勳章（GBE）。
• 十一月以「瑪麗・魏斯麥珂特」為筆名出版《愛的重量》，是這個筆名的最後一部作品。

1958 68歲 • 成為「偵探作家俱樂部」主席。

1960 70歲 • 馬龍獲頒大英帝國爵級大十字勳章。

1961 71歲 • 獲得艾克塞特大學頒發榮譽文學博士學位。

1968 78歲 • 馬龍獲封為爵士，克莉絲蒂亦被稱為馬龍爵士夫人。

1971 81歲 • 獲頒大英帝國爵級司令勳章（DBE），獲封為女爵士。

1973 83歲 • 出版最後一部創作《死亡暗道》，亦為湯米和陶品絲最後一次辦案。

1974 84歲 • 最後一次公開露面，出席電影《東方快車謀殺案》首映會。

1975 85歲 • 八月六日，白羅成為有史以來第一次在《紐約時報》頭版刊出訃聞的小說主角，宣傳九月即將出版的《謝幕》，這也是白羅最後一次辦案。

1976 86歲 • 一月十二日去世。
• 十月出版《死亡不長眠》，瑪波小姐的最後一次辦案。

克莉絲蒂推理原著出版年表

1920　史岱爾莊謀殺案 The Mysterious Affair at Styles（神探白羅系列）
1922　隱身魔鬼 The Secret Adversary（神探湯米＆陶品絲系列）
1923　高爾夫球場命案 The Murder on the Links（神探白羅系列）
1924　白羅出擊 Poirot Investigates（神探白羅系列）
1924　褐衣男子 The Man in the Brown Suit（神探雷斯上校系列）
1925　煙囪的祕密 The Secret of Chimneys（神探巴鬥主任系列）
1926　羅傑艾克洛命案 The Murder of Roger Ackroyd（神探白羅系列）
1927　四大天王 The Big Four（神探白羅系列）
1928　藍色列車之謎 The Mystery of the Blue Train（神探白羅系列）
1929　七鐘面 The Seven Dials Mystery（神探巴鬥主任系列）
1929　鴛鴦神探 Partners in Crime（神探湯米＆陶品絲系列）
1930　牧師公館謀殺案 The Murder at the Vicarage（神探瑪波系列）
1930　謎樣的鬼豔先生 The Mysterious Mr. Quin（神探鬼豔先生系列）
1931　西塔佛祕案 The Sittaford Mystery
1932　十三個難題 The Thirteen Problems（神探瑪波系列）
1932　危機四伏 Peril at End House（神探白羅系列）
1933　十三人的晚宴 Lord Edgware Dies（神探白羅系列）
1933　死亡之犬 The Hound of Death
1934　三幕悲劇 Three Act Tragedy（神探白羅系列）
1934　李斯特岱奇案 The Listerdale Mystery
1934　帕克潘調查簿 Parker Pyne Investigates（神探帕克潘系列）
1934　東方快車謀殺案 Murder on the Orient Express（神探白羅系列）
1934　為什麼不找伊文斯？ Why Didn't They Ask Evans?
1935　謀殺在雲端 Death in the Clouds（神探白羅系列）
1936　ABC 謀殺案 The A.B.C. Murders（神探白羅系列）
1936　底牌 Cards on the Table（神探白羅系列）
1936　美索不達米亞驚魂 Murder in Mesopotamia（神探白羅系列）

1937　巴石立花園街謀殺案 Murder in the Mews（神探白羅系列）
1937　尼羅河謀殺案 Death on the Nile（神探白羅系列）
1937　死無對證 Dumb Witness（神探白羅系列）
1938　白羅的聖誕假期 Hercule Poirot's Christmas（神探白羅系列）
1938　死亡約會 Appointment with Death（神探白羅系列）
1939　一個都不留 And Then There Were None
1939　殺人不難 Murder Is Easy/Easy to Kill（神探巴鬥主任系列）
1940　一，二，縫好鞋釦 One, Two, Buckle My Shoe（神探白羅系列）
1940　絲柏的哀歌 Sad Cypress（神探白羅系列）
1941　密碼 N Or M?（神探湯米＆陶品絲系列）
1941　豔陽下的謀殺案 Evil Under the Sun（神探白羅系列）
1942　五隻小豬之歌 Five Little Pigs（神探白羅系列）
1942　藏書室的陌生人 The Body in the Library（神探瑪波系列）
1942　幕後黑手 The Moving Finger（神探瑪波系列）
1944　本末倒置 Towards Zero（神探巴鬥主任系列）
1945　死亡終有時 Death Comes as the End
1945　魂縈舊恨 Sparkling Cyanide（神探雷斯上校系列）
1946　池邊的幻影 The Hollow（神探白羅系列）
1947　赫丘勒的十二道任務 The Labours of Hercules（神探白羅系列）
1948　順水推舟 Taken at the Flood（神探白羅系列）
1949　畸屋 Crooked House
1950　謀殺啟事 A Murder Is Announced（神探瑪波系列）
1951　巴格達風雲 They Came to Baghdad
1952　殺手魔術 They Do It with Mirrors（神探瑪波系列）
1952　麥金堤太太之死 Mrs. McGinty's Dead（神探白羅系列）
1953　黑麥滿口袋 A Pocket Full of Rye（神探瑪波系列）
1953　葬禮變奏曲 After the Funeral（神探白羅系列）

1954　未知的旅途 Destination Unknown
1955　國際學舍謀殺案 Hickory, Dickory, Dock（神探白羅系列）
1956　弄假成真 Dead Man's Folly（神探白羅系列）
1957　殺人一瞬間 4:50 from Paddington（神探瑪波系列）
1958　無辜者的試煉 Ordeal by Innocence
1959　鴿群裡的貓 Cat Among the Pigeons（神探白羅系列）
1960　哪個聖誕布丁？ The Adventure of the Christmas Pudding（神探白羅系列）
1961　白馬酒館 The Pale Horse
1962　破鏡謀殺案 The Mirror Crack'd from Side to Side（神探瑪波系列）
1963　怪鐘 The Clocks（神探白羅系列）
1964　加勒比海疑雲 A Caribbean Mystery（神探瑪波系列）
1965　柏翠門旅館 At Bertram's Hotel（神探瑪波系列）
1966　第三個單身女郎 Third Girl（神探白羅系列）
1967　無盡的夜 Endless Night
1968　顫刺的預兆 By the Pricking of My Thumbs（神探湯米＆陶品絲系列）
1969　萬聖節派對 Hallowe'en Party（神探白羅系列）
1970　法蘭克福機場怪客 Passengers to Frankfurt
1971　復仇女神 Nemesis（神探瑪波系列）
1972　問大象去吧 Elephants Can Remember（神探白羅系列）
1973　死亡暗道 Postern of Fate（神探湯米＆陶品絲系列）
1974　白羅的初期探案 Poirot's Early Cases（神探白羅系列）
1975　謝幕 Curtain: Hercule Poirot's Last Case（神探白羅系列）
1976　死亡不長眠 Sleeping Murder（神探瑪波系列）
1979　瑪波小姐的完結篇 Miss Marple's Final Cases（神探瑪波系列）
1991　情牽波倫沙 Problem at Pollensa Bay
1997　殘光夜影 While the Light Lasts

國家圖書館出版品預行編目（CIP）資料

七鐘面 / 阿嘉莎．克莉絲蒂（Agatha Christie）
著 ; 張國禎譯. -- 二版.-- 臺北市 : 遠流出版
事業股份有限公司, 2024.04
面 ；　公分. -- (克莉絲蒂繁體中文版20週
年紀念珍藏 ; 64)
譯自 : The Seven Dials Mystery
ISBN 978-626-361-535-9(平裝)

873.57　　　　　　　　　　113001930

克莉絲蒂繁體中文版 20 週年紀念珍藏 64

七鐘面

作者 / 阿嘉莎．克莉絲蒂
譯者 / 張國禎

主編 / 陳懿文、余式恕　校對 / 呂佳真
封面、內頁設計 / 謝佳穎　排版 / 連紫吟、曹任華
行銷企劃 / 舒意雯　出版一部總編輯暨總監 / 王明雪

發行人 / 王榮文
出版發行 / 遠流出版事業股份有限公司
地址 / 104005臺北市中山北路一段11號13樓
電話 / (02)2571-0297　傳真 / (02)2571-0197　郵撥 / 0189456-1
著作權顧問 / 蕭雄淋律師

2003年11月1日 初版一刷
2024年4月1日 二版一刷
定價 / 新臺幣380元 (缺頁或破損的書，請寄回更換)

ISBN 978-626-361-535-9

遠流博識網 http://www.ylib.com E-mail: ylib@ylib.com
遠流粉絲團 https://www.facebook.com/ylibfans

www.agathachristie.com